이상적인 기둥서방 생활 ①

KB081041

渡辺 恒彦
와타나베 츠네히코
illustration 아야쿠라 쥬

젠지로는 무의식중에 물끄러미
눈앞에 선 미녀를 관찰한다.

이상계약
기둥서방생활 ①

「공중에 흩어진 보이지 않는 물은, 이 손가락 끝에 모여, 구를 이뤄라」

옥타비아는 오른손의 집게손가락을 세워 마법을 발동했다.

젠지로와 아우라의 결혼식은 무사히 치러졌다.
그날 밤, ── 신혼 첫날밤이었다.

「아우라······」

「젠지로······」

이상적인 기둥서방 생활 ①

현재의 삶을 버릴 수 있는가!?

갑자기 「지금의 삶을 버리지 말지」의 갈림길에 서게 된다면 어떻게 하겠습니까?

더구나 어느 나라인지 어느 시대인지도 알 수 없는 이세계(異世界)의 삶과 맞바꾸는 것이라면……

보통이라면 망설이겠지요.

하지만 이 이야기의 주인공, 야마이 젠지로는 크게 고민하지 않았습니다.

노동착취를 일삼는 회사에서 월 백오십시간의 야근에 시달리는 생활보다는 최고의 이상형인 미녀와 함께 사는 쪽이 몇 배는 매력적이었으니까요.

더구나 「아이만 만들어 준다면 다른 일은 전혀 할 필요 없다」는 조건임에야.

이상적인 기둥서방 생활

❶

와타나베 츠네히코

길찾기

CONTENTS

이상적인
기둥서방생활①

illustration 아야쿠라 쥬

일러스트 아야쿠라 쥬 **장정·본문 디자인** 5GAS DESIGN STUDIO
교정 아이카와 카오리(도쿄출판서비스센터) **편집** 다카하라 히데키(주부의 벗)
한국어판 번역 이기진 **편집** 박관형 **표지** 박재성 **교정** 정성학 **마케팅** 이승우

[프롤로그] 반년만의 연휴는 저쪽 세계에서

"어서 오시오, 서방님. 먼저 예고도 없이 당신을 이쪽 세계, 내 궁
전에 초대한 무례를 사죄하고 싶소. 부디 용서를."

붉은 머리카락과 밝은 다갈색 피부의 박력 있는 미녀가 이쪽을 향
해 그렇게 말하며 요염한 미소를 보내고 있었다.

"⋯⋯⋯⋯뭐라고요?"

미녀의 미소를 받는 남자 ──야마이 젠지로(山井善治郎)는 전혀
상황을 이해하지 못한 채 얼빠진 소리를 했다.

대체 뭐가 어떻게 된 거야?

젠지로의 기억이 확실하다면 오늘은 반년 만에 휴일 출근이 없는
토요일이다.

취직 이후 거의 맛본 적 없는 이틀 연휴를 만끽하고 싶어서 일부러
평일과 같은 시간에 일어난 젠지로는 아침거리를 사려고 근처 편의점
까지 자전거를 달렸었다. 여기까지는 확실하게 기억이 난다.

실제로 지금도 젠지로의 엉덩이는 자전거의 안장 위에 얹혀 있었
고, 젠지로의 양손은 자전거의 핸들을 굳게 쥐고 있었다.

앞에 달린 바구니에는 편의점에서 데운 '닭튀김 도시락'과 500밀리
페트병 녹차가 담겼다.

"............"

젠지로는 자신이 제정신인지 확인해보려고 자전거에 탄 채 오른손을 뻗어 바구니 속의 도시락과 음료의 감촉을 확인해 보았다.

도시락은 따뜻하고 녹차는 차가웠다. 이 리얼한 감촉은 아무래도 꿈이 아닌 것 같았다. 그뿐 아니라, 도시락의 따뜻함과 녹차의 차가운 정도도 조금 전과 전혀 다르지 않았다. 모르는 사이에 의식을 잃고 어딘가 먼 곳으로 옮겨진 것도 아니라는 얘기였다.

그러나 그렇다고 한다면 조금 전까지 일본의 관동 어딘가에서 자전거 페달을 밟던 자신이 어째서 이런 어두침침한 석조의 밀실에서 엄청난 박력을 내뿜는 미녀의 미소를 받고 있는 것인가?

젠지로는 무의식중에 물끄러미 쳐다보며 눈앞의 미녀를 관찰했다.

나이는 20대 중반 정도일까? 20대 중반이라고 하기에는 이상할 정도의 박력과 침착함을 풍기고 있으니 어쩌면 조금 더 위일지도 모르겠다. 적어도 24세의 젠지로보다 연하는 아닐 것 같았다.

가슴께가 V자로 파인 선정적인 붉은 드레스를 입고 있었지만, 그녀의 몸매는 결코 그 화려한 드레스에 눌리지 않는 수준이었다.

V자 사이로 보이는 가슴의 골짜기는 거유를 뛰어넘어서 폭유(爆乳)라고 불러도 좋을 만큼의 깊이를 자랑하고 허리는 그에 반비례하듯 가늘었다. 허리에서 아래로 이어지는 라인도, 롱스커트에 감싸여 알 수 없었지만, 아마 충분히 기대할 만하리라.

어깨가 넓고 살짝 위로 들린 체형이었다. 취향에 따라서는 싫어하는 남자도 있겠지만, 적어도 젠지로에게는 아주 여성스럽고 매력적으로 보였다.

실제로 이 상황이 꿈속이라는 확신만 있다면 "태어났을 때부터 사랑했습니다!"라고, 매달리고 싶을 정도로, 젠지로의 이상형 스트라이크 존의 한가운데에 들어오는 미녀였다.

"폐하, 시간이 많지 않습니다. '소환'에 성공한 이상, 서둘러 설명을 시작하는 편이 어떨까 합니다만"

젠지로가 붉은 머리의 미녀에게 눈을 빼앗기고 있을 때, 미녀의 오른쪽 옆에서 갑옷을 입고 서 있던 젊은 남자가 억양 없는 목소리로 미녀에게 그렇게 진언했다.

젠지로는 그 발언을 듣고서야 이 석조의 밀실에 자신과 미녀 이외에 다른 사람이 있다는 것을 깨달았다.

젠지로가 황망하게 주위를 둘러보자 지금 말을 한 남자와 같은 갑옷을 입고 창을 든 남자 4명이 자전거에 탄 젠지로를 둘러싸듯이 전후좌우로 포위하고 있었다.

그리고 미녀의 왼쪽 옆에는 자색의 로브로 몸을 감싼 나이 든 남자가 긴 지팡이를 짚고 서 있었다.

주변에 사람이 이렇게나 많은데 지금까지 전혀 그 존재를 의식하지 못한 것은 젠지로가 유별나게 시야가 좁은 인간이어서가 아니다.

그만큼 정면에 서 있는 붉은 머리 미녀의 존재감이 컸던 것이다. 자세히 보니 무장하고 주위를 둘러싼 남자들은 대단히 훌륭한 체격들을 하고 있었고 얼굴 생김새도 그런대로 좋은 편이었는데, 미녀와 나란히 있으니 아무리 좋게 보려 해도 '여왕님과 떨거지들'로밖에 보이지 않았다.

이런 것을 두고 '카리스마'라고 하는 것일까. 젠지로가 그런 생각을 하고 있을 때, 작게 고개를 끄덕인 미녀는 젠지로의 눈을 정면으로 바라보며 이야기를 꺼냈다.

"나도 알아. 자, 서방님. 아마도 서방님은 어째서 당신이 이런 곳에 있는지 전혀 연유를 모르실 것이오. 일련의 상황에 대해 내가 설명과 변명을 해도 괜찮을까요?"

"네? 아, 예, 네."

젠지로는 말의 의미를 이해했다기보다 미녀의 박력 있는 미소에 압도당해 고개를 위아래로 끄덕였다.

젠지로의 소박한 대답에 미녀의 미소가 깊어졌다.

"다행이오. 그러면 서방님. 이런 어두침침한 곳에서 긴 이야기를 하기도 뭣하니 장소를 옮기고 싶은데, 나를 따라오시지요."

미녀는 그렇게 말하고는 크게 물결치는 붉은 머리를 나부끼며 걸음을 옮겼다.

"그 탈것은 이쪽에서 맡아두지요."

"아, 으, 응. 부탁합니다."

뭐가 뭔지 알 수 없는 상태에서 자전거에서 내린 젠지로는 반쯤 넋이 빠진 채 자전거의 스탠드를 세우고 바지 주머니에서 열쇠를 꺼내 잠그고, 입구에서 이쪽을 돌아보고 있는 미녀의 뒤를 빠른 걸음으로 쫓아갔다.

벽과 바닥이 석조로 된 긴 복도를 지나 젠지로가 안내된 곳은 밝은 햇살이 비추는 넓은 방이었다. 커다란 가죽 소파가 두 개, 긴 목제 테이블을 두고 마주 보는 모양으로 놓여 있었다.

젠지로는 미녀의 권유에 따라 그 소파에 앉았다.

젠지로가 앉는 것을 확인한 후, 젠지로의 정면에 앉은 미녀는 천천히 입을 떼었다.

"먼저 내 소개부터 하지요. 아우라 카파라고 하오. 당신은 아우라라고 불러주면 좋겠군요."

"아, 네. 아우라 씨. 난, 아니 저는 야마이 젠지로라고 합니다. 야마이가 성이고 젠지로가 이름이에요."

"흐음, 그럼 젠지로 님이라고 불러도 될까?"

"네. 물론이죠."

끄덕이는 젠지로를 보고 미녀——아우라는 기뻐하며 미소 지었다.

"감사해요, 젠지로 님. 그러면 지금부터 내가 젠지로 님에게 뭘 한 건지, 일련의 상황을 간단하게 설명하려 하오. 아마도 젠지로 님에게는 분노를 금할 길 없는 폭거로 여겨지겠지만, 지금이 결코 돌이킬 수 없는 상황은 아니랍니다. 젠지로 님의 뜻에 반하는 점이 있다면 전부 제자리로 돌려놓을 것, 이것만큼은 내 명예를 걸고 약속하지요. 그러니까 일단은 잠자코 내 이야기에 귀를 기울여 주실 수 있을까요?"

조금 전과는 딴판인 진지한 표정으로 꽤나 요란스럽게 서두를 다는 아우라에게서 왠지 안 좋은 예감을 느낀 젠지로였지만, 조금 생각한 후 결국은 고개를 끄덕였다.

어쨌거나 젠지로는 지금 자신이 어떤 상황에 부닥쳐있는지 전혀 이해하지 못하고 있다. 아우라가 말한 대로 분노를 분출하게 된다 하더라도 먼저 상황을 이해하지 못하는 한, 화를 낼 여지도 없다.

거래처에 클레임을 걸 때도 먼저 상대방의 변명을 제대로 듣는 것이 순서다.

"알겠습니다. 얘기해 주십시오."

젠지로의 대답에 살짝 안도의 한숨을 내 쉰 아우라는 한 번 크게 심호흡을 한 후 이야기를 시작했다.

"고마워요. 그럼 먼저 '여기가 어디인지'라는 근본적인 문제부터 설명하지요. 여기는 랜드리온 대륙——통칭 '남대륙'의 서부에 있는 카파 왕국. 그 수도인 카파 중심지에 있는 왕궁이랍니다. 아마도 젠지로 님은 이런 지명이나 나라의 이름을 들어본 적이 없을 것이오. 당연지사, 여기는 젠지로 님이 태어나고 자란 세계와는 다른 세계, 즉 '이세계(異世界)'니까."

"……뭐라고요? 이세계……?"

아직도 전혀 상황이 이해되지 않아 고개를 갸웃거리는 젠지로를 아랑곳하지 않고, 아우라는 덤덤히 설명을 계속했다.

아우라의 설명은 오랜 시간에 걸쳐 이어졌다. 정확하지는 않지만, 도중에 한 번 젠지로가 손목시계를 보았을 때는 7시 30분을 지나고 있었는데, 모든 설명이 끝난 지금, 시간은 8시를 넘기고 있었다.

　최소한 30분, 아마도 1시간에 걸쳐 이루어진 아우라의 설명을 꾸역 꾸역 머릿속에 집어넣은 젠지로는 아연실색해서 말했다.

　"그러니까… 요컨대 여기는 이세계의 카파 왕국이라는 나라이고, 아우라 님은 그 카파 왕국의 여왕 폐하인 거죠? 그리고 이 세계에는 마법이 존재하는데, 그중에서도 카파 왕가 일족만이 쓸 수 있는 '시공 마법'이라는 마법을 사용해서 폐하는 저를 원래의 세계에서 이쪽 세계로 소환했다. 라는…."

　"음, 틀림없어요. 겨우 이해해 준 것 같군요. 아, 그리고 나에 대해 존칭은 필요 없어요. '아우라'라고 편하게 불러요. 내가 아무리 이 나라의 여왕이라고 해도 젠지로 님은 이 나라의 신민이 아니니까. 오히려 나는 당신을 양해도 구하지 않고 이쪽 세계로 끌어들인 가해자에 지나지 않으니, 지금 상황에서 젠지로 님이 나에게 예를 갖출 이유는 전혀 없지요."

　아우라는 그렇게 말하고 미안하다는 듯이 조금 고개를 숙였다.

　"아, 네. 알겠습니다. 아우라…씨."

　고작 이 정도의 설명에 한 시간 가까이나 걸린 것은 젠지로가 좀처럼 아우라의 말을 이해하려고 들지 않았기 때문이다.

　그도 그럴 것이 '이세계 소환' 운운하는 이상한 일을 지극히 평범한 현대의 일본인이 현실로 받아들일 수 있을 리가 없다.

　이곳이 이세계임을 좀처럼 믿어주려 하지 않는 젠지로에게 아우라는 짜증 한 번 내지 않고 끈기 있게 설명을 계속했다. 그 결과 겨우 젠지로는 자신이 이세계에 와 있다는 사실을 인정하기에 이른 것이다.

젠지로가 현상을 인정하게 된 결정적인 계기는 아우라의 명령을 받고 창밖에 나타난 '기사'가 타고 있던 '주룡(走龍)'이었다.

그, 말의 두 배는 될 것 같은 거대한 도마뱀은 쑤욱 하고 긴 목을 창문으로 들이밀고서는 젠지로의 볼을 핥았다.

그 뜨뜻하니 리얼한 감촉이 젠지로에게서 현재 상황이 꿈일 가능성도 황당한 몰래카메라일 가능성도 앗아가 버렸다.

젠지로는 아직도 '주룡'의 풀냄새 나는 타액으로 축축한 볼을 티셔츠의 소매로 훔치면서 의문을 던졌다.

"잘 모르겠는 건 어째서 저따위가 소환됐는가, 라는 것입니다만."

젠지로는 이렇다 할 특기도 없는 지극히 평범한 일본 남성이다. 적어도 일부러 이세계의 여왕이 마법을 구사해서 불러들일 정도의 가치가 자신에게 있다고는 생각되지 않았다.

"저에게 뭘 시키려는 거죠? 자랑은 아니지만 전 검술도 못 하고 마법도 못 쓰는데요."

견제하듯 쭈뼛쭈뼛한 말투로 그렇게 말하는 젠지로에게 아우라는 웃어 보이고 고개를 가로저었다.

"아니, 젠지로 님에게 그런 위험한 짓을 해달라 할 생각은 털끝만큼도 없어요. 확실히 이곳 남대륙 서부는 오래도록 전란이 끊이지 않고 있지만, 요즘은 비교적 안정돼 있죠. 내가 젠지로 님에게 부탁하고 싶은 것은 단 한 가지. 젠지로 님이 나의 서방님이 돼 주시는 것입니다."

"서방님?"

아우라의 말한 의미가 이해되지 않은 젠지로는 순간적으로 고개를 갸웃하며 그 단어를 되풀이해 물었다.

"그래요. 서방님. 남편이라고 해도 좋아요. 나와 결혼해 주었으면 좋겠다고 말하는 거요."

서방, 남편, 결혼. 이 정도까지 나오니 지금 머리가 제대로 돌아가지 않는 젠지로에게도 상황이 파악됐다.

"에에에엥!? 겨, 겨, 겨, 결혼이라니, 어째서!?"

아우라의 부탁을 이해한 젠지로는 소파에서 벌떡 일어섰다.

젠지로의 그런 반응을 어느 정도는 예측했는지, 아우라는 살짝 웃고는 침착한 목소리로 설명을 이어나갔다.

"이야기하자면 길지만, 일단 들어 주시기를. 조금 전에 말한 대로, 우리나라는 오랜 시간 전란의 시기를 보내왔답니다. 다행히도 그 전란의 와중에 승전국의 일각이 될 수 있었지만 대가는 컸죠. 인구가 감소하고 국토는 황폐해지고 직계 왕족은 나만 빼고 전부 죽고 말았어요. 그 후의 대대적인 노력으로 국토와 인구는 어느 정도 회복의 기미가 보이고 있지만, 문제는 왕가예요. 왕족이 나 하나뿐이니 언제 혈통이 끊겨도 이상하지 않죠. 나의 결혼은 절대적인 의무라고 할 수 있어요. 하지만 우리 '카파' 왕족은 혈통을 통해 '시공마법'을 전수하기 때문에 아무나하고 결혼할 수는 없답니다. 마법을 자손에게 물려주려면 반려자로는 같은 카파 왕가의 피를 이어받은 사람이 바람직하죠."

"아하, 과연…"

젠지로는 제대로 이해도 하지 못한 채 반사적으로 맞장구를 쳤다.

왕가의 혈통을 순혈로 보존하려고 가능한 한 가까운 핏줄 중에서 반려자를 얻는 풍습은 지구에도 예전부터 있는 이야기다.

더구나 이쪽 세계에 핏줄을 통해 계승되는 '혈통마법'이라는 눈에 보이는 은혜가 있다고 한다면 순혈주의가 숭앙받는 것도 당연한 얘기다.

그러나 그렇다면 더더욱 상황이 이해되지 않는다.

"하지만 그러하다면 더욱이, 어째서 저인가요? 저는 마법의 마(魔) 자도 모르는 지구인인데."

젠지로의 솔직한 의문에 아우라는 의미심장한 미소로 답했다.

"그 이유는 지극히 간단해요. 젠지로 님이 우리 '카파' 왕가의 피를 진하게 이어받았기 때문이지요."

"…………뭐라고요?"

이번이야말로 젠지로는 아우라가 말하는 의미를 전혀 이해할 수 없었다. '젠지로가 카파 왕가의 피를 잇고 있다.' 몇 초가 지나 그 말의 의미를 겨우 이해한 젠지로는 망가진 인형처럼 얼굴 앞에서 손을 퍼덕이며 아우라의 말을 부정했다.

"아니, 아니요, 뭡니까, 그게!? 아니에요, 절대, 아니에요!"

전심전력으로 부정하는 젠지로였지만 아우라는 그에 아랑곳하지 않고 이야기를 계속했다.

"이야기는 나의 5대 전, 약 150년 전으로 거슬러 올라갑니다. 왕가의 기록 문헌에서도 말소된 이야기이기 때문에 확실하게는 알 수 없지만, 당시 우리나라 제1 왕자였던 남자가 이루어질 수 없는 여인과 사랑에 빠진 것이 발단이었다고 해요. 그 상대 여인이 그냥 평민이었다는 설도 있고 적국의 왕족이었다는 설도 있지만, 진실은 아무도 몰라요. 아무튼, 차기 국왕이라는 위치에 있으면서 절대 인연이 허락되지 않는 사람을 사랑해 버린 왕자는 양친인 왕과 왕비의 설득에도 꺾이지 않았죠. 그리고 '이쪽 세계'에서 맺어지는 것이 허락되지 않은 두 연인이 내린 결론은, 둘이서 '이세계'로 건너가 그곳에서 행복하게 맺어지자는 것이었어요. 무척이나 로맨틱한 이야기죠."

여기까지 듣고 나니 젠지로도 아우라가 하고자 하는 얘기가 이해됐다.

"설마… 그 자손이 저라고 말하고 싶은 건가요?"

"정답."

아연실색해서 되묻는 젠지로에게 아우라는 미소를 거두지 않고 긍정했다.

"나는 이번 소환 마법을 아무렇게나 사용하지 않았어요. 일정 이상 농도의 카파 왕가의 피를 잇고 있는 남자를 소환하도록 설정했죠. 그 결과로 나타난 사람이 젠지로 님, 당신이에요. 따라서 젠지로 님이 그 두 사람의 자손임은 틀림없소."

그렇게 딱 잘라 말하는 아우라의 말을 젠지로는 머릿속 한쪽에서 납득하기 시작했지만, 그래도 반론해보았다.

"설마 그럴 리가. 아니, 만약 그것이 정말이라고 해도 5대 전이잖아요!? 5대 전이라는 건, 저의 그러니까… 증증증조 할아버지잖아요?

내가 물려받은 피 따위 극히 적은 양 아닌가요?"

젠지로의 그 말에 아우라는 한 번 고개를 끄덕이고서 단호한 어조로 대답했다.

"으응, 솔직히 나도 그건 각오하고 있었어요. 그러나 의외로 젠지로 님이 물려받은 왕가의 피는 꽤 진한 것 같아요. 직계까지는 아니지만 분가한 왕족의 우두머리급이에요. 수련을 쌓는다면 젠지로 님 자신이 '시공마법'을 사용할 수 있을지 모를 만큼 진한 농도지요."

"그, 그런 것도 알 수 있어요?"

진지한 얼굴로 단언하는 아우라에게 위축된 듯이 젠지로는 조금 뒤로 물러나 앉으며 물었다.

"알 수 있어요. '왕가'의 피를 잇고 있는지 어떤지는 몰라도, 마법사라면 사람이 잠재적으로 가진 마력의 양을 알아볼 수는 있죠. 젠지로 님이 가진 마력의 양은 준 왕가 클래스예요. 내 소환 마법에 반응했다는 것은 젠지로 님이 '카파 왕가'의 핏줄임이 틀림없음을 보여 주고, 그 마력의 양으로 판단했을 때 피의 농도도 상당하리라 추측해요. 이런 걸 즐거운 오산(誤算)이라고 하는 걸까? 마치 그쪽 세계에 건너간 사람이 의도적으로 근친혼을 거듭해서 핏줄을 보존한 것이 아닐까 하는 생각이 들 정도군."

아우라의 그 말에 젠지로는 문득 어떤 일이 떠올랐다.

"아, 그런가! 그렇게 생각하니 앞뒤가 맞는…… 건가?"

"젠지로 님? 뭔가, 짐작 가는 일이라도?"

살짝 고개를 갸웃하며 물어 오는 아우라에게 젠지로는 조금 생각에 잠기며 대답했다.

"아, 네. 실은 제 고향은 상당한 역사를 지닌 폐쇄적인 농촌이에요. 옛날부터 외부로부터 맞아들인 신부나 신랑은 한 세대에 한 명이나 두 명 정도에 불과했을 만큼."

그런 폐쇄적이고 변화 없는 시골 생활에 진저리가 난 젠지로는 관동 지역의 대학에 진학해서 그대로 취직을 결정하고 도시 생활을 시작했다.

듣고 보니 젠지로가 중학생 때 교통사고로 죽은 부모를 포함해서 그 마을 사람들은 일본인이라기에는 지나치게 피부색이 짙고 머리카락에 붉은 기가 있는 사람이 많았던 것 같다.

실제로 젠지로 자신도 일본인으로서는 피부가 가무잡잡한 편이고 머리카락도 검은색에 가까운 적갈색이다.

젠지로의 말에 아우라는 입가에 손을 대고 충분히 이해가 간다는 듯이 고개를 끄덕였다.

"과연, 그 마을의 폐쇄성이 결과적으로 이세계로 흘러들어 간 왕가의 핏줄이 흐려지는 걸 막았다는 것이군요."

"네. 그렇게 생각하니 앞뒤가 맞는군요."

(정말? 사실은 내가 순수한 일본인이 아니라 절반은 이세계인이었어? 우아, 금시초문이야, 그런 얘기!!)

그래, 앞뒤는 맞는다. 딱 맞아떨어진다. 젠지로는 표면상으로는 어색한 미소를 지어 보였지만 속으로는 머리통을 부여안고 싶을 정도로 패닉에 빠졌다.

생각지도 못했던 조상의 비밀을 알고 표정이 굳어진 젠지로에게 아우라는 방긋방긋 무척 기쁨에 겨운 미소를 보이며 다가섰다.

"역시, 젠지로 님이야말로 내가 찾던 반려자였구려. 어떠신가요, 젠지로 님. 갑작스러운 이야기에 혼란스럽겠지만, 나와 혼인으로 맺어져 이쪽 세계에서 살아간다는 선택지를 진지하게 생각해 봐 주시겠소?"

아우라는 돌연 심각한 표정을 하고 단도직입적으로 물어 왔다. 젠지로는 간신히 털끝만큼 냉정해진 머리로 생각했다.

눈앞의 미녀와 결혼한다. 그 자체는 결코 나쁜 얘기가 아니다. 조금 전에도 말했듯이 아우라의 외모는 젠지로의 이상형 스트라이크 존의 한가운데인데다가, 이야기하는 태도를 보아하니 인간성도 나쁘지 않아 보인다.

하지만 여왕이라는 직책을 수행하고 있는 만큼 뱃심이 남다를 테니 지금까지의 태도만 보고 그녀의 인간성을 가늠하는 건 위험하다.

그러나 그보다 더 큰 문제는 아우라의 제안이 그녀가 '시집오는 것'이 아니라 젠지로를 '데릴사위로 들이겠다'는 데에 있었다.

이 제안에 고개를 끄덕이는 순간 젠지로는 지구와 안녕해야 한다. 아무리 눈앞의 미녀가 이상형이라고 해도 직장과 친구들, 지구에서밖에 즐길 수 없는 오락과 음식문화 등의 모든 것과 맞바꿀 수 있을 것인가를 생각하니, 아무래도 거기까지는 판단이 서지 않는다.

아직도 머릿속 한구석에서 꿈인지 생시인지 어안이 벙벙해 있는 젠지로의 둔한 사고능력으로는 도저히 즉답할 수 없는 문제였다.

거기까지 생각하고서 젠지로는 문득 가장 중요한 문제가 거론되지 않았음을 깨달았다.

"저, 저기, 벌써, 그러니까 내가 이렇게, 이미 이쪽 세계에 와있는데, 혹시, 혹시 말이에요, 어디까지나 가정입니다만, 아우라 씨와의 결혼을 거절한다면…… 어떻게 되는 건가요?"

쭈뼛쭈뼛 물어보는 젠지로의 표정에는 그가 무엇을 두려워하고 있는지가 확연히 드러나 있었다.

아우라는 눈앞에서 얼굴이 백지장이 되어 있는 남자를 안심시키려는 듯 애써 웃는 얼굴로 대답했다.

"그 경우에는 물론 책임지고 제가 '송환 마법'으로 젠지로 님을 원래의 세계로 돌려보내 드립니다. 처음에 이야기했지요. 젠지로 님의 뜻에 반하는 일이 있다면 모든 것을 원래대로 돌려놓겠다고. 애초에 젠지로 님의 동의도 없이 이쪽 세계로 끌고 들어온 만큼, 거절하신다면 모든 것을 백지로 돌려놓을 정도의 각오는 있어요. 젠지로 님은 안심하시고 마음이 이끌리는 대로 대답해 주세요."

"아, 그, 그렇습니까……."

아우라의 대답에 젠지로는 맥이 빠져버린 듯, 안도의 한숨을 내쉬었다.

소파의 등받이에 등을 기대니 티셔츠가 기분 나쁘게 등에 달라붙었다. 아무래도 자각하지 못하는 사이에 흠뻑 식은땀을 흘린 모양이다.

만화나 소설에 나오는 '이세계 소환'이라는 것은 소환은 가능해도 송환은 불가능한 케이스가 많고, 불려 온 사람은 본인의 의사에 상관없이 이세계 생활을 강요당하기 마련인데, 젠지로를 덮친 현실은 그렇게까지 심하지는 않은 모양이었다.

무엇보다 되돌아갈 수 있다니 다행인 일이다. 그 말에 머릿속이 끓어 넘치기 직전이었던 젠지로도 조금은 냉정을 되찾았다.

"반대로 이 제안을 받아들였을 때도, 한 번은 원래의 세계로 돌려보내 드릴 예정이에요. 원래의 세계와 결별하려면 젠지로 님에게도 이별을 고하고 싶은 분이 있을 테니까. 소환과 송환의 마법은 별자리의 위치에 좌우되기 때문에 언제든 자유로이 쓸 수 있는 것은 아니지만, 다행히도 지금의 별자리는 내일 밤까지 변하지 않을 겁니다. 게다가 한 달 후에는 한 번 더 소환에 적합한 별자리가 돼요. 즉 이 제안을 거절한다면 돌려보내 드리고 그걸로 끝. 받아들이신다면 내일 일시 귀국하여, 한 달 후 다시 모셔온다는 이야기지요."

"호오, 소환마법이란 건 그렇게 빈번하게 가능한 것이군요."

한가로운 감상을 내뱉는 젠지로를 보던 아우라는 쓴웃음을 지으며 고개를 가로저었다.

"아뇨. 이건 지금 특별히 좋은 별자리를 만났기 때문일 뿐이에요. 만약 한 달 후의 시기를 놓친다면 다음 기회는 30년 동안 없어요. 쓸데없이 겁낼 필요는 없지만, 너무 낙관적이어서도 곤란하다는 얘기죠."

"엥, 정말? 30년 후라고?"

아우라의 대답에 젠지로는 존댓말도 잊고 놀란 목소리를 높였다.

30년은 너무 길다. 역시 이 결혼 제안을 받아들이면 지구와는 '영원히 안녕'이 될 공산이 크다.

그래도 이 결혼을 거절한다면 내일이라도 원래의 세계로 돌아갈 수 있음을 알게 된 젠지로는 조금 전까지와는 비교도 되지 않을 만큼 정신이 맑아졌다.

인간의 심리란 것은 불가사의해서, 절대 돌아가지 못한다면 무슨 수를 써서라도 돌아가고 싶다고 생각할 텐데, 그럴 마음만 있다면 얼마든지, 라는 상황이 되니 '딱히 돌아가지 않아도 되는 것이 아닐까?'라는 생각마저 드는 것이었다.

(실제로 아우라 씨가 한 말이 전부 사실이라면 상당히 괜찮은 제안인데. 애초에 나는 가족도 없고 애인도 없고. 직장은…… 뭐, 그럭저럭 다녔지만, 월평균 150시간 야근을 시키는 회사니까 별 미련도 없지.)

생각해 보니 오늘은 반년 만에 쉬는 토요일 휴무였다.

평일 퇴근 시간은 자정을 넘는 일이 당연지사. 토요일은 원칙상 근무일. 일요일도 한 달에 세 번은 출근. 야근 수당을 일한 만큼 정확하게 계산해 주니 그나마 다행이지만, 그렇게 번 돈을 쓸 시간조차 없는 나날.

집에 들어가도 밥을 할 기력조차 없어 평일 저녁은 언제나 편의점 도시락이나 외식. 생각해 보면 일할 때와 물건을 살 때 외에 여자와 대화를 나눠본 것도 반년만의 일이 아닌가.

(생각할수록 정말 정떨어지네. 저쪽 세계에서 생활이란……)

저쪽 세계. 애인도 없고 일에 찌들어 사는 하루하루.

이쪽 세계. 가슴이 풍만한 미녀와 결혼.

새삼스레 비교해 보니 이 제안은 어쩌면 젠지로에게 때맞춰 찾아온 전환점이 아닐까 생각되었다.

순간 그런 생각을 한 젠지로였지만 타고난 소심함이 폭주하기 시작한 젠지로의 심리에 브레이크를 걸었다.

(아니, 아니, 잠깐만. 만약 이 제안이 전부 사실이라고 해도 아직 물어보지 않은 부분이 있어. 아우라 씨는 여왕이잖아? 여왕과 결혼해서 아무런 일도 하지 않아도 된다니, 그럴 리가 있나?)

왕족이란 태생이 정치가다. 종종 만화나 소설에는 방탕한 한량 왕자가 나오지만 그건 극히 예외적인 경우이고, 왕족의 의무를 성실하게 수행하는 사람은 가엾을 정도로 바쁘게 지낸다고 어디선가 들은 적이 있다.

만약 그런 생활이 기다리고 있는 것이라면 원래의 세계에서 노동 착취를 당하고 있는 편이 낫다.

젠지로는 남이 눈치채지 못하게 몇 번이고 가느다란 심호흡을 하며 결론을 서두르려는 자기의 마음을 안정시키려 했다.

"흐음, 그러면 만약 내가 이 제안을 받아들인다고 한다면 이쪽 세계에서 내게 어떤 의무가 발생하게 됩니까? 여왕의 남편도 왕족의 일원이잖아요."

젠지로의 질문에서 긍정적인 태도를 읽은 것인지 아우라는 기쁜 듯이 미소 지었다.

"특별히 규정은 없어요. 나는 이 나라의 32대 국왕이지만 카파 왕국 역사상 여왕은 단 세 명뿐이니까. 게다가 선대 여왕 두 명은 평생 독신이었기 때문에 후계자로 혈연이 강한 분계에서 양자를 들이거나 즉위 당시 아직 젖먹이에 불과했던 남동생에게 왕위를 물려주거나 했소. 즉 카파 왕국 여왕의 남편이 되는 사람은 젠지로 님, 당신이 처음인 셈이지요."

아우라는 자연스럽게 젠지로를 '남편'으로 단정해 말했지만, 젠지로는 그것을 깨달을 만큼의 여유가 없었다. 방금 들은 말에는 그보다 훨씬 흘려들을 수 없는 부분이 있었다.

"자, 잠깐만요! 그러면 이 나라는 국서(國婿)에 대한 권리나 의무 등이 전혀 명문화되어 있지 않다는 말인가요?"

국서란 즉 여왕의 반려자를 말한다. 지금까지 여왕이 결혼한 예가 없었던 이 나라에는 존재한 적이 없는 단어일지도 모른다.

당황하는 젠지로에게 여왕은 침착하게 수긍했다.

"응. 서류상으로는 그래요. 하지만 안심하세요, 젠지로 님. 우리나라는 역대 32명 중 여왕이 단 세 명이라는 역사에서도 알 수 있듯이 남성우위 사회랍니다. 직장은 물론이고 가정에서 가장의 자리는 늘 남성의 것이고 아내는 남편을 받드는 것이 미덕이라고 여기고 있죠. 어떤 형태로든 혼인하게 되면 나도 가능한 한 당신의 뜻을 따르기 위해 노력할 것을 약속해요."

그렇게 달콤하기 그지없는 말들이 쏟아졌다.

"아, 네에……"

예상을 훌쩍 뛰어넘는 유리한 이야기가 되돌아오자 젠지로는 얼빠진 듯 멍청한 목소리를 냈다.

아우라의 말을 전면적으로 믿어도 좋다고 한다면, 아우라와 결혼한 다음에도 젠지로에게는 이렇다 할 막중한 의무가 발생하지 않을 뿐 아니라, 아우라는 젠지로를 받들고 가능한 한 편의를 봐주겠다는 이야기다.

……지나치게 이야기가 뻔지르르하다. 아직 두뇌의 움직임이 둔한 젠지로도 넙죽 받아먹기엔 꺼림칙함을 느꼈다. 아무리 그렇다 해도 이상할 정도로 좋은 조건 아닌가.

(안 돼. 잘 생각해 보자. 아무리 생각해도 뭔가 함정이 있는 얘기잖아, 이거.)

엄격히 자제하지 않으면 나도 모르게 덥석 달려들어 버릴 정도로 매력적인 조건 앞에서 젠지로는 필사적으로 머릿속을 움직였다.

(애초에 이 결혼이 성립했을 때 아우라 씨 측이 얻는 건 뭐지? 왕가 혈통의 존속? 그것뿐이야?)

아우라 이외의 왕족이 모두 사멸했다고 한다면 왕가의 피를 진하게 물려받은 젠지로의 존재가 무척이나 매력적임이 분명하리라.

그러나 단지 그것만을 위해서 저렇게까지 황홀한 조건을 늘어놓는 것일까? 아이를 만드는 것 외에는 아무것도 하지 않는 남편. 세상은 그런 남자를 '기둥서방'이라고 부른다.

(일부러 남편을 기둥서방 놈팽이로 만든다니 아우라 씨는 굉장한 하이 레벨의 '나쁜 남자 오타쿠'인 건가? 아니야, 그런 사람이 있을 리 없잖아……)

그런 것이 아니라고 한다면 아우라 씨 쪽에 무언가 좀 더 커다란 이득이 있는 게 분명하다. 그렇지 않다면 아무리 혈통이 진한 젠지로가 남편으로 적합하다고 해도 처음부터 그렇게까지 매력적인 조건을 늘어놓을 필요가 없다.

(무리야. 정보가 너무 적어.)

'적은 정보만으로 성급하게 협상을 마무리 지으려고 하면 반드시 상대방에게 당한다.' 회사에서 선배에게 귀에 못이 박이게 들었던 말을 떠올린 젠지로는 아우라에게 계속해서 질문을 던졌다.

"미안합니다. 이야기가 처음으로 돌아갑니다만 만약 내가 제안을 거절한다면 아우라 씨는 어떻게 됩니까? 결혼을 안 한다거나 하는 건 아니지요?"

"그래요, 그때는 아마도 국내에 있는 비교적 왕가의 피가 진한 귀족을 신랑으로 맞이하게 될 거요. 진하다고 해도 대수롭지는 않겠지만."

그렇기에 이렇게 실례를 무릅쓰고 젠지로 님을 모신 것이오, 라고 아우라는 말하며 자조적으로 웃었다.

(과연. 어쨌든 국내에도 신랑 후보는 있다는 것이군. 뭐, 당연한 건가. …… 응? 잠깐만. 그렇다면…… 조금 속내를 떠볼까?)

문득 어떤 가능성을 짐작한 젠지로는 아우라가 눈치 채지 못하게 침을 삼키고 나서 가능한 한 평정심을 가장한 목소리로 다음 질문을 던졌다.

"그 신랑 후보라는 분은 역시 증조부나 증조모가 왕족이었던 분입니까?"

젠지로의 유도신문에 걸려들었다는 것을 알지 못한 채, 아우라는 쓴웃음을 지으며 고개를 가로저었다.

"설마. 그런 진한 혈통을 가진 사람은 이미 남아있지 않아요. 기껏해야 증조부의 조모가 왕족이거나 잘해야 증조부의 모친이 왕족이었다는 정도죠."

(앗! 역시, 빙고!)

아우라의 대답에 젠지로는 마음속의 놀라움을 감추고 애써 포커페이스를 유지했다.

회사의 상사가 말하길 "영업을 할 때, 얼굴 근육은 이성으로 움직여야 하지 감정에 맡겨서는 안 된다."라고 했다. 그런 상사의 가르침이 뜻하지 않게 이세계에서 발휘되다니.

지금 아우라가 한 대답은 명백히 모순이다. 증조부의 조모라는 건 숫자로 표현하면 5대 전. 증조부의 어머니라고 하면 4대 전이다.

한편 지구에 이전해 온 젠지로의 선조는 5대를 거슬러 올라간다. 아우라의 말대로 4대째의 자손이 살아있다면 5대째씩이나 되는 젠지로를 소환할 필요가 없다.

젠지로가 태어나고 자란 마을이 폐쇄적이었기 때문에 결과적으로 젠지로가 지극히 진한 왕가의 피를 물려받은 것은 사실이지만, 그런 사실은 젠지로를 소환하기까지 아우라도 몰랐던 것이다. 실제로 그녀는 '즐거운 오산'이라는 표현을 하지 않나.

요컨대 왕가의 피를 진하게 물려받은 사람과 자손을 만들기 위해 이세계에서 신랑 후보를 소환했다는 설명 자체가 거짓말이라는 것이 된다.

(그럼 어째서 나를 소환한 거지? 혹시 나를 남편으로 맞고 싶다는 이야기 자

체가 거짓말? 아냐, 안 돼. 거기까지 의심해버리면 한도 끝도 없어.)

　젠지로에게는 스스로 원래 세계로 돌아갈 능력이 없다. 그렇게 생각하면 아우라가 번지르르한 말로 젠지로를 구슬릴 필요도 없다. 그저 '원래 세계로 돌아갈 방법은 없다'고 속이면 되니까.

　아마도 아우라는 가능한 한 젠지로와의 교섭에 충실하게 임하려 하는 모양이다.

　(그러니까 나를 신랑으로 삼고 싶다는 말이나 이상할 정도로 좋은 조건은 모두 사실이라고 생각해도 될 거야. 그편이 이야기의 앞뒤가 맞아. 그렇다면 어째서? 아우라 씨는 일부러 그런 좋은 조건을 내걸면서까지 국내의 귀족보다, 비교적 '핏줄이 진한' 이세계로 도망친 왕족의 자손을 소환한 거지?)

　"젠지로 님? 왜 그러시오?"

　"아, 아뇨, 미안합니다. 생각을 좀. 그래서 만약 내가 아우라 씨와 결혼하게 되면 아우라 씨는 제가 어떻게 하기를 바라죠? 아니, 그러니까 법률에 어떻게 되어 있는지가 아니라 어디까지나 아우라 씨의 바람 말입니다."

　젠지로의 물음에 아우라는 조금 어깨를 으쓱하더니 상쾌하게 느껴질 만큼 확실하게 대답했다.

　"특별히 없어요. 이 제안을 받아들여 주신다는 것은 젠지로 님이 나를 위해 고향과 가족, 지금까지의 생활을 모두 버린다는 뜻이니까. 나는 그런 분에게 그 이상 어떤 요구를 들이댈 정도로 얼굴이 두꺼운 인간이 아니랍니다. 그저, 왕가의 존속을 위해 아이를 만드는 데 협력해 주신다면 그걸로 만족이에요."

아무래도 정말로, 발생하는 의무는 눈앞의 가슴 빵빵 미녀와 아이를 만드는 것뿐인 모양이었다. 적어도 젠지로의 눈에는 아우라가 진정으로 그렇게 말하고 있는 것처럼 보였다.

아우라의 대답은 이번에도 남자를 망가뜨릴 정도로 달콤한 유혹이었다. 그러나 이번에는 젠지로도 반쯤 그런 대답을 예측하고 있었다.

(이건, 어쩌면 정말로 내가 세운 가설이 들어맞는 건가? 방금 말한 매력적인 조건은 처음부터 나를 위한 것이 아니었어. 애초부터 아우라 씨가 바라는 가장 바람직한 조건이었던 거야.)

젠지로는 지금까지 획득한 정보를 정리했다.

▶ 카파 왕국 국내에는 이세계로 도망친 왕족의 자손보다 진한
  혈통을 이어받은 귀족이 있다.

▶ 그런데도 아우라는 일부러 예전에 이세계로 도망친 왕족의
  자손(젠지로)을 결혼상대로 소환했다.

▶ 젠지로가 물려받은 왕가의 피가 상당히 진하다는 것이
  드러났지만 그건 어디까지나 '즐거운 오산'.

▶ 젠지로에게 아우라는 '아이 만들기만 해주면 다른 일은 아무것도
  하지 않아도 된다.'라고 말했다.

▶ 이 나라는 원칙적으로 남성우위 사회로서 여왕이라는 존재는
  희귀하다.

▶ 이 나라의 문화에서는 한 가정의 가장은 반드시 남자가 맡는다.
  처는 남편을 받드는 것이 미덕.

▸ 역사상의 여왕들은 모두 독신이었고 '국서'가 생기는 사례는
  이번이 처음.

　지금까지 들은 대답과 전신에서 뿜어져 나오는 압도적인 카리스마
만을 보더라도 아우라라는 여성은 여왕으로서 충분히 소질을 갖고 있
어 보인다.
　자신의 가설이 맞는 건지, 그것을 입증하기 위해 젠지로는 질문을
계속했다.
　"그러면 두 가지 질문을 더 하겠습니다. 내가 이 나라에 머무르게
된다면 어디에서 생활하게 됩니까?"
　"그건 아마도 후궁이 될 거예요. 원래 우리나라 왕은 왕비와 측실
등 여러 명의 처를 거느리는 것이 일반적이니까. 다소 변칙적이긴 하
지만 우리 부부의 생활공간은 후궁이 될 것이에요."
　역시다. 이제 거의 틀림없다.
　젠지로는 꿀꺽 침을 삼키고 마지막으로 결정적인 질문을 던졌다.
　"그러면 마지막 질문입니다. 만약 내가 아우라 씨와 결혼한 후 후
궁에 틀어박혀 가능한 한 외부와의 접촉을 끊고, 아우라 씨 이외의
왕궁 관계자들과도 일절 관계를 맺지 않고, 그저 언제까지나 빈둥
빈둥 놀기만 하는 나날을 보낸다면, 아우라 씨는 어떻게 생각하겠습
니까?"
　젠지로의 만약의 이야기에 아우라는 마치 오래 기다렸다는 듯이
오늘 보인 것 중에 가장 환한 미소를 지으며 반사적으로 대답했다.

"대환영이고말고요!"

그 한 마디에 젠지로는 자신의 가설이 전면적으로 맞아떨어졌음을 확신했다.

(오케이! 수수께끼는 완전히 풀렸어. 틀림없어. 이 사람, '아무것도 하지 않아도 된다'는 조건을 미끼로 내미는 게 아니야. 진심으로 '아무것도 하지 않아 주는 남편'을 원하는 거야.)

문자 그대로, 한량 기둥서방을 1지망으로 환영하고 있는 것이다.

조금만 생각해 보면 사실 그렇게 부자연스러운 이야기도 아니다.

노동착취를 일삼는 회사에서 일에 쫓기는 나날을 보내고 있던 젠지로의 가치관으로 상황을 판단하려 했던 것이 애초에 잘못이었다.

일에 지쳐 있던 젠지로는 일하지 않고 의식주+미인 신부가 주어지는 생활이라는 것에 매력을 느꼈지만, 그건 이쪽 세상의 일반적인 가치관이 아니다.

'국서'가 된 남자가 일한다는 것은 즉 권력을 행사한다는 이야기나 마찬가지다.

거대한 권력을 행사하는 것에 매력을 느끼지 않는 남자는 극소수이리라.

비록 명문화된 권한은 없지만, 이 나라에서 '국서'는 당당히 권력자가 될 수 있다.

그도 그럴 것이 왕국의 문화 자체가 남성사회를 중심으로 형성되어 있고, '가정'의 우두머리인 가장은 비록 데릴사위라 할지라도 남자여야 한다고 정해져 있으니까.

그리고 처가 된 여자가 최대한 남편이 된 남자를 받드는 것이 미덕으로 여겨지고 있다면, 극단적인 얘기로, '국서'는 '가정'이라는 틀을 이용해 '여왕'에게 '명령'할 수도 있다는 얘기가 아닌가.

적어도 '국서'가 공식적인 장소에서 무언가 의견을 말하면 '여왕'은 그것을 무시할 수 없을 것이다.

(그렇구나. 귀족 출신의 신랑이라면 십중팔구 권력욕이 있을 것이고, 그런 녀석을 '국서'로 봉하거나 하면 최악의 상황에선 아우라 씨의 권력이 통째로 가로채질 가능성도 있다는 건가. 거기까지 가지 않는다 하더라도 자기 집안의 이익을 취하는 정도는 아마 반드시 하겠지.)

여왕과 국서의 이중권력구조. 잘못되면 나라가 둘로 쪼개지는 내란으로 발전한다고 해도 이상하지 않을 화근이다.

(과연. 그렇게 생각하니 일부러 이세계에서 신랑 후보를 데려오고 싶은 마음도 알 것 같네. 이세계의 신랑이 정치적 야심을 갖지 말란 보장은 없지만, 최소한 자기 집안의 끄나풀이 되지는 않을 테니. 남편의 집안이 외척으로서 권력을 휘두르지 않는 것만으로도 충분히 의미가 있을 거야.)

동서고금의 역사를 들춰보면 왕의 배우자의 친족, 즉 외척이 나라를 망치는 원인이 된 사례는 상당히 많다.

열심히 생각하고 계속해서 질문해 오는 젠지로를 흥미진진하게 지켜보던 아우라는 젠지로가 차분해지는 타이밍을 엿보다가 입을 열었다.

"이렇게 평생을 좌우하는 선택을 바로 결정하라는 것이 무리한 요청임은 잘 알고 있어요. 그러나 조금 전에도 말했듯이 소환 마법은 별

자리의 영향을 받기 때문에 시간이 별로 없어요. 지금 바로 대답하지는 않아도 되지만 적어도 내일 아침까지는 마음을 정해 주세요. 모든 것은 이쪽의 일방적인 희망으로 발생한 일. 거절당한다 해도 젠지로 님에게는 절대 위해를 가하지 않을 것이고, 만약 받아들여 주신다면 당신의 처로서 최대한의 성의를 담아 대해 드릴 것을 약속해요. 어떠시오? 젠지로 님."

아우라는 부드러운 웃음에 진지한 눈빛을 얹어 그렇게 젠지로를 설득했다. 아니, 이건 '구슬렀다'고 표현하는 편이 적절할지도 모르겠다.

"네. 그렇군요……."

여왕의 구슬리는 말에 젠지로는 가볍게 눈을 감고 생각했다.

젠지로가 지금 세운 가설이 옳다고 한다면 굉장히 매력적인 이야기다.

그러나 몇 번이나 말했듯이 나는 그 대가로서 지금까지 살아온 지구에서의 삶이 송두리째 없어지는 상황을 감수해야 한다.

불완전하긴 해도 야마이 젠지로라는 남자는 오늘날까지 한 사람의 인간으로서 자신의 힘으로 발 딛고 서서 자신을 다스리고 스스로를 키우며 살아왔다.

확실히 회사 일은 힘들었고 늘 회사를 그만두고 싶다고 생각했지만 자립해서 생활을 꾸리고 있다는 자부심도 품고 있었다.

그것은 남자로서 '긍지'라고도 할 만한 것이었다.

아우라의 요청을 받아들인다는 것은 그런 '긍지'를 내버리고 여자

에게 사육되는 생활을 받아들인다는 것을 의미한다.

과연 그걸로 좋은가? 야마이 젠지로라는 남자의 '긍지'는 그렇게 간단히 내팽개칠 수 있을 만큼 가벼운 것이었단 말인가?

(조금만 냉정하게 생각해 보면 고민해 볼 것도 없는 문제잖아.)

내일까지 질질 끌 필요도 없는 얘기다. 결론은 이미 나와 있으니까.

마음의 결심이 선 젠지로는 눈을 뜨고 아우라의 두 적갈색 눈동자를 정면으로 바라보며, 테이블 위에 몸을 올려놓을 듯이 기울이고 단숨에 말했다.

"결혼합시다! 아우라 씨!"

야마이 젠지로의 남자로서의 '긍지'는 말 그대로 '방귀' 같은 존재였던 것이다.

[막간1] **여왕의 밀담**

야마지 젠지로를 소환한 그날 밤, 카파 왕국 여왕인 아우라 1세는 자신의 방에 심복 부하 몇 명을 모아 놓고 비공식적인 회합을 열었다.

테이블 위에 놓인 촛대 위의 불빛이 넓은 실내를 어두침침하게 밝히고 있었다.

아우라는 남국 풍의 넝쿨 줄기로 엮어 만든 의자 위에 다리를 꼬고 앉아, 모인 심복 부하들을 바라보며 입을 열었다.

"그래, 서방님은 어때?"

가장 먼저 질문을 받은 것은 가장 끄트머리에 있던 긴 금발머리의 시녀였다.

"네. 조금 전에 겨우 잠드신 듯합니다."

금발의 시녀는 높고 낭랑한 목소리로 그렇게 짧은 보고를 마쳤다.

"그래? 잘됐구나. 하지만 그분은 꽤 밤잠이 없는 것 같아. 이후에는 후궁의 조명비용을 추가로 책정해두는 편이 좋을지도 몰라."

아우라는 생각에 잠긴 듯 마주 잡은 팔 위에 턱을 올리고 그렇게 중얼거렸다.

젠지로가 들었다면 황당해했을 만한 평가다. 현재 시각은 고작해야 밤 10시 전후. 평일 퇴근 시간이 밤 12시, 1시였던 젠지로의 감각으로는 엄청나게 이른 취침이다.

젠지로 딴에는 자신이 잠들지 않는 한 일에서 해방되지 못하는 시녀들을 배려해서 그리 졸리지 않는데도 일부러 불을 끄고 침대에 들었던 것이다.

그것을 '늦다'거나 '잠이 없다'고 한다면 할 말이 없다.

하지만 무리는 아니다. 그럴 생각만 있다면 얼마든지 전기의 힘으로 24시간, 언제까지나 불빛을 밝힐 수 있는 현대 일본과, 조명이라고 해봐야 기껏 횃불, 촛불, 램프와 같은 '자연적인 불꽃' 정도만이 존재하는 이쪽 세계에서는 밤이라는 시간대에 대한 인식이 근본적으로 다르다.

이쪽 세계에서 밤 시간에 일하는 건 지극히 일부의 직종에 한한다. 상당히 바쁜 왕궁의 중추부조차도 '밤엔 잠을 자는 것'이라는 인식이 강하게 자리 잡고 있는 것이다.

아우라의 말을 듣고 정면에 서 있던 문관으로 보이는 좁은 얼굴을 한 중년 남자가 발언했다.

"무엇이 어찌 됐든, 결혼 성립 축하하옵니다, 폐하. 그런데 폐하는 젠지로 님의 품성을 어떻게 보셨습니까?"

그 중년 남자, 파비오 데우바제는 아우라의 비서관이다.

비서관이란 본래 그다지 높은 권한을 가진 관직이 아니지만, 현재 카파 왕국은 여왕인 아우라가 재상도 원수도 두지 않고 정부와 군을 직접 지휘하는 실정이기에, '여왕의 오른팔'로 불리는 그의 권한은 직함에 국한되지 않는 엄청난 것이었다.

　여왕은 신뢰하는 심복의 말에 살짝 어깨를 으쓱하고는,

　"예상보다 훨씬 머리가 좋은 인물이야. 냉정한 판단력도 있고, 배짱도 제법 두둑해. 이건 '나쁜 오산'이군."

　그렇게, 잘라 말했다.

　칭찬으로밖에 들리지 않는 평가를 '나쁜 오산'이라고 단정 짓는 것은 이 여왕이 남편에게서 유능함을 구하지 않는다는 증거다.

　아우라에게 있어서 이상적인 남편이란 뜻밖에 주어진 호화로움에 빠져 돈과 여자, 맛있는 음식과 같은 속물적인 욕망을 채우는 것에 만족하고 정치권력에는 일절 흥미를 보이지 않는 남자다.

　"특히 그, 마지막 질문. 젠지로 님은 아마도 내 의도를 알아차린 거야. 그런 다음에 이 결혼을 받아들인 거거든."

　아우라는 낮에 있었던 대화를 떠올리고는 쿡쿡 웃었다. 대단해. 일부러 "만약 내가 결혼한 후 후궁에 틀어박혀 가능한 한 외부와의 접촉을 끊고 그저 언제까지나 빈둥빈둥 놀기만 하는 나날을 보낸다면, 어떻게 생각할 겁니까?"라고 다이렉트로 물어오다니.

　이쪽이 남편에게 무엇을 바라는지, 더 정확하게 말하자면 '무엇을 하지 않았으면 하는지'를 제대로 이해하고 있다고밖에 생각할 수 없다.

　"처음엔 평민으로 나고 자랐으리라 생각했지만, 그 총명함을 보아하니 그분은 저쪽 세계의 귀족계급인지도 모르겠어."

　"그럴지도 모르겠군요."

"몸가짐이나 예의범절을 보면 약간 의문이 남긴 하지만 무지한 일반시민이라고 보기에는 부자연스러운 부분이 있는 것 또한 사실입니다."

아우라가 말한 꽤 빗나간 예상이라는 부분에 그 자리에 모인 심복들도 고개를 끄덕이며 동의를 표했다.

이 부분에서는 아우라와 부하들도 저쪽 세계를 자기 세계의 상식에 끼워 맞춰 생각하는 오류를 범하고 있었다. 이쪽 세계에서 '교육'은 왕족, 귀족, 일부 부유층에게만 허락된 혜택이었다.

아우라와 신하들에게 평민이라는 존재는 좋고 싫고를 떠나서 교양 없는 존재에 지나지 않았다. 남대륙 전체를 둘러보면 평민에게도 문호를 개방하는 교육기관이 아주 없지는 않았지만, 현대 일본처럼 국민 전원에게 9년간의 의무교육을 시행하는 나라는 완전히 상상 밖의 존재였다.

"하지만 그렇다면 젠지로 님이 이번 결혼을 받아들인 대목에도 어딘가 석연찮은 점이 있다고 할 수 있는데. 젠지로 님과의 결혼을 파기하기를 원하신다면 한 달 후의 재소환은 없었던 일로 하십시다요."

그렇게 제안한 자는 젠지로가 이쪽 세계에 왔을 때 아우라의 왼편에 서서 보라색 로브 걸치고 있던 초로의 남자였다.

카파 왕국 수석 마법사, 에스피리디온의 말에 아우라는 흥, 하고 콧방귀를 뀌고는 설레설레 손을 저었다.

"농담 마, 영감. 그러고 나서 대신 나더러 기젠 집안의 '굶주린 늑대'나 마르케스 집안의 '꼭두각시 인형'을 신랑으로 맞으라는 거야? 그런 짓을 했다간 모처럼 전란에서 살아남은 카파 왕국이 내우(內憂)로 멸망할 텐데."

쌀쌀맞은 여왕의 말에 쓴웃음을 떠올린 마법사는 기다란 잿빛 수염을 쓰다듬고는 방금 여왕의 혹평을 받은 국내의 신랑 후보를 변호했다.

"폐하, 그건 너무 말씀이 심하십니다요. 기젠 집안의 푸죠르 경은 명장으로 불리기에 손색없는 무인이옵고, 마르케스 집안의 라파엘로 경도 지극히 유능한 문관이지요."

"영감이 말 안 해도 알아. 내가 직접 그 녀석들을 지금의 지위에 올려 주었으니까. 그러나 아무리 유능하다고 해도 지나친 야심가나 부모의 뜻에 조금도 거역할 줄 모르는 마마보이는 내 남편으로 적합하지 않아. 그런 뜻이야."

아우라의 인물 평가는 신랄하기는 했지만, 결코 틀린 말이 아니었기 때문에,

"그러면 역시, 결혼은 젠지로 님과?"

이야기를 원점으로 되돌리는 좁은 얼굴의 중년 남자, 파비오의 말에, 아우라는 간단히 고개를 끄덕였다.

"응. 예상보다 현명한 인물이라는 점이 조금 신경 쓰이긴 하지만, 인격 면에서도 합격점이야. 적어도 '굶주린 늑대'나 '꼭두각시 인형'과는 비교가 안 돼. 왕가의 혈통도 충분히 진해. 그렇다면 아이에게 '시공마법'을 승계할 수 있을 뿐만 아니라 서방님 자신도 수련을 쌓으면 '시공마법'을 사용할 수 있게 될 거야. 그렇게 되면 귀족들이 공공연하

게 반대의견을 내는 일도 없겠지."

카파 왕가의 혈통 마법인 '시공마법'을 자손에게 올바르게 물려준다. 이는 이쪽 세계에서는 충분히 혼인의 대의명분이 된다. '혈통마법'을 가진 자의 숫자가 그대로 국력이 되는 세계인 것이다.

그다지 머지않은 미래에, 젠지로 자신이 '시공마법'을 쓸 수 있게 된다고 한다면 아우라와 젠지로의 결혼에 대해 공공연하게 반대하는 것은 불가능하다.

"하지만 신분의 차이도 그렇고 다른 세계의 인간입니다요. 결혼한다고 해도 과연 문제없이 가정을 꾸려나갈 수 있을지 어떨지, 의문입니다요."

앞일을 걱정하는 노마법사에게 아우라는 의미심장하게 웃어 보였다.

"뭐, 그런 건, 크건 작건 누구와 결혼한다 해도 생길 문제야. 이후는 나의 성의와 노력의 문제겠지. 낮에 서방님에게 말했듯이, 모두 이쪽의 상황에서 비롯되어 엮인 혼인이야. 국정에 영향을 미치는 무리한 요구를 하지 않는 한, 서방님의 요청을 들어줄 거야."

낮에 아우라가 젠지로에게 보인 성의 있는 대응은 결코 겉치레가 아니었다.

아우라 스스로 젠지로를 일방적으로 일에 휘말리게 한 것에 대해 심리적인 부채의식을 느끼고 있었고, 이성적으로 생각해도 남편이 될 사람에게 성의 있는 태도를 보이는 것은 지극히 이치에 맞는 일이었다.

남편은 부하가 아니라 가족이다. 순조롭게 진행된다면 앞으로 몇 번이고 살을 부대끼며 생을 마칠 때까지 몇 십 년이라는 시간을 서로 의지하며 살아갈 반려자 아닌가.

서로 부딪치면 피곤할 뿐이다.

"알겠습니다. 그건 어디까지나 가정 내의 문제니까 폐하께 맡기겠습니다. 단, 왕가의 후계가 생산될지 아닐지는 왕국의 문제입니다. 만에 하나, '밤일'에 문제가 있다고 한다면 솔직하게 보고해 주십시오. 다행히 젠지로 님은 '시공마법'의 습득이 기대될 만큼 왕가의 혈통이 진한 분. 푸죠르 경이나 라파엘로 경과 비슷한 정도의 왕가 혈통을 잇고 있는 여자는 현재 왕국에도 몇 명 있으니까요."

파비오 비서관이 솔직하고도 무례하기 그지없는 말을 뱉어냈다.

확실히 진한 왕가의 피를 물려받은 젠지로라는 남자의 존재가 명확해진 지금, 상황은 처음과 달라졌다.

지금까지는 '시공마법'을 발동할 수 있는 사람이 아우라밖에 없었기 때문에 아우라가 아이를 낳는 것이 지상과제였지만, 거기까지는 다소 미치지 못할지언정 지금은 젠지로라는, 잠재적으로 '시공마법'을 사용할 수 있는 레벨의 왕가 혈통 남자가 나타난 것이다.

극단적인 얘기로, 지금까지의 전례로 돌아가서 아우라에게는 평생 독신인 채 여왕의 임무를 다하게 하고, 왕가의 후계자는 젠지로와 왕가의 피를 잇는 귀족의 여식을 맺어주어 그 사이에서 생산케 하는 선택지도 존재한다.

기실 여왕의 결혼은 '왕권의 절대성'과 '집안의 가장은 남자'라는 법과 문화의 모순을 발생시키는 상황이다.

젠지로의 존재가 알려지면 왕가의 피를 잇는 딸자식을 가진 귀족들이 그런 문제를 들고 나와 여왕의 결혼을 파기시키고 자신의 딸과 젠지로의 혼인을 압박해 올 가능성도 충분히 있다.

그런 의미에서 야마이 젠지로의 존재는 호재임과 동시에 커다란 폭탄이기도 했다.

그러나 여왕 아우라는 심복의 무례한 말에 화를 내는 기색도 없이 꼰 다리를 고쳐 앉고는 의미심장하게 대답했다.

"응. 그 상황은 후일의 문제긴 하지만 어느 정도 대응책을 생각하고 있어. 하지만 자네의 그 걱정은 아마 기우일 거야. 서방님과 아이를 만드는 일은 순조로울 거거든."

"호오? 그 자신감의 근거를 여쭤봐도 되겠습니까?"

흥미롭다는 듯이 질문을 던진 노마법사에게 아우라는 농염한 미소를 지어 보이고는 대답했다.

"뭐, 간단해. 오늘 저녁에 서방님과 마주 앉아 식사하는데, 서방님의 시선이 따가울 정도로 내 가슴께에 쏟아지던걸. 본인은 감추려 했겠지만 그건 틀림없이 욕정의 눈길이었어. 아무래도 내 몸이 서방님의 정욕을 자극하기에 충분한 모양이야."

그렇게 말한 아우라는 그 특대 사이즈의 젖가슴을 자랑하듯 가슴을 폈다.

남자의 곁눈질이란 여자에게는 탐색의 눈길로 받아들여지는 법.

아무래도 젠지로의 흑심은 완벽하게 여왕님에게 들켜버린 모양이었다.

[제1장] **일시귀환**

다음 날 아침, 젠지로는 왕궁의 객실에서 눈을 떴다.

막 잠에서 깬 젠지로의 시야에 들어온 물건은 호화로운 침대의 캐노피였다.

낯선 광경에 일순 몸을 경직시킨 젠지로였지만 잠시 후에 자신이 지난밤에 어디에서 잠이 들었는지를 떠올리고는 어깨의 힘을 뺐다.

"……아아, 그래. 여기는 이세계… 였지."

젠지로는 자신이 사는 원룸보다 더 커 보이는 침대에서 내려와 양탄자가 깔린 바닥에 발을 디뎠다.

발밑에 준비되어 있던 슬리퍼로 보이는 신발에 발을 꿰고, 넓은 게스트룸 안을 걷던 젠지로는 자기가 무의식중에 오른손으로 옆구리를 긁고 있다는 사실을 깨달았다.

"가려워. 여기저기 벌레에 물렸네. 이거야 원. 어제는 반쯤 객기로 결혼을 승낙했지만, 좀 성급했는지도 모르겠는걸……."

인제 와서, 젠지로는 그렇게 중얼거렸다.

어제 하루 있어본 것만으로도, 젠지로는 이쪽 세계가 현대 일본과 비교하여 얼마나 부자유스러운 세계인지 실감할 수 있었다.

점심과 저녁 식사에 차려진 음식들은 모두 매콤하게 양념 된 맛있는 것들이었지만, 함께 나온 술은 이상하게 미지근했다.

젠지로는 맥주와 발포주의 차이조차 느끼지 못할 정도로 둔한 미각의 소유자였지만, 일본인답게 '맥주는 무조건 차게 해서 마시는 것이 진리'라고 생각하는 인간이었다.

그런 젠지로에게 저녁 식사에 나온 과실주는 맛의 문제를 떠나서 그 미지근함이 참을 수 없는 수준이었다.

미지근한 것으로 말하자면 기온 자체도 문제다. 어제 아우라에게 들은 바로는 이곳 카파 왕국은 일본의 관동지방에 비해 상당히 더운 기후인 듯했다.

가장 추운 계절에도 길거리를 활보하는 사람이 긴 소매 옷을 입는 일은 거의 없고, 가장 더운 계절에는 온도가 체온보다 높아지기에, 사람들은 가능한 한 좁은 공간에서 몸을 기대며 서로의 체온으로 더위를 식힌다는 것이다.

그러고 보니 인도의 여름에 관한 일화 중에 비슷한 얘기를 들은 적이 있는 것 같아 젠지로는 얼굴을 찡그리며 기억을 더듬었었다.

이쪽 세계에는 온도계라는 물건이 존재하지 않기 때문에 정확하게는 알 수 없지만 아마도 겨울의 최저기온은 20도 안팎, 여름의 최고기온은 40도를 넘을 것을 각오해 두는 편이 좋을 것 같았다.

게다가 당연한 얘기로, 이쪽 세계에는 에어컨 같은 발명품이 없다. 에어컨 없이 여름을 나본 적이 없는 젠지로에게 이 더위는 꽤 강적이 되리라.

실제로 지난밤에도 더워서 잠을 설쳤다. 지금은 아직 한여름이 아나라지만 그래도 젠지로는 잠들기까지 최소 한 시간 이상 킹사이즈의 침대 위에서 계속 뒤척여야 했다.

잠을 설친 원인은 비단 더위만이 아니었다. 숙면을 방해한 또 하나의 원인은 '벌레'였다.

아무래도 이쪽 세계에는 유리창이라는 것이 존재하지 않는 모양이다. 그 때문에 창문은 모두 나무로 돼 있고 낮에는 채광을 위해 전부 열어놓고 있었다. 당연히 벌레들이 제 맘대로 드나든다.

침대의 캐노피가 어느 정도는 모기장 역할을 해주고 있었지만 그런 것으로 모든 벌레를 막을 수는 없는 노릇이었다.

그 결과, 아침에 일어났을 때는 젠지로의 몸 여기저기가 벌레에 물어 뜯겨 있었다.

그러나 이 모든 불편함을 모두 합친 것보다 젠지로를 뜨악하게 만든 것은 바로 야간 생활의 불편함이었다.

솔직히 전등이 없는 생활이라는 것이 이렇게까지 불편할 줄은 생각지도 못했다.

아우라와 함께 식사했던 식당만큼은 대량의 촛불을 사용한 샹들리에로 웬만큼 밝음을 유지하고 있었지만, 복도를 걸을 때는 앞서서 안내하는 시녀가 든 호롱불이 유일한 의지였다.

방에 도착해서도 조명이라곤 테이블 위에 호롱불이 하나 밝혀져 있을 뿐이었다.

그 불빛으로 독서라도 할라치면 백발백중 눈이 나빠지리라.

"옛날 사람들은 일찍 자고 일찍 일어났다는 말이 실감 나네. 이거야 원, 이래서는 밤에는 잠자는 일 말고는 아무것도 할 수 없잖아."

급기야 투덜투덜 불평을 내뱉으며 젠지로는 옷을 갈아입었다.

왕궁이나 저택이라면 흔히 있는 '옷 갈아 입혀주는' 시녀는 어젯밤에 거절해 두었다.

현재 젠지로의 복장은 허리를 띠로 묶은 펑퍼짐한 바지와 무릎까지 오는 네글리제 같은 헐렁헐렁한 상의였다.

이것이 왕후·귀족이 입는 가장 일반적인 잠옷이라는 모양인데, 실제 착용해 본 젠지로의 감상은, 이걸 입을 바에야 티셔츠와 트렁크만 입고 자는 편이 훨씬 편하겠다는 거였다. 원래부터 잠버릇이 좋은 편이 아닌 젠지로는 몇 번이나 뒤척이는 중에 입고 있던 네글리제에 관절꺾기 기술을 당할 뻔했다.

적어도 여기는 왕궁이고 젠지로는 비공식적이나마 여왕의 배우자가 될 특별한 손님이다. 의식주의 모든 면에서 최고 수준으로 준비되었을 터인데, 그럼에도 현대 일본의 일반 서민 계급인 젠지로가 상당히 불만족을 느끼고 있다는 당황스러운 현실.

진정 시대의 차이, 문명 수준의 차이란 큰 문제임을 느낀다.

빌려 입은 잠옷에서 익숙한 자신의 옷으로 갈아입은 젠지로는 침대 끝에 걸터앉아서 시녀가 부르러 오기를 기다렸다.

"새삼스럽게 생각해보니 일본은 참 좋은 나라네. 거의 모든 집에 냉장고랑 에어컨이 있으니. 그에 비해 이곳은 전기 자체가 없으니. 그렇지만 여기서는 일하지 않아도 괜찮잖아! 게다가 아우라 씨는 엄청나게 예쁘고."

미지근한 술, 잠들기 어려운 방, 조명 없는 밤을 경험한 젠지로. 그럼에도 젠지로를 줄기차게 잡아끄는 것은, 다름이 아니라 어제 약식으로나마 혼약을 맺은 아우라 카파의 매력이었다.

저녁 식사 때, 대담하게 옆트임이 있는 빨간 이브닝드레스 차림으로 젠지로 앞에 나타난 아우라는 다시 한 번 그 매력적인 미소와 관능적인 몸매로 이세계인 약혼자를 매료시켰다.

여왕 폐하의 대담하고 섹시한 자태에 푹 빠져버린 젠지로는 부자연스럽지 않을 정도로(라고, 젠지로 자신은 생각했다.) 아우라의 풍만하게 솟은 가슴의 골짜기나 옆트임 사이로 드러난 허벅지를 훔쳐보았다.

지금 돌이켜보아도 그 엉덩이, 가슴, 허벅지에는 현대 일본의 편리한 생활을 버릴 만큼의 가치가 충분히 있다는 생각이 들었다.

"그래. 생각해 보니 난 이번에 이쪽 세계에 자전거를 타고 왔잖아. 그렇다는 건, 한 달 후에 올 때도 어느 정도는 물건을 가져올 수 있다는 얘기? 좋아, 돌아가면 나의 혼수품 목록을 만들어야겠어!"

그렇게 말하고 젠지로가 소리 나게 양손을 마주치자 마침 똑똑하고 누군가 출입문을 노크했다.

"네!"

"실례하겠습니다. 아침 식사 준비가 다 됐습니다."

문밖에서 들은 적이 있는 젊은 여자의 목소리가 들려오자 젠지로는 커다란 목소리로 대답했다.

"네, 지금 갑니다!"

침대에서 몸을 일으킨 젠지로는 빠른 걸음으로 출입문을 향했다.

야마이 젠지로가 카파 왕국의 특별한 손님임은 사실이지만 현시점에서 그 존재는 여왕 아우라와 그 심복만이 아는 극비 사항이기도 했다.

　그 때문에 어제 점심과 저녁에 이어 이세계의 세 번째 식사가 되는 오늘 아침도 젠지로와 같은 식탁에 자리한 사람은 약혼자인 아우라 혼자뿐이었다.

　젠지로의 빈곤한 어휘로 표현해 보자면, 카파 왕국의 문화는 '전형적인 중세 유럽풍 판타지와 미개한 열대지방의 문화로 이분된 느낌'이다.

　그럴 마음만 먹으면 30명 정도가 동시에 식사할 수 있을 것 같은 기다란 테이블은 놀랍게도 한 그루의 통나무를 반으로 잘라 그 표면을 번쩍번쩍하게 광낸 물건이다.

　대체 수령이 몇 년인 나무인지, 젠지로는 상상조차 되지 않는다. 이렇게 나무 한 그루를 통째로 사용한 것은 그 가격이 같은 크기의 대리석 식탁보다 훨씬 비쌀 터였다.

　그 거대한 목제 테이블 위에는 은제 식기에 담긴 수프나 둥근 빵이 담긴 바구니가 늘어서 있었다.

　젠지로는 아우라와 즐겁게 담소를 나누면서 이국정서가 넘치는 아침 식사를 하고 있었다.

　"이미 송환 준비는 다 됐어요. 별자리도 오늘 오전 내내 문제없으니 언제 송환할지는 젠지로 님에게 달렸어요. 그쪽이 좋은 시간을 알려 주시지요."

수프 접시의 바닥을 훑은 빵 조각을 우아하게 입으로 가져가 천천히 씹은 후 삼킨 아우라는 여전히 침착한 목소리로 그렇게 젠지로에게 상황을 보고했다.

한편, 이세계의 테이블 예절을 알 리 없는 젠지로는 아우라가 어떻게 식사를 하는지 관찰하면서 왼손으로 수프 접시를 기울여 은수저로 호박색 액체를 떠서 조심조심 입으로 가져갔다.

"고맙습니다, 아우라 씨. 그렇다면 돌아가는 시간은 언제라도 좋아요. 다만 한 가지 묻고 싶은 게 있습니다만, 소환이나 송환 때 얼마만큼의 짐을 가지고 이동할 수 있는 건가요?"

아우라는 이렇게 사적인 식사 자리에서까지 까다롭게 예의를 따지는 사람은 아니었지만, 이후 여왕의 반려자로서 젠지로가 공식적인 장소에서 식사할 기회가 반드시 있으리라.

일찌감치 식탁 예절을 익히려 하는 젠지로의 모습에 호감을 느낀 아우라는 애써 "예절 따위 신경 쓰지 말고 식사를 즐기면 어때요?"라고 말하고 싶은 걸 삼키고, 웃으며 대답했다.

"음? 소환마법이란 사람을 소환하는 거니까. 기본적으로는 사람이 무리 없이 몸에 지닐 수 있는 물건밖에는 옮길 수 없어요. 젠지로 님이 우연히 가져온 저 이상한 탈것 정도가 한계일 거요."

기대를 크게 벗어난 아우라의 대답에 젠지로는 그만 미간을 좁혔다.

"우왓, 정말입니까? 큰일이네. 그렇다면 덩치가 큰 물건은 가져올 수 없는 건가……"

"젠지로 님? 뭔가 우리 왕궁에서 맘에 든 물건이라도?"

고개를 갸웃하는 아우라에게 젠지로는 얼굴 앞에서 손을 저어 보이며 오해를 정정했다.

"아, 아니. 그런 게 아니고, 다음에, 한 달 후에 이곳으로 돌아올 때 말이에요. 가능하면 저쪽 세계의 도구 같은 걸 몇 가지 가져오려고 생각했거든요……"

"아아, 그렇군."

젠지로의 대답에 아우라는 이해가 가는 바가 있었다.

생각해 보면 서방님도 저쪽 세계에 생활의 거점이 있고 재산도 소유하고 있을 것이다. 어젯밤에 심복들과 예상했던 대로, 젠지로가 저쪽 세계의 귀족이나 부유층이라고 한다면 포기할 수 없는 재산이 양 손에 차고 넘칠 만큼 있다 해도 이상한 일이 아니다.

"그건 그렇군요. 젠지로 님의 처지에서 생각해 보면 어떻게든 해결하고 싶은 문제겠어요. 그렇다면……"

처음부터 신랑의 요청에는 가능한 한 응해줄 생각이었던 여왕은 무언가 방법이 없을지 궁리했다.

"……아아, 맞다. 어쩌면 그걸 쓸 수 있을지도 몰라."

머릿속에서 모든 가능성을 검토한 아우라는 한 가지 써볼 만한 방법을 떠올리고는 손뼉을 마주쳤다.

"아우라 씨, 뭔가 방법이 있습니까?"

만면에 희색을 띠며 의자에서 반쯤 몸을 일으킨 젠지로에게 아우라는 한 번 고개를 끄덕이고는,

"그래요. '시공마법'의 기초인 결계 마법이 들어 있는 양탄자 모양의 도구가 있어요. 이번에 귀환할 때 젠지로 님이 그 양탄자를 저쪽 세계에 가져가서 한 달 후에 내가 다시 이쪽 세계로 소환할 때, 당신이 결계를 발동시켜 둔다면 아마 결계 내부의 것이 한 덩어리가 되어 이쪽으로 이동해 올 수 있을 거예요. 그렇다고 해도 양탄자 한 장 분량이니까 젠지로 님의 전 재산을 가져오는 건 불가능하겠지만, 몸에 지닐 수 있는 양에 비하면 훨씬 많을 거예요."

"아하, 그거라면 꽤 가져올 수 있겠네요! 아, 하지만 나는 잠재적으로는 어떨지 몰라도 지금은 마법의 '마(魔)'자도 모르는데……"

기뻐하다가 곧 낙담하며 일희일비하는 젠지로에게 아우라는 "걱정 없어요."라며 웃으며 말했다.

"괜찮을 거요. 마법 도구는 그저 마법을 넣는 것만으로 발동하니까. 최악의 상황에서 그것도 안 된다면 그쪽의 피를 조금만 양탄자에 묻히면 돼요. 피에는 고농도의 마력이 들어 있거든요."

"아, 그거라면 나도 어떻게든 할 수 있겠네요. 하나부터 열까지 고맙습니다, 아우라 씨."

"무슨 말씀을. 서방님이 내게 해주는 것에 비하면 미미할 따름이지요."

아우라는 그렇게 말하고 태연한 미소를 돌려주었다.

마법 도구의 가치를 알지 못하는 젠지로는 아우라의 호의를 순진

하게 받아들였지만, 만약 그 물건의 가치를 알았더라면 아우라가 얼마나 극진하게 젠지로를 대우하려 하는지 조금은 이해할 수 있었을지도 모른다.

마법 도구는 '부여(附與)마법'이라고 불리는 마법으로 만든다.

'부여마법'도 카파 왕가의 '시공마법'과 마찬가지로 어딘가의 왕가 혈통만이 사용할 수 있는 비술로서 '혈통마법'의 일종이다. 당연히 '부여마법'의 산물인 마법 도구는 지극히 그 수가 적고 가치 또한 하늘을 찌른다.

더군다나 그 양탄자에 들어가 있는 마법은 기초 중의 기초라 해도 '시공마법'이다. 말하자면 그건 두 왕가의 비술이 어우러진 명품이다. 카파 왕가와 '부여마법'을 계승한 왕가와의 우호의 증거라고도 말할 수 있다. 두말할 필요 없이 국보급의 귀중한 물건이다.

거기까지 얘기하고서 아우라는 문득 무언가 생각났다는 듯이 가벼운 어조로 덧붙였다.

"어쨌든 젠지로 님을 기쁘게 해 드렸다면 다행이군요. 또 다른 바람은 없나요? 젠지로 님은 내 약혼자. 무엇이든 사양할 필요는 없어요."

어느새 식사를 마친 아우라는 식후에 감귤계의 과실즙을 혼합한 물로 목을 축이며 젠지로에게 부드럽게 말을 건넸다.

은컵에 들은 같은 음료에 입을 댄 젠지로는 그 달콤새콤하고 상큼한 맛에 내심(여기에 얼음이라도 띄워 차갑게 마시면 최고인데 하는) 사치스러운 생각을 하면서 잠시 생각한 후 대화를 받았다.

"글쎄요, 다른 건 이렇다 할 게…… 아, 맞다. 약혼의 증표요. 우리, 결혼하잖아요, 그렇다면 아우라 씨, 당신의 왼손 약지에 딱 맞는 반지는 없나요? 그걸 하나 빌려주면 좋겠습니다만."

약혼, 결혼이라는 말에 '결혼반지'의 존재를 떠올린 젠지로는 그렇게 제안했다.

그러나 이쪽 세계에는 '약혼반지'나 '결혼반지'의 풍습이 없는 건지, 젠지로의 의도를 알 수 없는 아우라는 이상하다는 듯이 고개를 갸웃했다.

"흐음, 그건 찾아보면 금방 발견할 수 있지만, 뭐에 쓰려고 하오?"

"그건, 뭐, 그……, 한 달 후에 보면 알아요."

아우라의 물음에 젠지로는 애매하게 웃으며 대답을 흐렸다. 모처럼 상대방이 '결혼반지'의 풍습을 알지 못한다면 당일까지 그 존재를 감추고 서프라이즈하게 건네주고 싶다.

하지만 아무리 '결혼반지'라는 풍습을 알지 못하더라도 '사이즈에 맞는 반지를 빌려 달라'는 말과 '한 달 후를 기대하라'는 말을 조합해 보면, 저쪽 세계로 돌아가는 약혼자가 자신에게 반지를 선물하려고 한다는 것 정도는 간단하게 추측할 수 있다.

아우라는 충분히 섹시하면서도 교태와는 거리가 먼 불가사의한 미소를 띠고는, 젠지로의 눈을 정면에서 응시하며 고개를 끄덕였다.

"알았어요. 기대하고 있지요. '왼쪽 약지의 반지'가 서방님 세계에서 어떤 의미가 있는지, 한 달 후에는 가르쳐주시리라고 생각해도 될까?"

"아…… 네. 그땐 반드시."

이미 80퍼센트 정도 이쪽의 의도가 읽혔다는 걸 깨달은 젠지로는 쓴웃음과 함께 그렇게 대답했다.

———————◆———————

맨 처음의 이동은 의식하지 못하는 사이에 일어났지만, 두 번째 이동은 젠지로에게 가벼운 현기증 같은 증세를 남겼다.

"……어어엇."

한 발짝 옆으로 헛발을 디딘 젠지로는 머리를 흔들어 시야가 일그러지는 감각을 떨쳐내고 주위를 둘러보았다.

아스팔트로 포장된 길. 그 위를 달리는 수많은 자전거. 길 양옆으로 늘어선 콘크리트 건물들.

익숙한 풍경과 배기가스 냄새에 찌든 공기를 맡자 젠지로는 '돌아왔다'는 것을 실감했다.

조금도 변하지 않은 풍경에, '혹시 저쪽 세계에서의 경험은 한낱 백일몽이었나?'라는 의문조차 떠올랐으나, 그렇지 않다는 증거로, 갈 때는 자전거에 타고 있던 젠지로가 지금은 맨몸으로, 대신에 원통형으로 둥글게 말은 커다란 양탄자를 양손에 들고 있었다.

게다가 왼쪽 새끼손가락에 끼워져 있는 아우라에게 빌린 금반지.

이 물적 증거가 어제 하루 있었던 일이 꿈이 아니었음을 젠지로에게 알려주고 있었다.

"왠지, 여기 시간이 잠시 떨어졌다 붙어 이어진 것처럼 느껴지는데, 실제로는 하루가 지난 거구나. ……지난 거 맞지?"

혼잣말을 중얼거리던 젠지로는 불현듯 자신의 감각에 자신이 없어 졌다. 이세계에서 하루를 보내고 온 젠지로는 단순하게 오늘이 일요일 이라고 생각하고 있었지만, 지구에서도 그만큼의 시간이 동시에 흘렀 다는 증거는 없다.

어쩌면 아직 토요일인지도 모른다. 아니면 이쪽 세계에서는 며칠이 라는 시간이 지났을 가능성도 있다.

어쨌거나 주변의 경치에 큰 변화는 없었고 기온이나 태양의 각도도 거의 변하지 않았으니까 일단 괜찮다고 생각은 하지만 확증은 없다.

"어이쿠, 일단 확인부터."

나쁜 쪽으로 상상이 기울어진 젠지로는 몸을 한 번 흠칫 떨고는 두 손으로 단단히 양탄자를 끌어안고 빠른 걸음으로 집을 향했다.

"다행이다. 시간의 어긋남은 거의 없는 모양이야."

3평 정도의 방 한 칸뿐인 원룸으로 돌아와 전자식 탁상시계에서 오늘 날짜를 확인한 젠지로는 안도의 한숨을 내쉬었다.

젠지로가 이세계에 가져갔던 손목시계와 아파트의 탁상시계는 같 은 시각을 가리키고 있었다.

아무래도 저쪽과 이쪽 세계는 시간 흐름이 거의 일치하는 모양이 다. 이건 다행스러운 일이다. 별생각 없이 가볍게 여기고 있었는데, 만 약 저쪽과 이쪽의 시간 흐름에 차이가 있다고 한다면 젠지로의 이세계 생활 계획은 근본부터 흔들린다.

애당초 재소환 약속은 어디까지나 '이세계 기준으로 30일 후'다. 만약 저쪽 세계와 이쪽 세계의 시간 흐름이 같지 않다면 앞으로 젠지로는 매일 언제 소환될지 몰라 안절부절못하며 생활해야 하리라.

그렇게 되면 당연히 이세계로 혼수품을 가져가는 일도 불가능해진다.

어쨌거나 최대의 걱정거리가 기우에 불과했음을 확인한 젠지로는 밝은 표정으로 방 한구석에 놓아둔 컴퓨터 앞에 앉아 전원을 켰다.

"좋았어. 시간이 많은 듯해도 많지 않아. 검색, 검색이다."

젠지로는 짝하고 양손으로 양 볼을 때리며 기합을 넣었다.

현재 시각은 오전 10시를 조금 넘겨, 하루 사이 비워뒀던 3평 자취방은 초여름의 열기를 머금은 채 이미 무더워져 있었다.

젠지로는 컴퓨터 책상의 의자에 앉은 채 에어컨 리모콘을 눌러 설정온도를 20도까지 한꺼번에 내렸다.

"휴우…… 살 것 같네."

다분히 건강에 해로울 것 같은 기계적인 냉풍이 쏟아져 내리는 의자 위에서 훅하고 숨을 내쉰 젠지로는 바짓단에 양 손바닥의 땀을 닦고는 그 오른손을 마우스 위에 올렸다.

한 달이라는 시간은 긴 듯해도 짧다.

거래처와 약속을 잡고 시간을 조절하고 프레젠테이션 자료를 만들다 보면 한 달의 시간 따위 눈 깜짝할 새 훌쩍 지나가 버리곤 했다.

젠지로는 1초라도 시간을 헛되이 쓰지 않기 위해 먼저 인터넷 검색 사이트를 열고 거기에 생각나는 한의 모든 검색어를 입력하기 시작했다.

"……아아, 젠장! 역시 무리인가, 이건."

수 십분 후. 젠지로는 여러 곳의 검색 사이트를 열어 놓은 모니터 앞에서 머리를 쥐어뜯고 있었다.

원룸 아파트의 협소한 공간 덕택에 그 짧은 시간에 실내 온도가 충분히 내려갔다. 설정온도도 조금 전에 25도로 되돌린 참이었다.

그렇게 인공적으로 적정온도를 유지하는 공기 속에서 젠지로는 바닥에 깔린 값싼 카펫을 괴롭히듯 삐걱삐걱 의자를 흔들며 혼잣말을 뱉었다.

"이세계 어쩌고 하는 비현실적인 계획을 세우는 데도 역시 현실의 벽은 엄연하군……"

젠지로가 1박 2일의 이세계 생활에서 절실하게 필요하다고 생각한 물건 대부분은 전기기구였다. 에어컨, 냉장고, 조명… 그 어느 것도 안정적인 전기의 공급 없이는 사용할 수 없는 물건들뿐이다.

따라서 젠지로가 처음 한 생각은 가정용 소형 발전기였다. 그러나 당연하다면 당연한 얘기지만 이세계에 가져가서 일 년 내내 전기를 공급할 수 있는 쓸 만한 물건은 그리 간단하게 발견되지 않았다.

"가장 간단한 물건은 디젤이나 휘발유 방식의 발전기인데, 연료가 말이지……"

캠프 용품으로 팔고 있는 이런 종류의 발전기는 설치의 번거로움도 없고 간단하게 전기를 공급할 수 있지만, 당연히 휘발유나 경유 같은 특정 연료가 필요하다.

예전에 바이오 디젤 연료를 직접 만드는 사람의 이야기를 들은 기억이 떠올라 찾아보니 그 작업은 이세계에서 젠지로 같은 아마추어가 재현할 수 있는 일이 아니었다.

그러니까 대략 바이오 디젤 연료의 재료는 '식물성 기름'과 '메탄올'과 '수산화나트륨' 세 가지다.

이 중에서 이세계에 가져갈 수 있는 것은 식물성 기름뿐. 메탄올과 수산화나트륨은 젠지로가 직접 만들 수밖에 없다. 메탄올은 숯불을 태울 때 생기는 목초액을 증류하면 만들 수 있다고 하고, 수산화나트륨은 이온 교환막으로 연결된 두 개의 수조와 전원이 있으면 소금물로 제조 가능하다는 정보를 얻었지만, 아무리 생각해도 양쪽 다 젠지로에게는 쉽지 않은 일이었다.

물론 약국에서 에탄올과 수산화나트륨을 대량으로 사서 가져간다는 방법도 있지만 그러느니 아예 처음부터 주유소에 가서 경유를 드럼통에 담아서 넉넉하게 가져가는 편이 낫다. 그러나 양탄자 한 장 정도로 운반한 양의 연료로는 아마 한 달을 못 가리라. 메탄올과 수산화나트륨을 가져가더라도 마찬가지다.

"화력은 안 돼. 그렇다면 남은 건 풍력인가? 태양광?"

풍력은 비교적 현실적이다. 이세계에도 바람은 분다. 그러나 신경 쓰이는 건 발전량이 일정하지 않다는 점. 말 그대로 '바람 부는 대로'니까, 바람 한 점 없는 열대야라면 더욱이 견딜 수 없을 것이다.

태양광은 애초부터 논외다. 젠지로가 가장 절실하게 필요로 하는 부분은 '야간 조명용' 전력이니까.

낮 동안에만 사용 가능한 전기라니, 매력이 반감하는 데 그치는 얘기가 아니다. 야간 사용에도 대응할 수 있게 대형 배터리를 탑재한 타입의 태양광 발전기라는 것도 있지만, 배터리라는 물건은 꽤 수명이 짧은 소모품이다. 장기간 사용하는 전원으로는 신뢰성이 낮다.

"그다음은 최근에 유행하는 풍력과 태양광 하이브리드 발전인가. 이건 나쁘지 않은… 것 같은데?"

젠지로는 컵에 따른 녹차 음료를 마시며 다시 마우스에 손을 올렸다.

냉정하게 생각하면 이 하이브리드 발전기가 가장 무난하리라. 제조사의 광고 문구로는 "설치는 간단, 반나절에 완료. 즉시 사용 가능"이라고 한다.

그 문구를 믿어도 좋다면 젠지로 혼자서도 이세계에 설치 가능할 것이다.

그러나 거기까지 결론을 이끌어가던 젠지로를 고민하게 한 것은 우연히 발견한 어떤 발전 장치의 존재였다.

"가정용 수력 발전기라. 이런 것도 있구나……"

젠지로는 그 매력에 홀린 듯이 중얼거렸다.

풍력, 태양열과는 달리 아무 데나 설치할 수 없기에 그다지 대중화되지는 않는 모양이지만, 바야흐로 가정용 소형 발전기의 흐름이 수력에까지 도달해 있는 것이다.

젠지로가 눈독 들인 '가정용 소형 수력발전기'는 최대 발전량 0.5kW와 1.0kW의 두 종류 중에서 선택할 수 있는 낙수차를 이용한 발전기다.

젠지로가 인터넷에서 알아본 바로는 총 발전량이 10kW 이하인 수력발전기는 '일반용 전기 공작물'이라는 것으로 분류되는데 입지조건만 맞는다면 일반 가정에서도 비교적 간단하게 구입할 수 있다고 한다.

하지만 구입에서 설치까지는 '하천법' 기타 등등 귀찮은 절차가 있기 때문에 '연료식 전동기'처럼 근처의 대형 할인점에서 사 올 수 있는 손쉬운 물건은 아닌 듯하다.

수력발전의 매력은 두말할 필요도 없이 24시간 지속성과 다른 것들과는 현격히 구분되는 압도적인 발전량이다.

풍력이나 태양발전으로는 일반 가정의 발전량을 충족하려면 이상적인 바람과 태양광이 있다고 해도 쉽지 않지만, 수력은 다르다. 제조사의 카탈로그 스펙 대로 성능이 나와주기만 한다면, 그 발전량은 소형이라도 일반 가정의 총소비전력에 필적할 수 있다.

즉 젠지로가 지금 이 방에서 동시에 사용하는 가전(에어컨, 냉장고, 컴퓨터 등)을 전부 문제없이 저쪽에서도 병렬 사용할 수 있다는 얘기다.

그러나 그런 매력적인 수력발전에도 문제는 있다.

체류 중에 한 발짝도 왕궁 밖으로 나갈 기회가 없었던 젠지로다. 왕궁 주위에 수력발전을 가동할 만한 수원지가 있는지 없는지 모른다는, 아주 근원적인 문제가 있다.

이쪽 세계의 상식에 비추어 보면 왕궁에는 약 백 명 정도의 인원이 생활하는 만큼 수원지가 없을 리 없겠지만, 저쪽 세계는 마법을 사용하는 미지의 세계인 것이다.

"네, 물은 그것을 전담하는 마법사가 매일 마법으로 만들고 있습니다."

라는 얘기가 나올 가능성도 전혀 없지는 않다.

그렇다면 수력발전기와 하이브리드 발전기 둘 다 산다면… 하고 순간적으로 생각했지만, 그렇게 하기에는 예산이라는 벽이 있다.

야근 수당만은 제대로 지급하는 블랙 기업에 수년간 근무해온 젠지로의 저금 총액은 300만 엔.

20대 초반의 저축액으로는 상당한 금액이지만 목적을 생각하면 충분한 자금이라고는 도저히 말하기 어렵다.

젠지로가 눈독 들이는 하이브리드 발전기의 가격은 약 50만 엔. 수력 발전기로 말하자면 자그마치 150만 엔이나 한다.

발전기 외에도 대형 에어컨과 냉장고, 조명기구나 새 컴퓨터 등, 예산을 사용해야 할 곳이 수두룩하다. 게다가 속옷이나 칫솔, 비누, 수건, 목욕용 수건, 티슈 대신 쓸 거즈, 손수건 등을 한꺼번에 사면 무시 못 할 금액이 될 것이다.

거기에 아우라에게 선물할 '결혼반지'까지 생각하면 발전 장치에만 총 예산의 3분의 2를 쏟아 부을 수는 없는 노릇이다.

그러나 발전 장치를 결정하지 않으면 가져갈 가전제품도 결정할 수 없다.

"아아, 결국 하나를 선택하지 않으면 안 되나. 무난한 소전력이냐, 사용하지 못할 위험이 있는 대전력이냐. 으음……"

즉각 결정하기는 어려운 문제지만, 시간을 너무 많이 들일 수는 없다. 근처의 슈퍼마켓에서 고기나 채소를 사오는 것과는 차원이 다른 물건이다. 주문하면 다음 날에는 도착하는 종류의 물건도 아니고, 설치 방법이나 사용 방법을 익히기 위해서는 어느 정도 시간이 필요하다.

"어라? 그러고 보니, 애초에 설치는 알아서 할 테니 상품만 달라고 해서 살 수 있는 물건인가? 가정용 발전기라는 게…."

문득 그런 근본적인 문제를 깨달은 젠지로는 숨을 삼켰다. 조금 전에 본 홈페이지의 정보가 옳다면 가정용 수력발전기의 안전보장 의무는 구매자가 아니라 설치를 담당하는 업자에게 있다고 한다. 그렇다는 것은, 설치 없이 상품만 사기는 어렵다는 이야기 아닐까?

인터넷에서 정보를 찾아보니 아니나 다를까, 젠지로에게는 매우 반갑지 않은 정보가 발견됐다.

"……아아, 역시 그런가. 위탁회사들은 모두 수력발전기 구입 전에 반드시 '상담', '현지 조사', '설치비용 견적'의 절차를 두고 있잖아."

젠지로는 컴퓨터 앞에서 피곤하다는 듯 한숨을 쉬었다.

상담, 현지 조사가 필수가 돼 있는 이상. 설치 장소도 정해지지 않은 상황에서 발전기를 살 수 있을 가능성은 없다고 생각하는 편이 낫다.

아무래도 수력발전기라는 것은 그리 간단히 살 수 있는 게 아닌 모양이다.

"그렇다면 실제 어딘가의 하천에 기술자의 설치를 받은 다음에 그 방법을 보고 배워서 나중에 몰래 떼어내 저쪽 세계로 가져가는 것은 괜찮을…… 까?"

그렇게 중얼거린 젠지로가 제일 먼저 떠올린 것은 태어나고 자란 고향 마을의 풍경이었다.

"마을 외곽의 산속에 있는 낡은 오두막. 그 근처에 꽤 물살이 급한 냇물이 있었던 것 같은데. 그 주변 땅 소유자는 아직 나로 되어 있지, 아마?"

시골 중의 깡시골에서도 더 들어가야 하는 산속에 덩그러니 서 있는 그 오두막과 주변의 땅은 젠지로의 기억이 틀리지 않다면 야마이 집안의 땅이다.

젠지로가 대학을 졸업하고 도시에서 취직을 결정했을 때, 밭이나 집 같은 부동산은 신세를 진 숙부 부부에게 줘 버렸지만, 그 산속 오두막과 땅만은 명의를 옮기지 않았다.

다행이라고 해야 할지, 그 낡은 오두막은 전기가 들어오지 않는 창고 건물이다. 가까운 냇가에 소형 발전기를 설치해서 오두막에 전기를 들이고 싶다고 하면 설치목적을 의심받을 일은 없을 것이다.

생각했다면 움직여라. 지금은 무엇보다 시간이 금이다.

젠지로는 인터넷 홈페이지에 나와 있는 마이크로 수력발전기 판매 회사의 영업소 전화번호를 휴대폰에 저장하고 바로 전화를 걸었다.

세 번, 벨이 울린 후 전화가 연결되었다. 그러나 휴대폰의 저쪽에서 들려온 음성은 녹음된 기계음이었다.

"네. 여기는 테크노테크 주식회사 시공판매 사업소입니다. 현재 담당자가 자리를 비우고 있습니다. 용건이 있으시면⋯⋯."

"아, 그렇지. 오늘은 일요일이잖아. 노는 날이겠지."

젠지로는 혀를 차면서 전화를 끊었다.

"할 수 없지. 일단 메일을 보내자. 만약을 위해서 내 메일 주소는 컴퓨터랑 휴대폰 둘 다 남겨 놓아야지."

젠지로는 컴퓨터 앞에 자세를 고쳐 앉고 수력발전기를 판매하고 있는 회사에 보내기 위해 '구매 희망'이라는 제목의 메일을 쓰기 시작했다.

◆

다음 날인 월요일, 출근한 야마이 젠지로는 그가 제출한 '사표'를 앞에 놓고 난해한 표정으로 팔짱을 끼는 상사의 대답을 얌전하게 기다리고 있었다.

"그만둔다는 건가⋯⋯."

떨떠름한 얼굴로 짧게 물어 오는 상사에게 젠지로는 목을 움츠리며 송구하다는 듯이 고개를 숙였다.

"네. 죄송합니다."

원래 근로 조건이 빡빡한 회사다. 그만두고 나가는 사람이 그리 적지는 않았지만, 젠지로는 몇 년 동안 일을 배워 최근에 간신히 '전력'으로 인정받게 된 참에 사표를 낸 것이었다.

상사로서도 입사한 지 반년 된 신입사원에게 하듯 "그만두고 싶으면 마음대로 해."라고는 말할 수 없다.

얼굴의 주름이나 적은 머리숱, 거기에다 배가 튀어나온 모양새까지 전형적인 중년 남자의 모습을 한 상사는 의자에 기대앉은 채 직립 부동의 젠지로를 노려보았다.

"고향에 돌아가서 가업을 잇겠다고? 너, 그런 생활이 싫어서 이 일을 선택한 게 아니었나?"

사직서의 퇴사 이유란에 적은 젠지로의 거짓 핑계를 보고, 상사는 불쾌하다는 듯 입가를 찌푸린 채 고개를 갸웃했다.

지금 상사가 보고 있는 사표는 어젯밤에 젠지로가 머리를 쥐어짜 내며 원만한 퇴사를 위해 날조한 혼신의 작품이었다.

"네. 그, 뭐랄까, 심경의 변화가 생겨서……"

설마, '이세계의 여왕님과 결혼해서 기둥서방이 되겠습니다.'라고는 쓸 수 없는 노릇이기에, 퇴사 이유란은 거짓으로 채바를 수밖에 없었다. 내심 식은땀을 흘리며 젠지로는 얌전한 표정을 지었다.

"흐으음……, 뭐, 그만두겠다는 걸 무리하게 눌러 앉힌다 해도 제대로 일을 하지 않겠지. 알았네."

오랫동안 이쪽을 노려보던 상사의 입에서 그런 말이 흘러나왔다. 그 말을 들은 젠지로는 그만 안도의 한숨을 쉬었다.

그러나 그런 젠지로의 기쁨에 찬물을 끼얹듯 곧이어 중년의 상사는 커다랗게 목소리를 높였다.

"단! 네가 담당할 예정이었던 최근의 업무는 제대로 끝내야 해. 당연히 장기 업무는 다른 사람에게 인계하고. 아, 그리고 다음에 들어오는 신입에게 줄 업무 매뉴얼을 만들어. 그걸 읽는 것만으로 업무가 가능하도록, 이라고까지는 말하지 않겠지만, 똥도 된장도 구분 못 하는 생초짜가 일할 때 최소한의 지표가 될 수 있을 정도의 것은 만들어 둬. 괜찮겠지?"

괜찮은지 안 괜찮은지 말하라면 당연히 안 괜찮다. 솔직히 지금은 이세계로 이동할 준비로 1초의 시간도 아쉬운 판국이다.

그러나 명령을 거부해서 끝을 흐리는 것도 기분 좋지는 않고, 잘못 대항하다간 꼬치꼬치 파고들어 와 만에 하나 거짓말이 탄로 나기라도 하면 그편이 훨씬 곤란하다.

"알겠습니다. 실례하겠습니다."

결국, 젠지로는 퇴사하는 순간까지 무난하게 고된 일을 수행하는 쪽을 선택할 수밖에 없었다.

업무의 인수인계는 그렇다 쳐도 매뉴얼 제작까지 맡길 줄이야, 예상했던 것보다 남은 시간이 촉박했다.

이렇게 된 이상 단 1분 1초도 허투루 쓸 수 없다고 각오한 젠지로는 점심시간, 근처의 소고기 덮밥집에서 간단하게 식사를 마치고는 그 길로 곧장 가까운 보석 가게를 향했다.

"글쎄요, 이 반지는 14호나 15호 정도가 될 것 같은데요. 손님의 사이즈는 17호네요."

젠지로가 가져간 반지와 젠지로의 왼쪽 약지의 사이즈를 잰 중년의 여점원은 업무용 미소를 허물지 않으며 그렇게 말했다.

보석 가게라는 곳에 발을 들인 일 자체가 처음인 젠지로는 그런 말을 들어도 아우라와 자기의 손가락이 굵은 건지 얇은 건지 알 수 없었다.

세련된 샹들리에 모양의 조명은 새것처럼 잘 닦여 있었다. 털이 짧은 양탄자가 깔린 바닥과 수많은 보석 장신구를 전시한 유리로 된 쇼윈도우.

사실 이곳은 보석 가게로서는 엄청난 상류층이 드나드는 곳은 아니었지만, 그런 보석 가게의 레벨 따위 알 리 없는 젠지로는 소고기덮밥 냄새가 밴 수트 차림의 자신이 이곳에 너무도 어울리지 않는 존재라고 느꼈다.

"네에, 그렇습니까."

젠지로의 모습에서 이 손님이 전혀 익숙하지 않음을 곧 알아챈 점원은 자연스럽게 설명을 곁들여가며 말을 이었다.

"신부님의 반지는 여성치고는 좀 큰 사이즈예요. 이 사이즈면 당장 준비할 수 있는 종류가 한정됩니다만."

알기 쉽게 설명을 해 주는 점원에게 젠지로는 조금 망설이면서 대답했다.

"네에, 그게, 키도 저보다 큰 사람이니까요."

"어머, 그렇군요. 손님도 작은 키는 아니신데. 그만큼 키가 큰 분이면 조금 굵고 존재감 있는 제품으로 하는 편이 돋보일 거예요. 조금만 기다려 주세요."

점원은 샘플을 가지러 가기 위해 안쪽으로 사라졌다.

"아, 네."

남겨진 젠지로는 자연스럽게 아우라의 용모를 떠올렸다.

체격이 크고 관능적인 몸매. 이목구비가 선명해 감정의 표현이 강하게 드러나는 얼굴. 그 성격을 드러내듯 불같이 붉은 머리카락. 볕에 그을린 것과는 근본적으로 다른 타고난 다갈색의 피부.

그녀의 손가락에서 돋보일 만한 반지란 어떤 것일까. 귀금속에 대해서는 일자무식인 젠지로였지만 확실히 점원의 말처럼 소박한 디자인의 얇은 반지는 그다지 어울릴 것 같지 않았다.

그러나 젠지로가 착각한 부분이 하나 있었다. 아우라의 키가 젠지로보다 크지는 않다.

실제로는 젠지로 쪽이 불과 손가락 하나 굵기 정도지만 크다. 젠지로가 172cm니까 아마도 아우라는 170 정도 될 것이다.

젠지로는 아우라를 170대 중반에서 후반 정도로 생각하고 있지만, 그것은 그녀의 전신에서 배어 나오는 분위기에 압도되어 착각했을 뿐이다.

"오래 기다리셨습니다. 간단하게 손을 본 후 가까운 시일 안에 건네 드릴 수 있는 반지라면 이런 종류가 있습니다만."

잠시 후에 아까 그 점원이 몇 개의 반지를 쟁반 같은 것에 올려 젠지로 앞에 가져왔다.

"오오, 꽤 여러 가지가 있네요."

그렇게 말하면서도 젠지로가 일단 제일 먼저 눈길을 준 곳은 각각의 반지에 매달린 가격표였다.

가난뱅이의 습관이기도 했지만 어떤 것이 좋은 반지인지 알 길이 없는 젠지로에게 가장 신경 쓰이는 부분은 주머니에서 나갈 돈의 액수였다.

그런 젠지로의 속마음을 아는지 모르는지, 점원은 익숙한 말투로 친절하고 정중하게 반지를 설명하기 시작했다.

"망설이신다면 먼저 링의 금속부터 정하실 것을 권해 드려요. 일본에서 결혼반지는 플래티늄이 일반적이지만 손님의 피부색에는 오히려 골드 쪽이 어울리지 않을까요? 일반적인 옐로우 골드가 좀 화려하다고 느끼신다면 이쪽 같은 핑크 골드의 링도 있어요. 물론 피앙세 분에게 어울리는 것이 가장 중요하지만요."

일반적으로 피부색이 옅은 사람에게는 플래티늄이나 은, 짙은 사람에게는 금이 무난하다고 여겨지고 있다. 젠지로는 이세계인의 피가 흐르고 있기 때문인지, 일본인으로서는 상당히 피부색이 진한 편이다.

하물며 아우라는 완전무결한 이세계인. 그 피부 빛은 천연 그대로의 아름다운 다갈색이다.

"네에. 상대는 저보다 더 피부색이 진해요. 다갈색이랄까……"

"그렇다면 역시 옐로우 골드를 권해 드려요. 보석도 무색의 다이아몬드보다 컬러풀한 루비나 사파이어가 특이할지도 모르겠네요. 혹시 상대 분이 외국인이신가요?"

"아, 네. 그렇… 습니다. 일본인은 아니에요."

차마 '약혼자는 이세계의 여왕님입니다.'라고는 말 못하고 젠지로는 그렇게 모호한 말로 얼버무렸다.

"외국인이시라면 보석을 눈동자 색이나 머리카락색과 맞추는 것도 하나의 방법이에요. 눈동자나 머리카락의 색에 맞추면 반지를 끼고 있어도 조화롭고 그만큼 상대방에게 관심을 두고 있다는 메시지도 되거든요."

"아, 네에. 과연 그렇군요."

평소에 이런 장면이 익숙하지 않은 젠지로는 점원의 판매 공략에 압도되어 그저 고개를 끄덕일 뿐이었다.

◆

소고기 덮밥집과 보석 가게에서 정신없는 점심시간을 보낸 젠지로를 기다리고 있는 것은 그 이상으로 정신없는 오후 업무였다.

전쟁터의 구석에 놓여 있는 옷걸이에 양복 상의를 걸어 놓은 젠지로는 곧바로 넥타이와 목 사이가 주먹 하나가 들어갈 만큼 넥타이를 느슨하게 하고 반 팔의 흰 와이셔츠 버튼을 하나 풀어놓고 꽤 복장 불량한 모습으로 자리에 앉았다.

젠지로가 근무하는 회사도 최근 쿨 비즈의 흐름에 편승해 여름에는 캐주얼 복장 출근을 허용하고 있지만, 불행하게도 중소기업의 비애랄까, 업무 분담이 완벽하게 이루어지지 않고 있었다.

'서비스 기획부'에 적을 둔 젠지로는 원래 내근이 메인이었기에 캐주얼하게 출근해도 문제없는 상황이었지만 현실적으로는 상당히 높은 확률로 외근 영업에 끌려 나가기 때문에, 결국 정장 이외의 복장으로 출근할 엄두를 내지 못하는 것이다.

그래서 오늘처럼 외근이 없는 날은 조금이라도 긴장을 풀고 일에 집중할 수 있게끔 다소 복장을 흐트리는 것이 묵인되고 있었다.

넥타이와 와이셔츠의 단추를 느슨하게 하는 정도인 젠지로 정도는 아직 귀여운 편이다. 젠지로의 직속 상사인 중년 과장은 사내에서는 늘 노타이에 구두도 양말도 벗고 맨발에 샌들 차림이다.

"멋 내느라고 무좀 걸리는 것보다는 낫잖아."

그런 상사의 핑계는 하염없이 떳떳했다.

그렇게까지 얼굴이 두껍지 못한 젠지로는 점심시간에 사 온 500ml의 녹차 음료병을 마우스 패드 위에 놓고, 점심시간 전에 절전 모드로 해 둔 컴퓨터를 켰다.

요즘 시대에는 골동품에 가까운 브라운관 디스플레이에 불이 들어왔다.

"좋았어, 계속하자."

지금 젠지로가 하는 작업은 오늘 아침 사표를 제출할 때 과장한테서 떨어진 신입사원용 업무 매뉴얼 작성이다.

서류를 읽는 것만으로도 업무를 익힐 수 있는 간단한 일 따위, 이

세상 어디에도 존재하지 않지만 갓 들어온 신입에게 '곤란할 때의 지침서' 정도의 도움은 되는 것을 만들라고 상사가 말했다.

"……휴우, 내가 신입이었을 때는 이런 거 없었는데."

키보드를 두드리던 손을 멈추고 젠지로는 그렇게 살짝 투덜거렸다.

특별히 '타인의 불행은 나의 행복'이라고까지 짓궂은 말을 하고 싶지는 않지만, 자신이 신입이었을 때 맛본 고뇌를 다음에 들어올 신입은 가볍게 보리라고 생각하니 조금은 억울하다는 생각이 들었다. 더구나 그 고뇌 경멸용 아이템을 이미 퇴사가 결정된 자신이 고생해서 만들고 있다고 생각하면 더더욱.

그렇다고 해도 일은 일이다. 원만하게 퇴사하려면 맡은 일은 확실하게 처리할 수밖에 없다.

"자, 전체적인 흐름은 이 정도면 될까. 다음은……"

'안내서'의 대략적인 항목을 채운 후 젠지로는 일단 키보드에서 손을 떼고 페트병을 들어 녹차를 한 모금 마셨다.

키보드를 두드리며 떠오르지 않는 일이나 세세한 사례에 관해서는 과거의 자료를 뒤져 첨부했다. 거기에 써넣을 내용은 3년 동안 자신이 맡아 진행해 온 업무를 정리한 것이다. 필요한 자료 대부분은 젠지로의 컴퓨터에 저장되어 있다.

그러나 일부, 자신의 컴퓨터나 파일 케이스에 들어있지 않은 자료는 사내의 동료에게 빌리러 가야 한다.

한 시간 정도 지나, 필요한 자료를 컴퓨터의 하드디스크에서 찾아내지 못한 젠지로는 자리에서 일어나 업무 중인 선배에게로 갔다.

"미안합니다, 요시나가 씨. 2년 전에 야마구치 상회와 계약했을 때의 기획서, 안 갖고 계신가요?"

"응? 2년 전 야마구치 상회?"

젠지로가 말을 건넨 30세 전후의 비쩍 마른 남자는 업무에서 잠깐 손을 떼고 책상 위서 고개만 들어 이쪽을 향했다.

"네. 그, 2년 전 요시나가 씨가 메인을 맡고 제가 보조를 한 거요."

"으응? 아, 그거. 잠깐만. 지금 좀 복잡하니까 찾으면 메일로 보내줄게. 오늘 중이면 되지?"

"네. 부탁합니다."

"그러고 보니까 아까 과장이 그러던데, 야마이 군, 그만둔다면서?"

서둘러 자리를 뜨려는 젠지로에게 요시나가는 그렇게 물었다.

특별히 감출 생각은 없었지만 벌써 소문이 퍼진 건가.

약간 켕기는 기분이 되어 애매한 미소로 얼버무리면서 젠지로는 "네에, 뭐."라고 대답했다.

"그래? 야마이 군도 그만두는구나! 요즘 야마이 군이 맡은 업무도 꽤 많았잖아. 여기까지 여파가 오지 않으면 좋겠는데 말이야."

"아아, 미안합니다. 최대한 깔끔하게 정리할게요."

이번엔 정말로 송구해져서 젠지로는 꾸벅꾸벅 머리를 숙였다.

입사 3년 차인 젠지로의 퇴사는 신입의 퇴사와는 급이 달랐다. 현재 그럭저럭 전력으로 인정받고 있는 젠지로가 빠진다는 것은 그만큼 다른 누군가가 업무를 떠안게 됨을 의미한다.

진짜 퇴사 이유가 그다지 자랑할 것이 못 된다는 것을 자각하고 있는 젠지로로서는 그저 미안할 따름이었다.

[제2장] 준비 끝 이동 시작

　원만한 퇴사를 위해 막차 시간 간당간당할 때까지 야근을 계속하고 어렵사리 퇴근해 집에 온 젠지로는 자택인 원룸 아파트에 들어오자마자 컴퓨터 앞에 앉았다.

　스멀스멀 몸 안쪽에서 스며 나오는 졸음과 피로를 의식적으로 무시하고, 젠지로는 퇴근길에 편의점에서 사 온 호빵과 녹차 페트병을 컴퓨터 책상의 왼쪽 구석에 놓고 메일 박스의 착신 메일을 확인했다.

　"아으……, 3년. 단 3년을 위해 150만 엔인가……"

　메일을 읽던 젠지로는 컴퓨터 앞에서 머리를 감싸 안고 목구멍 안쪽에서 신음을 뱉어냈다.

　젠지로를 신음하게 한 것은 가정용 수력발전기의 판매 회사에서 보낸 답장이었다.

　젠지로가 어제 메일로 문의한 내용은 대략 '그쪽에서 판매하고 있는 발전기는 자가 설치가 가능한가?', '관리는 스스로 할 수 있는가?' '만약 자가 관리한다면 가동 보증기간은 어느 정도인가?'의 세 가지였다.

　이에 대한 회사 측의 답변은 '불가능. 설치에는 전기 관련 면허가 필요. 보수, 보전 의무는 구입자가 아닌 설치자에게 있으므로 설치는 당사에 맡겨주기 바람', '구매시 제공하는 설명서를 보면 수조의 이물질 제거나 물이끼 청소 등과 같은 표면적인 관리는 가능하나 보증은 못 함. 가능하면 관리도 이쪽에 일임하기 바람', '가동 보증기간은 3년'이라는, 젠지로의 희망을 깨부수는 무정한 것이었다.

설치나 관리에 관해서는 각오하고 있었기 때문에 비교적 충격을 덜 받은 젠지로였지만, 마지막에 가동 보증기간이 3년이라는 답변에는 측정할 길 없는 충격을 받았다.

"3년, 겨우 3년인가……"

젠지로는 얼빠진 표정으로 중얼거렸다.

어느 정도는 각오하고 있었다.

만약에 관리도 필요 없이 젠지로가 죽을 때까지 가동해 주는 꿈의 발전기가 있다고 해도, 정작 중요한 가전(에어컨이나 냉장고) 자체의 수명이 있으니까.

에어컨이나 냉장고의 수명은 대략 10년 안쪽이다.

그렇게 본다면 그 정도의 시간이 흐른 후에는 문명의 이기로부터 멀리 떨어져 있는 이세계 생활이 본격적으로 시작될 것이었다.

따라서 가져가는 가전제품은 저쪽 문명에 익숙해질 때까지 도와주는 '보조 바퀴' 같은 것이라고 젠지로는 생각하고 있었다.

"10년이면 저쪽 기후에도 어느 정도는 몸이 익숙해질 테고, 어쩌면 아우라 씨에게 부탁하면 옛날 마하라자 궁전처럼 벽에서 물이 흘러내리는 방을 만들어 줄지도 모르잖아!"

젠지로는 마우스에서 손을 떼고 두 손으로 천장을 찌르듯이 해서

기지개를 켰다.

이것도 인터넷에서 찾아본 지식이지만, 옛날에 에어컨 같은 훌륭한 물건이 없었던 시대, 막대한 재력을 소유한 인도의 마하라자 집안에는 벽 한 면에서 물을 흐르게 해 바닥의 도랑을 통해 바깥으로 배수되게끔 하는, 거대하고도 원시적인 장치로 더위를 식힌 사람도 있었다고 한다.

원리적으로는 옛날 일본에서 행해졌던 '한여름 물 뿌리기'와 같다. 물이 증발할 때 발생하는 흡열반응을 이용해 실내 온도를 낮추는 것이다.

저쪽 나라는 긴 전란을 이겨내고 이제 막 복구가 한창인 참이라고 아우라가 말했다.

그런 때에 여왕의 반려자라는 탈을 쓴 종마와 같은 자가 그런 식으로 재력과 노동력을 낭비하는 것을 아우라가 과연 허락할까?

적어도 3년 후에는 무리일 것이다. 하지만 10년 후라면, 순조롭게 국력이 회복한다면, 어느 정도의 사치는 허락되지 않을까. 그렇게 생각하고 있었는데.

"3년은 무리야. 아무리 생각해도. 역시 관건은 배터리인가."

젠지로는 컴퓨터를 향하며 생각했다.

수력발전기에서 소모품에 해당하는 부분은 프로펠러 회전부의 베어링과 배터리뿐이다.

생각해 보면 당연하지만, 어떤 발전기라도 전력을 안정적으로 공급하기 위해 반드시 라고 해도 좋을 만큼 배터리를 포함하고 있다.

그 배터리의 수명이 약 3년. 다행히 원래 소모품인 탓에 배터리의 교환은 초보자라도 설명서를 보면 충분히 가능한 구조로 되어 있지만, 그렇다고 해서 예비 배터리를 대량 구매하는 것으로 문제가 해결되진 않는다.

제조사에서 따로 팔지 않아서는 아니다.

원래 수력발전기는 입지조건의 영향으로 도심부에서는 활용이 어려워서 구입하는 사람의 대부분은 보다 A/S 품질이나 가격대를 선택하기 어려운 촌구석에 사는 경우가 많다.

그 때문에 만약의 사태 등에 대비하기 위해 발전기의 구매자가 예비 배터리를 함께 사들이는 것 자체는 그다지 부자연스러운 일이 아니다. 문제는 예비는 예비일 뿐이라는 데 있다.

확실히, 사용하지 않은 배터리는 24시간 365일 사용하는 배터리와 비교하면 훨씬 덜 닳지만, 그래도 3년 지나면 아마추어의 보관 방법으로는 구입할 때의 상태를 유지하지 못한다.

다소 거친 예지만, 사재기해 둔 건전지가 5년 후, 10년 후에 제조사가 보증한 대로의 성능을 발휘할 수 있을까? 그렇게 생각해 보면 조금 쉽게 이해가 갈 것이다.

"그렇지만 말이야, 예비 배터리를 세 개 정도 가지고 있으면 어느 정도는 버티겠지? 어떻게든 10년은 버티고 싶은데. 베어링 쪽은 10년 보증이고, 갈아 끼우는 것도 어려워 보이니까 필요 없겠지? 아, 그나저나 10년 후면 가전제품도 거의 수명이 다 될 테니, 괜스레 수리한다고 애쓸 가치도 없겠구나."

비록 처음 몇 년밖에 즐기지 못하고 끝난다 해도 전력을 가져가는 것을 포기하고 싶지는 않다.

학창 시절엔 꽤 TV나 DVD를 즐겨 보았던 젠지로지만 사회인이 되고부터는 녹화만 할 뿐 볼 시간이 없어서 하드 디스크에 담아 놓은 DVD만 해도 엄청난 분량이었다.

남아공 월드컵도 텔레비전 뉴스에서만 봤을 뿐이고 J리그의 응원 팀 시합이나 유럽 챔피언스리그는 요 몇 년 동안은 한 번도 못 봤다.

인터넷에서 좋은 평가를 얻은 드라마 종류도 1년에 2~3편은 예약 녹화 해 두었고, 젠지로가 중학생 때부터 쭉 지켜보았던 여자 아이돌 그룹이 출연하는 일요일 저녁 7시의 예능 프로그램도 빼놓지 않고 녹화했다. 하지만 그렇게 녹화해 둔 프로그램도 사회인이 되고 나서는 못 보고 쌓아둔 것이 늘어가기만 했다.

일도 하지 않고 의식주가 충족되며 그저 빈둥빈둥 녹화해 둔 텔레비전 프로를 보는 시간.

엄청나게 비생산적인 시간 사용법이긴 하지만 일에 지친 지금의 젠지로에게는 그런 생활이 이 세상에서 가장 매력적으로 느껴질 뿐이었다.

아무리 머릿속 한편에서 "그러다가 곧 그런 생활이 지겨워져서 안절부절못하게 되지 않을까?"라는 의문이 솟아올라도, 지금은 저항할 수 없을 만큼 매력적이다.

"어차피 가져갈 수 있는 것은 양탄자 한 장 분량뿐이고 일본 화폐는 가져가 봤자 소용도 없으니. 어디, 실컷 써 볼까!"

생각을 고쳐먹은 젠지로는 가져갈 가전제품을 검색하기 시작했다.

"어디 보자, 에어컨은 노력하면 자가 설치 가능할 거고…… 어라? 그런데 실외기 배관은 어디로 빼면 되지? 그 궁전의 외벽, 굉장히 두꺼운 대리석이었던 것 같은데……. 그리고 그 말도 안 되게 높은 천장이 있는 방을 일반 가정용 에어컨이 냉각할 수 있을까? 60평용 정도면 되지……않을까?"

냉정하게 생각하니 이세계에서의 가전제품 생활에는 수많은 벽이 가로막고 있는 것 같았다.

하지만 더 나은 미래를 1초라도 길게 지속시키기 위해 젠지로는 약간 식은 호빵과 페트병의 녹차를 위장에 흘려 넣으면서 인터넷 서핑에 전력을 다했다.

◆

바쁘게 지내는 나날은 시간이 날아가듯 지나가는 법이다.

전에는 일에 푹 절은 채 시간이 흘러가는 감각만이 가속하는 상태로 초조함과 허무감을 느끼던 젠지로였으나, 퇴직을 결정한 후는 그 가속감이 기쁘게 느껴졌다.

아침 일찍 집을 나와서 만원 전철 안에서 청년만화잡지를 읽으며 출근.

조례는 하지 않는다는 방침의 회사이기 때문에 타임카드를 찍은 다음에는 그저 죽어라고 책상에 붙어 앉아 업무.

주된 업무 내용은 퇴사 후 자신의 업무를 인계받을 사람과의 인수인계.

지금까지는 자신이 보고 이해하면 된다는 정도로 작성해 온 자료를, 인수인계를 위해 다른 사람이 봐도 이해할 수 있는 레벨로 수정.

거기에다 영업 담당을 맡고 있던 거래처에 인수인계를 위한 인사. 후임이 될 사람과 함께 거래처에 가서 '일신상의 이유로 퇴사하게 되어 이후 이쪽의 ○○가 업무를 담당하게 되었으니, 부디 앞으로도 지금과 같은 관계를……' 등을 말하고 굽실굽실 머리를 숙인다.

그렇게 통상적인 업무와 인수인계 업무의 틈을 내 신입용 업무 안내서를 작성.

그런 빡빡한 업무를 막차 직전까지 계속해도 시간이 부족해, 나중에는 일찍 출근해 아침 특근까지 하기에 이른 젠지로였지만 외박만큼은 한 번도 하지 않았다. 왜냐하면, 이세계로 떠나기 위한 자금을 조금이라도 확보하기 위해서다.

막차를 놓칠 때는 회사 근처의 비즈니스호텔에서 묵게 돼 있지만, 그 숙박비는 우선 사원이 부담하고 나중에 청구하는 방식이다.

회사 명의로 받은 영수증을 경리 담당자에게 제출하면 다음 달 월급에 포함되어 나오기 때문에 평소라면 큰 문제가 없었겠지만, 지금은 문제가 크다.

어차피 젠지로는 마지막 월급이 나오기 전에 이세계로 떠날 예정. 거기에 먼저 쓴 숙박비가 포함되어 있다고 해도 아무 의미가 없다.

그런 허망한 사태를 피하려고 막차 간당간당할 때까지의 심야 야근과 첫차로 출근하는 아침 특근을 한 것이다.

힘들었지만 보람은 있었다.

젠지로가 상사에게 사표를 제출하고 3주.

평균 수면시간을 4시간 정도로 줄이고 야근에 매달린 보람이 있어, 오늘부로 야마이 젠지로는 무사 원만히 3년 근무한 회사를 퇴사하는 데 성공한 것이다.

"과장님, 그러면 이만 실례하겠습니다. 신세 많았습니다."

"그래. 건강하고."

퇴사 직전에 마지막으로 인사하러 온 젠지로에게 중년 비만의 과장이 되돌려준 말은 그것뿐이었다.

게다가 서 있는 젠지로와 그저 몇 초 정도 시선을 맞추었을 뿐, 곧바로 자리에 앉아 아무 일도 없었다는 듯이 업무로 돌아간다.

그런 쌀쌀맞은 태도에 '원래 날 싫어했었나?'라는 생각이 들 정도였지만, 과장의 평소의 격무에 대해 잘 아는 젠지로는 동정할지언정 나쁘게 생각하고 싶진 않았다.

대개 중소기업 과장이 그렇듯 이 회사에서도 과장이라는 직책은 결코 '관리직'이 아니다. 부하의 관리 책임을 지면서 자신도 부하 이상의 업무를 수행하지 않으면 안 되는, 엄연한 현역 노동력이다.

게다가 형식적으로는 관리직인 탓에 눈곱만큼의 관리직 수당이 붙는 대신 잔업 수당은 없다는 부당한 처우였다. 통상 그런 과장직은 '명색만 과장'이라고 불리며 노동 감사의 대상이 되지만, 이 과장의 경우 '관리직으로서 권한은 부여받고 있지만, 업무량이 많아서 실질적으로 자신도 부하와 동등한 정도의 일을 분담하지 않으면 안 된다는 명분으로, 검정에 가까운 회색(엄밀하게는 노동 감사를 받으면 맨 먼저 아웃이지만)으로 눈속임하고 있다.

평사원의 업무량에도 지쳐 두 손 두 발 들고 도망치려고 하고 있는 젠지로는, 야근 지옥의 바닥이 없는 늪에 머리까지 푹 잠겼음에도 '이 것이야말로 우리네 인생!'이라고 말하듯 당당하게 업무에 임하는 과장에게 최대한의 경의를 담아 머리를 숙이고는 그 자리를 떠났다.

———◆———

그 후, 애마인 하이브리드 카에 탄 젠지로는 수 시간의 드라이브 끝에 나고 자란 고향 마을로 돌아왔다.

"크으...... 으으읏......!"

차에서 내린 젠지로는 저녁 어스름 속에서 단단하게 뭉친 어깨와 목을 빙빙 돌리며 근육을 풀었다.

그동안 차를 주차해 놓은 월세 주차장이 자주 가는 편의점보다 멀었기에 늘 자전거만 타고 다니다 보니, 오랜만의 장거리 운전에 몸이 꽤 힘들었던 모양이다.

젠지로는 저녁 어둠 속에 서 있는 눈에 익은 2층 건물인 고향집을 보고 눈이 약간 가늘어졌다.

"여전히, 이 주변은 옛날 그대로구나."

지금은 숙부 가족이 사는 그 집이 중학생 시절에 양친을 잃은 젠지로에게는 '고향집'이었다.

　"좋았어, 그럼 가 볼까."

　꽤 오랜만의 귀성인 탓에 조금 어색한 기분이 들었는지, 일부러 큰 소리를 내며 기합을 넣은 젠지로는 마음을 다잡고 현관 초인종을 눌렀다.

　"오랜만이구나, 젠지로. 건강해 보여 다행이다."

　젠지로의 숙부, 야마이 타다시는 젠지로가 기억하고 있는 대로 안경을 쓴 좁은 얼굴에 온화한 미소를 떠올리고 일찍 세상을 뜬 형의 아들을 환영했다.

　숙부 가족은 4명이다.

　숙부, 숙모, 그리고 고등학교 3학년인 장녀와 그보다 3살 아래의 현재 중3인 장남.

　멀리 떨어진 학교에 다니는 장녀는 자취생활을 하고 있어서 오늘 밤 식탁에 둘러앉은 사람은 숙부와 숙모, 장남 3명뿐이었지만 식탁 의자는 네 개가 아니라 다섯 개였다.

　다섯 번째 의자는 젠지로의 것이었다.

　젠지로가 이 집에 있었던 것은 중2 여름에 양친을 불의의 사고로 잃고 고등학교 기숙사에 들어가기 전까지 불과 1년 정도였지만, 사람 좋은 숙부 부부는 그 후에도 계속 젠지로의 자리를 치우지 않고 있던 것이다.

"자, 쌓인 이야기는 나중에 하고 먼저 저녁을 먹어요, 여보."

그렇게 말하며 저녁 식사를 종용한 사람은 부엌에서 김이 피어나는 냄비를 가져온 숙모였다.

외모도 속내도 전형적인 '손 빠른 시골 아낙네'인 숙모는 돕기 위해 자리에서 일어나는 젠지로를 "됐으니까 앉아 있어."라며 만류하고는 도울 틈도 없을 정도로 민첩한 동작으로 식탁에 요리를 차리고는 앞치마를 벗고 자기 자리에 앉았다.

"자, 여보."

"응, 그래. 잘 먹겠습니다."

숙모의 재촉에 작게 끄덕인 숙부는 저녁 식사 시작을 알렸다.

"잘 먹겠습니다."

"잘 먹겠습니다."

"잘 먹겠습니다."

이어서 숙모, 장남, 젠지로가 화답하고 야마이 집안의 저녁 식사가 시작됐다.

당연한 얘기지만 이날 저녁의 화제는 거의 전부 젠지로에 대한 것이었다.

"그러냐. 그럼 너는 외국으로 가는 것이 정해졌단 말이지."

"네. 열흘 후에는 떠날 예정이에요. 너무 황급해서 죄송해요."

찌개의 김으로 안경이 뿌예진 숙부의 말에, 숙모가 직접 담근 배추절임을 삼킨 젠지로는 오른손에 젓가락, 왼손에 밥그릇을 든 채로 꾸

벽 고개를 숙였다.

고지식하게 머리를 숙이는 젠지로에게 숙부는 기억 속 그대로인 온화한 웃음으로,

"아니, 괜찮다. 네가 그렇게 결정한 거니까 하고 싶은 대로 하렴. 단, 이곳은 너의 고향집이니까 돌아올 집이 있다는 걸 잊지 말아줬으면 한다."

그렇게 젠지로에게 따뜻한 시선을 보냈다.

그러나 젠지로가 이제부터 향할 곳은 외국이 아니라 이세계다.

"아, 네. 고맙습니다."

한 번 저쪽으로 건너가면 최소한 30년은 편지 한 장도 보낼 수 없다는 사실을 감추고 있는 젠지로는 숙부의 호의에 죄책감을 느끼지 않을 수 없었다.

그 죄책감으로부터 도망치고 싶다고 생각하자, 이 이상 깊은 얘기를 물어 오면 진실을 말해버릴 것 같은 초조함에 젠지로는 다소 억지로 화제를 돌렸다.

"아, 그래서 말인데요. 실제로 얼마나 걸릴지는 확실하게 말할 수 없지만 아마도 굉장히 오랫동안 일본에 돌아오지 못할 건 틀림없거든요. 그래서 제가 여기까지 타고 온 차의 명의를 숙부님 앞으로 하고 숙부님께 드리고 싶어요."

조카의 말에 숙부는 그날 밤 처음으로 미간을 찌푸렸다.

"젠지로. 그런 신경은 쓰지 않아도 되지 않으냐?"

사람 좋은 숙부의 대답을 예상했던 젠지로는 젓가락을 테이블에

놓고 얼굴 앞에서 과장되게 손을 흔들고는,

"아니요, 딱히 신경을 써서 그런 게 아니라, 정말로 처분이 곤란해서요. 다음 자동차 검사뿐만 아니라 운전면허 갱신도 못 할지도 몰라요. 그만큼 한참 동안 돌아오지 못할 거예요."

그렇게 다그치듯 말했다.

그러나 그런 조카의 말을 듣고도 사람 좋은 숙부는 계속 거절했다.

"으음, 그래? 그러면 더욱이 팔아버리는 게 좋지 않으냐."

조금이라도 조카에게 이익이 되게 하려고 그런 제안을 하는 것이다. 숙부의 성격은 정말이지 변함이 없었다.

변치 않은 숙부의 사람됨을 재확인한 젠지로는 무의식중에 미소를 지으며 설득을 계속했다.

"아뇨, 안 돼요. 제가 떠나는 게 열흘 후니까 견적이 나오기도 전에 일본을 뜨게 될 거예요."

"그렇다면 매매는 내가 대신해 주마. 돈은 네 통장에 넣어 놓고. 요즘 세상이니까 외국에서도 예금을 찾을 방법이 있지 않니? 혹 방법이 없더라도 귀국했을 때 쓰면 돼."

숙부의 사람 좋음은 젠지로의 예상을 훌쩍 뛰어넘은 것이어서 아무리 애써도 정중하게 자동차의 양도를 사양했다.

숙부의 그런 사람됨을 보며, 젠지로는 이쪽 세계의 생활 기반을 버리고 이세계에서의 결혼을 선택한 자신이 너무도 박정한 인간으로 생각됐다.

"아녜요. 어차피 낡은 차라 그렇게 대단한 금액을 받지도 못할 거예요. 그럴 거라면 숙부님이 쓰시는 게 차라리 나아요."

그런 죄책감에 등을 떠밀린 것인지, 젠지로도 조금 고집을 부리며 애마를 숙부에게 넘기려 했다.

그런 조카의 열의를 느꼈는지 숙부는 조금 전과는 다른 어조로 말했다.

"으음, 하지만 나도 지금은 즐겨 타는 경트럭이 있거든."

시골 생활에서는 자가용 승용차가 필수다. 그러나 숙부네처럼 전업 농가라면 보통의 자동차 이외에 짐 운반용으로 보통면허로 운전할 수 있는 소형 트럭을 별도 소유하는 게 일반적이다.

인제 와서 차를 한 대 더 늘리는 것도 그다지 달가운 것만은 아니다.

그러나 그 대답도 예상하고 있던 젠지로는 즉각 설득의 말을 추가했다.

"네, 그러니까 명의는 숙부님으로 하고 사나에가 쓰도록 하면 어때요? 사나에, 내년이면 대학생이죠? 차가 있으면 고향집에 돌아오는 빈도가 더 잦아질 거예요."

그렇게 숙부의 장녀 이름을 꺼냈다.

젠지로의 말에 숙부는 오늘 처음으로 좁다란 얼굴에 쓴웃음을 떠올렸다.

"그건, 확실히 그럴지도 모르지. 네가 그렇게 말하니 설득력이 있구나."

그렇게 말한 숙부의 말투에는 조금 날카로운 가시가 돋쳐 있었다.

대학 시절에 '가끔은 얼굴을 보여라'는 숙부의 전화에 적당히 에둘러 대답할 뿐 4년 동안 한 번도 돌아오지 않았던 젠지로는 송구할 따름이었다.

"죄, 죄송해요. 하지만 사나에의 1지망은 이 지역에 있는 대학이잖아요? 그렇다면 정말 저와는 다를 거예요. 차가 있으면 더욱 그렇죠."

"그건 그렇지. 하지만 차는 위험한데."

젠지로의 설득에 숙부가 여전히 망설이는 사이에 먼저 환호성을 지른 것은 그때까지 잠자코 찌개를 뒤적이고 있던 이 집의 장남이었다.

"저, 그 말은 젠 형의 차를 누나가 쓴다는 거야? 내가 부탁하면 누나가 날 이다(飯田)까지 태워주겠지?"

대화를 듣고 눈을 초롱초롱하게 빛내며 김칫국을 마시는 장남에게, 숙부는 온화한 얼굴을 별로 무섭지 않은 꾸짖는 표정으로 바꾸고 나무랐다.

"어허, 유사쿠. 아직 결정된 일도 아닌데 이야기에 끼어드는 거 아니다. 게다가 어차피 사나에가 면허를 따는 건 내년이야. 내년은 너도 고등학교 다니러 자취할 거 아니냐."

"그래도, 그래도. 여름방학에는 나도 누나도 이 집에 돌아오잖아? 그럼 부탁해도 돼?"

이미 젠지로의 자동차가 사나에(숙부 가족의 장녀)의 것이 됐다는 전제로 말을 하고 있었다.

누나의 차로 읍내의 번화가에 놀러 나가거나 하는 건, 고등학생쯤 되면 싫어할 수도 있는 일인데 유사쿠의 말을 들으니 숙부네 남매는 아직도 사이가 좋은 모양이었다.

원만한 숙부 가족의 모습을 목격한 젠지로는 마음속으로 미소를 지으면서 숙모가 내려준 식후의 녹차를 마시며 열 살 아래 사촌 동생에게 말을 건넸다.

"뭐, 사나에가 좋다고 한다면 괜찮지 않을까? 돌아오면 부탁해 보렴."

"응. 메일로 물어볼게. 잘 먹었습니다!"

"앗, 어허, 이 녀석."

숙부가 말릴 틈도 없이 유사쿠는 자기가 먹은 밥그릇을 재빨리 부엌으로 가져간 후 통통하는 경쾌한 발소리를 내며 2층으로 올라갔다.

곧바로 누나에게 휴대전화로 메일을 보내려는 것이다.

"유사쿠!"

미처 말리지 못한 숙부가 아직 식사 중인데도 불구하고 자리에서 일어나려 했을 때, 마주 앉아 있던 젠지로가 말을 걸었다.

"봐요, 작은아버지. 보신 대로 유사쿠도 기뻐하잖아요. 어떠세요, 받아주시겠어요?"

"…………"

상황이 이렇게 돌아가는데도 아직 조카의 호의를 쉽사리 받아들일 수 없었던 숙부는 곤란하다는 듯이 입을 다물었다.

거기에 결정타가 된 마지막 한 방은 그때까지 쭉 남편과 조카의 대화를 잠자코 듣고 있던 숙모의 발언이었다.

"여보, 괜찮지 않아요? 젠지로도 이제 어른이니까. 그 마음을 사양하기만 하면 오히려 젠지로를 어린애 취급하는 것 같아서 실례인 것 같은데요?"

"그런, 가. 으음…… 그렇구나."

아내의 조언에 숙부는 겨우 결심이 선 듯 맑게 갠 표정으로 젠지로를 대했다.

"젠지로."

"네."

"그러면 네 후의를 사양하지 않고 받으마. 고맙다. 차는 소중하게 쓰도록 사나에게도 잘 말해 놓으마."

"네. 중고차라서 송구하지만, 이날까지 신세 진 것에 대한 다소의 보답이라고 생각해 주시고 부디 사양하지 말고 사용해 주세요."

식탁을 향해 작은 머리를 숙이는 숙부에게 젠지로는 안심한 듯이 웃으며 고개 숙여 인사했다.

그날 밤, 저녁 식사를 마친 젠지로는 숙부댁에서 그대로 묵었다.

중2 여름부터 중3까지 1년 반 동안 생활했던 3평 정도의 일본식 방은 젠지로가 살았던 시절과 달라진 것이 없었다.

방구석의 책상. 그 옆의 옷장. 옷장 위에는 CD밖에 들을 수 없는 구식의 라디오 겸용 CD 플레이어.

조금 전에 벽장에서 꺼내 깐 침구도 젠지로가 사용했던 것 그대로였다.

"몇 년이 지나도 이 방은 내 방, 이라는 건가……."

방의 전깃불을 켠 채 하늘색 잠옷 차림으로 요 위에 책상다리하고 앉아 한쪽 손으로 휴대폰을 만지작거리며 그렇게 혼잣말을 중얼거렸다.

중학교, 고등학교, 대학교까지 신세를 진 숙부 가족이 싫었던 적은 한 번도 없었지만 그래도 젠지로의 마음속에서 그들은 '가족'이 아니라 '친척'에 지나지 않았다.

실로 많은 신세를 졌다. 가족과 다름없는 '친척'이다. 그러나 숙부에게 있어서 자신의 존재는 꼭 그렇지만은 않았을지도 모른다.

"뭐랄까, 역시 좀 마음이 아프네."

젠지로는 책상다리를 풀고 벌러덩 이불 위에 드러누웠다.

벌써 성인이 되어 집을 나간 사람의 방을 언제 돌아와도 괜찮도록 유지해 주었다. 시골 특유의 여유로운 주택 환경이 허락한 사치인 것도 사실이지만 그 바탕에 숙부 가족의 젠지로를 향한 호의가 있음을 부정할 여지는 없다.

"후우……"

밝게 방안을 비추는 둥근 형광등을 올려다보며 젠지로는 한숨을 쉬었다.

한숨을 쉼과 동시에 이불에서 희미하게 나는 방충제 냄새가 젠지로의 코를 간질였다. 희한하게도 그 냄새에 젠지로는 살짝 안도감이 들었다.

이불에서 자신의 체취가 완전히 사라져 있다. 그 사실이 이미 이 방은 자신이 돌아와야 할 곳이 아니라는 증거인 듯 여겨졌기 때문이다.

"뭐, 어차피 이제 열흘이면 이쪽 세계와도 안녕이니까……"

잠옷 차림의 젠지로는 이불 위에 똑바로 누운 채 휴대폰의 폴더를 열고 새삼스럽게 오늘 날짜를 확인했다.

아파트를 나올 때 집 전화와 가스, 전기, 수도 등은 전부 사용정지 신청을 제출했지만, 휴대전화만은 '이달 말까지 사용 후 해약'으로 처리해 놓았다. 휴대전화 요금은 은행 계좌에서 자동이체 되고 통장에는 젠지로가 저쪽으로 떠난 후 이달 치 월급이 들어오리라. 요금 결제에 문제는 없다.

그렇다면 어느 곳에서나 사용할 수 있는 편리한 휴대전화는 저쪽으로 떠나기 직전까지 사용 가능한 상태로 해 두는 편이 좋겠다는 판단이었다.

"지금 와서 후회해도 소용없으니까……"

열흘 후에 있을 여왕 아우라에 의한 재소환은 스스로 이미 동의해 버린 일이다. 만약 지금 여기에서 그 결단을 뒤집는다고 해도 그 심경의 변화를 전달할 수단이 존재하지 않는 이상, 젠지로가 열흘 후 이 세계로 건너가는 것은 이미 빼도 박도 못 하는 일이다.

"아우라 씨는 이번처럼 단기간 내에 몇 번이나 소환, 송환이 가능한 것이 오히려 예외적이라고 말했었지."

열흘 후, 젠지로가 저쪽 세계에 소환되면 다시 이쪽 시계에 젠지로를 보낼 기회는 30년 동안 없을 거라고 했다.

30년은 긴 시간이다. 사실상 저쪽 세계에 뼈를 묻을 각오가 필요하다.

"그 각오는 돼 있다고…… 생각했는데."

젠지로는 휴대전화를 베개 옆에 놓고 대신 그 옆에 놓아두었던 파란 비로드 천으로 감싼 손바닥 크기의 네모난 상자를 손에 들었다.

이 안에는 한 쌍의 커플 반지가 들어있다.

폭이 넓은 옐로우 골드 링에 무색투명한 다이아몬드가 3개, 서로 달라붙듯 나란히 박혀 있다.

커다란 보석을 얹은 반지가 아닌 만큼 겉모습은 화려함이 덜하지만, 폭이 넓은 링에 새겨진 정밀한 기하학 무늬와 나란한 3개 다이아몬드의 반짝임은 충분히 사람을 매료시킬 만한 힘을 갖고 있었다.

"아우라 씨……"

반지 너머로 젠지로는 이세계에서 기다릴 여왕의 얼굴을 떠올렸다.

그러자 숙부 가족과 만난 이후 증폭되기만 하던 이쪽 세계에 대한 미련이 일순 엷어졌다.

"역시 이건 첫눈에 반한…… 건지도 몰라."

아직 풀리지 않은 응어리는 있지만 조금 마음이 정리된 젠지로는 이불 위에서 상반신만 일으켜 형광등의 줄을 잡아당겨 불을 껐다.

◆

다음 날, 아침 일찍 눈을 뜬 젠지로는 숙모가 만들어 준 아침 식사를 감사히 먹은 후 애마를 달려 마을에서 30분 정도 산속으로 들어간 곳에 서 있는 낡은 오두막 앞에 와 있었다.

바퀴 자국 외에는 빽빽하게 잡초가 우거진 울퉁불퉁한 산길에 차를 세우고 밖으로 나온 젠지로는 낡은 오두막을 보고 저도 모르게 목소리를 높였다.

"우와아! 여기에 온 건 초등학생 때 이후 처음인데, 이 집이 이렇게 작았었나……!"

간신히 비바람을 피할 정도인 이 낡은 오두막과 주변 땅의 소유자는 젠지로 자신이다.

대학을 졸업하고 수도권에서 취직을 결심했을 때, 부모로부터 상속받은 집과 밭은 그때까지 후견인으로서 관리해 준 숙부에게 거의 떠맡기다시피 양도했지만, 숙부는 이 산속 오두막과 주변 땅만큼은 받아주지 않았다.

그도 그럴 것이 야마이 집안의 역사를 거슬러 올라가면 그 시초는 이 오두막에서 시작되었다는, 유서 깊은 오두막이라는 것이다.

지금 젠지로 앞에 서 있는 오두막의 지붕이 함석으로 만들어져있는 걸 보아, 건물 자체는 쇼와 시대 이후에 개축했으리라. 그렇다 해도 낡아빠진 오두막이라는 사실에는 변함이 없지만.

"그 이야기를 들었을 때는 혹시 우리 선조가 집단 따돌림을 당했던 것일까, 라고 생각했는데. 아우라 씨의 말이 사실이라면 따돌림 설도 꼭 들어맞지는 않지만, 아예 틀린 얘기도 아닌 것 같네."

젠지로는 아침 햇살이 비추는 허름한 오두막을 보며 감개무량해져 그렇게 중얼거렸다.

아우라의 이야기가 사실이라면 젠지로네 야마이 집안의 선조는 150년 전에 사랑의 도피를 감행해 지구로 온 이세계인 남녀다.

에도 말기의 시골 마을에서 라틴계와 동남아시아계를 섞은 외모를 한 이세계인은 필시 좋지 않은 눈길을 받았을 것이다.

이 보잘것없는 오두막에 안주하기까지, 이쪽 세계에 온 다음에도 고난이 끊이지 않았을 것임은 얼마든지 상상할 수 있다.

"뭐, 그래도 지금 이 마을에 그런 얘기가 전해 내려오지 않는 걸 보면 꽤 간단하게 융화됐던 건지도 몰라."

젠지로는 심각한 방향으로 굴러가기 시작한 생각을 애써 낙관적으로 마무리했다. 실제로 작은 시골 마을이기 때문에, 비록 150년이나 된 일이라 해도 선조가 따돌림을 당한 적이 있다면 그런 이야기의 편린 정도는 들려올 법도 한데, 젠지로는 그런 류의 이야기를 들어본 적이 없다.

젠지로가 중얼거린 것처럼 선조들이 의외로 간단하게 마을에 녹아들었을 가능성도 충분히 있다.

젠지로가 그런 생각을 하는 사이에 잡초가 무성한 험한 길 저편에서 육중한 디젤엔진음이 들려왔다.

"어이쿠, 도착한 모양이네."

나무들 틈새로 업자의 트럭을 발견한 젠지로는 트럭을 세울 장소를 만들기 위해 서둘러 자동차에 올라타 주차 장소를 이동시켰다.

몇 분 후, 낡은 오두막 앞에 주차한 트럭에서 잿빛 작업복을 입은 남자 3명이 내렸다.

"늦어서 죄송합니다. 테크노테크 시공판매 사업소입니다. 저희 마이크로 수력발전기를 구입, 설치 의뢰해 주신 야마이 님이신가요?"

3명 중에 가장 나이가 들어 보이는 중년 남자가 오두막 앞에 서 있는 젠지로에게 말을 건넸다.

"네. 제가 야마이입니다. 오늘 잘 부탁합니다."

젠지로의 말에 중년 남자는 웃음으로 화답했다.

"네. 이쪽이야말로 잘 부탁합니다. 이미 며칠 전에 답사해 두었기 때문에 설치 작업은 금방이라도 시작할 수 있습니다. 만전을 기하기 위해 마지막으로 한 번 더 요청 사항을 확인하겠습니다. 저쪽의 냇가에 발전기를 설치하고 뒤에 있는 건물에서 전기를 사용하고 싶다는 내용이 맞으십니까?"

"네. 틀림없습니다."

젠지로는 간결하게 긍정의 대답을 했다.

진짜 희망은 '그 수력발전기를 이세계의 왕궁에서 사용하고 싶다.'는 것이지만 여기서 그걸 솔직하게 이야기할 수는 없는 노릇이다.

"단, 보시다시피 이런 시골이라서요. 만약의 경우에 제가 직접 최소한의 수리를 할 수 있도록 해 두고 싶습니다. 실례가 안 된다면 여러분의 작업 내용을 촬영하고 싶은데, 괜찮겠습니까?"

가능한 한 자연스럽게 들리도록 말하는 젠지로에게 중년의 설치기사는 쓴웃음을 지어 보였다.

"으음, 촬영은 상관없지만, 수리는 좀. 뭐, 수조의 모래를 제거한다

든가 흡수구의 망을 청소하는 정도는 배워 놓으면 좋지만, 발전 장치 자체에는 손대지 않는 편이 좋을 겁니다."

"네, 물론. 아마추어가 할 수 있는 레벨이면 됩니다."

젠지로의 거짓말에 중년의 설치기사는 가볍게 응낙했다.

"좋습니다. 그런 정도라면. 마음껏 촬영하십시오."

"고맙습니다. 방해된다면 사양하지 말고 말씀해 주세요."

원하는 바를 얻은 젠지로는 웃는 얼굴로 중년 남자에게 그렇게 말하고 숙부에게서 빌린 '핸디캠'을 가지러 자동차로 돌아갔다.

"우와……. 이건 생각했던 것보다 대단한 작업이잖아. 솔직히 좀 얕봤는지도……"

몇 시간 후, 기사들의 작업을 핸디캠으로 찍고 있던 젠지로는 조금 피로한 목소리로 그렇게 내뱉었다.

아침 10시경에 시작한 작업은 정오를 넘기고서도 아직 끝나지 않았다.

전문 기사 3명이 달라붙어도 이렇게 시간이 걸리는데, 이세계에서 젠지로가 혼자서 이걸 재현해야 한다면, 대체 얼마나 힘든 일이 될지.

"좀 성급했는지도 모르겠는걸."

젠지로가 슬쩍 자신의 결정을 후회한 것도 무리는 아니었다.

홈페이지에 쓰여 있던 '취수, 배수로를 연결하는 것만으로 간단하게 설치' 운운하는 문구는 아무래도 '전문 기사라면 간단' 하다는 의미였던 모양이다.

소형 수력발전기는 크게 세 부분으로 나뉜다.

하나는 물의 양을 안정되게 하고 모래를 걸러내기 위해 설치하는 수조 파트.

또 하나는 발전의 핵심인 대형 자석과 수차로 구성된 발전기 파트.

마지막 하나는 교환식 배터리를 중심으로 전력의 안정적 공급을 통제하는 제어 시스템 파트다.

수조를 시냇물의 상류 가까이에 설치하고 수조의 설치장소에서 충분히 고도가 떨어지는 곳에 발전기 파트를 설치한다.

수조와 발전기는 내구성과 유연성이 좋은 얇은 호스로 연결되어 있어, 수조 내부에서 모래나 이물질이 여과된 물이 발전기 내부의 수차로 흘러들어 간다.

수차를 돌린 물은 그대로 배수로의 호스를 통해 냇물 하류로 배출된다.

한편 제어 시스템은 오두막 안에 있다.

오두막의 벽에 드릴로 낸 둥근 구멍을 통해 나온 전선이 냇물 쪽에 있는 발전기 파트에 연결되어 있다. 발전기에서 발생한 전력은 모두 이 제어 시스템 파트로 흘러들어 가는 구조다.

제어 시스템 파트는 두 개의 커다란 배터리가 조합되어 이 배터리에 의해 소형 발전기 특유의 들쭉날쭉한 전력이 어느 정도 제어되게 된다.

일반 가정이라면 이 제어 시스템에서 집의 벽 내부에 매입된 전원장치로 전원이 들어가도록 연결하지만, 이 낡은 오두막에 그런 세련된 설비 따위는 없다.

그 때문에 제어 시스템 파트에서 직접 각 가전제품으로 전력을 공급할 수 있게끔 제어 시스템 파트에 여러 개의 콘센트가 달린 특별 장치를 설치하기 위해 추가 요금을 냈다.

거기에 전원을 꽂으면 텔레비전도 컴퓨터도 냉장고도 문제없이 사용할 수 있다고 한다.

"잠깐 기다려 주세요."

그렇게 말하고 트럭으로 향한 중년의 기사는 짐칸에서 낡아빠진 전기스탠드를 가져왔다. 발전기가 문제없이 가동하고 있는지 최종 확인을 하기 위해 가져온 것이리라.

"좋아, 전기 연결한다!"

중년의 기사는 열어둔 오두막의 문 안쪽에서 얼굴만 내밀고는 밖에서 작업하고 있는 부하 두 사람에게 커다란 목소리로 그렇게 외쳤다.

"네, 수조 오케이입니다!"

"발전장치, 문제없습니다!"

각각 수조 파트와 발전 파트를 최종 체크한 두 젊은 기사가 이쪽을 향해 빙글빙글 팔을 휘두르며 큰 소리로 문제없음을 알려 왔다.

움직이기 시작하는 발전장치.

수차가 돌고, 전기가 발생한다. 그 전력은 곧바로 오두막 안의 제어 시스템으로 흘러들어 간다.

장방형의 장치 안에서 환풍기 팬이 돌아가는 듯한 소리가 울리고,

제어 시스템의 좌우에 있는 라이트가 녹색으로 점등된다. 발전장치가 정상적으로 작동하고 있다는 증거다.

"좋아, 그럼 갑니다."

그린 라이트의 점등을 확인한 중년 기사는 세월의 흔적이 역력한 마룻바닥 위에 탁상 전기스탠드를 세우고, 전원 코드를 제어 시스템의 콘센트에 꽂았다. 이어서 전기스탠드의 스위치를 켰다.

어두침침한 오두막 안에 밝은 전기스탠드의 불빛이 켜졌다.

"우와!"

"문제는 없는 것 같네요."

감탄사를 지르는 젠지로 앞에서 중년의 기사는 무사히 일을 끝마친 성취감에 젖은 미소를 지으며, 목에 걸친 수건으로 얼굴의 땀을 닦았다.

그로부터 약 1시간 후.

"좋았어. 이것으로 최대의 고비는 넘긴 셈인가."

테크노테크사의 설치기사들을 태운 트럭이 떠난 후, 혼자 오두막에 남은 야마이 젠지로는 이제 막 설치된 발전기 앞에서 그렇게 중얼거렸다.

발전기의 콘센트에는 발전기 설치작업을 녹화한 핸디캠의 충전 케이블이 꽂혀 있다.

문제없이 충전 램프가 켜져 있는 것을 보니 현재까지는 발전기가 무사히 가동되고 있는 모양이다.

젠지로는 기사들이 두고 간 취급설명서를 한 손에 들고 제어 시스템을 살펴보았다.

"그러니까, 이쪽의 빨간 것이 비상용 램프고, 이 수치가 현재의 발전량이로군. 이 발전량이라면 내가 아파트에서 쓰고 있던 가전제품 정도는 전부 동시에 사용해도 될 것 같은데, 저쪽 세계에 가져가면 처음부터 다시 설치해야 하니 같은 발전량이 나오리라는 보장은 없겠지."

설명서에는 일반적인 가전제품의 소비전력 일람표도 게재되어 있었다.

그걸 보면 어떤 가전제품을 사용할 때 대략 어느 정도 발전량이 필요한지 한 눈에 알 수 있다.

젠지로가 산 이 '마이크로 수력발전기'의 최대 발전량은 1kW. 그만큼의 전력이 있으면 혼자 사는 원룸은 물론, 4~5인 가족이 생활하는 단독주택의 전력 사용량도 감당할 수 있지만, 이건 어디까지나 이론상의 이상적인 수치에 불과하다.

현재 발전 미터가 표시하고 있는 수치는 기껏해야 600W를 조금 넘는 정도다.

이 발전기를 어떻게든 이세계로 무사히 가져가서 재가동에 성공한다고 하더라도 그 발전량이 전문 기사가 설치한 지금보다 더 많아질 가능성은 낮다.

"그렇다면, 항시 사용할 수 있는 가전제품은 제한되겠는걸······."

서까래가 드러나 있는 천장을 노려보며 고민하기를 한참.

"일단 대여 창고에 보관해 둔 가전제품을 이곳으로 가져와서 시험해 볼까? 어느 정도의 물건이면 가동이 되는지."

그렇게 하나의 결론에 다다랐다.

어차피 수력발전기를 이곳에 설치해버린 이상 여기서 이세계로 이동하게 될 것이었다.

마지막 날에는 일단 전원과 물의 흐름을 끊고 해체해서 전부 아우라에게 빌린 그 양탄자 위에 올려놓지 않으면 안 되는데, 발전기 본체만 해도 그 중량이 75kg이나 된다.

짐수레를 쓰면 젠지로 혼자서 어떻게든 차에 실을 수 있겠지만 그런 고생을 할 정도라면 이 오두막에 마방진 양탄자를 깔고 이곳을 이세계로 이동하는 거점으로 삼는 편이 훨씬 효율적이다. 발전기 본체를 냇가에서 이 오두막까지 운반하는 것이 다소 힘이 들겠지만, 이거야말로 짐수레를 사용하면 불가능한 일이 아니지 않은가.

"그렇다면, 어차피 마지막 날에는 저쪽에 가져갈 물건을 전부 여기로 가져오지 않으면 안 되니까, 지금 가져와 버려도 문제는 없다, 이건가."

아파트를 나올 때, 저쪽 세계에 가져갈 요량인 물건은 대여 창고에 맡기고 그 외의 것은 모두 처분했다.

자동차로 숙부댁까지 가져온 물건은 약간의 소지품과 갈아입을 옷, 그리고 결혼반지와 마방진 양탄자뿐이다.

일찌감치 이사 업체를 불러서 저쪽으로 건너갈 때까지 이 오두막에 짐을 보관해 둔다면 만약의 상황에도 당황하지 않을 수 있을 것이다.

게다가 이 오두막에서 발전기로 얼마만큼의 가전제품을 동시에 가동할 수 있을 것인가, 또 사람들의 무리에서 떨어져 생활하는 데 무엇이 필요한가에 대해 시뮬레이션을 해 볼 수 있다는 장점도 있다.

"아직 며칠은 시간의 여유가 있으니까. 사고 싶은 것이 생각나면 차로 가까운 마을의 마트에 가면 되겠지. 자금 사정을 살펴봐야 하겠지만……"

가까운 곳이라고 해도 가장 가까운 마을이 차로 2시간 이상 걸리지만, 그 정도는 허용범위다.

애초에는 떠나기 전까지 숙부네 밭일을 도울 생각이었지만 그건 오전이나 오후 반나절만으로 타협을 봐야겠다.

다 큰 남자가 단 며칠 동안이라고는 해도 숙식을 신세 지고서 아무것도 보답하지 않을 수는 없지만, 이쪽도 사정이 있다.

"좋아. 그렇게 정했으면 빨리 움직일수록 좋지. 그러면…… 어라, 여기 안테나가 안 잡히는 거야? 우와 국도까지 나가지 않으면 휴대폰을 쓸 수 없잖아."

이후의 방침을 굳힌 젠지로는 이사 업체와 대여 창고의 관리인에게 전화를 걸기 위해 은색 몸체가 완전히 흙투성이로 지저분해진 하이브리드 카에 올라탔다.

준비 기간은 눈 깜짝할 새에 지나갔다.

아우라와 약속을 나눈 그날로부터 딱 한 달.

아침 안개가 잔뜩 낀 산중에 홀로 외롭게 서 있는 함석지붕의 초라한 오두막.

그 허름한 오두막 안에서 야마이 젠지로는 마방진이 그려진 양탄자 한가운데 앉아 그 시간을 기다리고 있었다.

그 모습은 '기묘함'이라고밖에는 표현할 수 없었다.

젠지로는 지금 잿빛 수트를 완벽하게 차려입었는데, 등에는 본격적인 등산가가 사용할 법한 커다란 배낭을 지고 있었다.

그것만으로도 충분히 기괴한 모습이건만 오른손에 칼날을 드러낸 커터 나이프를 쥐고 왼손의 새끼손가락에 그 칼끝을 대고 있는 것이었다.

여전히 '기괴하다'는 단어로는 이 장면을 선명하게 표현하기 어려웠다.

"이제 슬슬? 아니, 아직 인가. ……어쩌면, 그건 전부 꿈이었을까? 아니, 아니야. 그럴 리 없어. 실제로 양탄자랑 반지도 여기 있고. 하지만……, 뭔가 예측하지 못한 사태가 일어나서 재소환이 없었던 일이 됐을 가능성은?"

오른손에 쥔 커터칼로 주기적으로 왼쪽 새끼손가락의 상처를 헤집어서 양탄자에 피를 뿌리기를 계속하는 젠지로에게 뒤늦게 엄청난 불안이 엄습해 왔다.

이미 이세계로 건너가기 위한 준비는 끝나 버렸다.

회사는 그만뒀고 가스, 전기, 전화, 수도 등 라이프 라인은 전부 계약을 해지했으며, 아파트에서 퇴거했다. 휴대전화만은 아직 사용 가능한 상태지만 그것도 이달 말에 해약되게끔 절차를 밟아 놓았다.

유일한 혈족인 숙부 가족에게는 직장을 옮겨 외국으로 간다고 거짓말을 했다.

주민등록도 직장이 있던 도시에서 고향 마을로 옮겨 놓았다.

은행이나 우체국의 계좌는 그대로 놔두었으니까 다음 달 10일에는 마지막 월급이 입금되겠지만, 젠지로가 그 돈을 손에 쥐게 될 일은 아마 없을 것이다. 아니, 그런 일이 생겨도 곤란하다.

이렇게까지 준비를 해놓았는데 만에 하나 소환이 이루어지지 않거나 한다면, 젠지로는 현대 일본에서는 거의 용도가 없는 마이크로 수력발전기와 바보스러울 정도로 긴 연장 코드 등을 손에 든 채 황망하게 거리를 헤매는 신세가 되는 것이다.

분명히 말하지만 인제 와서 이세계로 소환되지 않는다면 젠지로의 인생은 장담할 수 없게 된다.

"큰일이다, 머리가 어질어질하네. 피를 너무 많이 흘렸나?"

눈앞이 깜깜해지는 것 같은 감각을 느끼며 젠지로는 그렇게 중얼거렸지만 그럴 리 없었다. 아까부터 흘린 피의 양이라고 해봐야 병원에서 혈액검사를 할 때 뽑는 양의 10분의 1도 되지 않는다.

그 어지럼증이나 시야가 좁아지는 감각은 모두 정신적인 이유에서 비롯된 것이었다.

이미 초여름이긴 하지만 냇가가 있는 산속은 아침 시간에는 상당히 기온이 낮다.

"……추워."

젠지로는 추위 탓인지 긴장한 탓인지 모를 떨림에 온몸을 지배당했다.

"빠뜨린 건 없겠지? 발전기는…… 수조 파트. 제어 시스템 파트. 취수와 배수 호스. 오케이. 모두 있어."

떨림을 물리치기라도 하려는 듯 젠지로는 무엇보다 중요한 '마이크로 수력발전기'의 부품을 하나하나 손가락으로 짚어 보며 확인해 나갔다.

그것들은 어제 고생 끝에 온종일 걸려 양탄자 위로 운반해 온 물건들이었다.

특히 75kg이나 되는 발전기 파트를 혼자서 오두막 안으로 옮긴 수고를, 젠지로는 누군가에게 칭찬받고 싶을 정도였다.

단지 그것 때문에 대형 할인점에서 커다란 짐수레를 사왔는데, 만약 그게 없었다면 절대로 혼자서는 옮기지 못했을 것이다.

설치 기사들이 평평하게 고른 냇가의 지면에 말뚝을 박아 고정해 놓은 장방형의 발전기 파트. 그 말뚝을 하나씩 뽑고 넘어지지 않게끔 세심한 주의를 기울이며 발전기 밑에 짐수레를 밀어 넣는 것에 성공했을 때는 파란 스웨터 안에 입고 있던 티셔츠와 트렁크가 땀으로 흠뻑 젖었다.

그렇게 고생한 보람이 있어 '마이크로 수력발전기'의 장비 일체가 이렇게 마방진 양탄자 위에 올라와 있는 것이다.

젠지로가 가져갈 짐 중에서는 5도어 냉장고에 이어 두 번째로 큰 물건이다.

"결국, 아우라 씨를 위해 산 것은 반지와 술 정도뿐이네. 괜찮을까? 아우라 씨, 술 좋아하는 것 같았지만."

양탄자의 구석에는 브랜디, 위스키에서 시작해 일본주와 와인 병까지 빼곡히 진열되어 있었다.

평소에 술이라고 하면 발포주, 어쩌다 한 번 한 병에 1,500엔 정도 하는 위스키를 마시는 정도인 젠지로에게 있어서는 한 병에 1만 엔, 2만 엔의 가격표가 붙은 술 같은 건 제정신으로는 생각할 수도 없었지만, 아무리 그래도 여왕에게 가져갈 기념품이니까 그 정도는 힘을 줄 필요가 있었다.

그러고 보니 저쪽에서 마셨던 술은 도수가 낮은 과실주뿐이었다는 것을 떠올린 젠지로는 황급히 가정용 증류기까지 사버렸는데, 과연 이걸로 증류주를 제대로 만들 수 있을지는 아직 시험해보지는 않았다.

뭐, 성공한다면 득템, 그 정도의 생각이었달까.

어차피 발포주나 익숙한 국산 위스키를 상자 단위로 사재기 했으니까 당분간은 그걸로 충분할 것이다.

계속해서 젠지로는 자신의 현재 복장에 눈을 돌렸다.

"복장은, 이걸로 괜찮…… 겠지? 별로라고 한다 해도 내가 가지고 있는 옷 중에서는 이게 가장 좋은 거니까."

현재 젠지로가 입고 있는 재색 양복은 젠지로가 가진 옷 중에서 가장 비싼 단벌 수트였다. 어쨌건 결혼하러 가는 것이다. 이문화, 이세계의 상대방이지만 이쪽도 나름의 격식은 갖춰야 한다.

처음엔 피로연에서 신랑이 입는 것 같은 흰 수트를 준비할까도 했지만 경악할 정도로 비싼 가격을 확인하고 즉시 포기했다. 그건 서민이 평생 단 한 번 입을 의상에 투입할 수 있는 금액을 훨씬 뛰어넘은 금액이었다.

재력의 한계치가 낮은 젠지로가 할 수 있는 것은 자신의 옷 옷 중에서 골라 가능한 한 모양새를 갖추는 것뿐이었다.

그렇게 옷차림에 의식을 집중한 젠지로는 어깨를 파고드는 배낭의 어깨끈이 수트에 주름을 만들고 있음을 깨달았다.

"우앗, 안 돼. 저쪽에서 다림질할 수 있을까? 그렇다고 이걸 놓고 갈 용기는 없는데. 어쩔 수 없이 결단해야 하나."

등에 지고 있는 배낭의 내용물은 갈아입을 옷 한 벌과 길어서 유용한 산악용 부츠, 충전식 건전지 몇 개와 태양광 충전이 가능한 충전 장치. 그 외에는 건빵, 초코칩 비스킷, 마블 초콜릿, 페트병 생수, 한 다스로 산 라이터와 캠핑 나이프, 수동식 LED 라이트와 단열기능이 있는 담요 등, 흔히 말하는 '비상용품'에 가까운 것들이 꽉꽉 채워져 있다.

만약, 만에 하나 소환되는 장소에 착오가 생기거나 시간이 이상해진다면. 양탄자의 마방진이 제대로 효력을 발휘하지 못하고, 몸에 지닌 것만 가져갈 수 있게 된다면. 그런 예측할 수 없는 사태를 생각하면 조금쯤 주름이 생긴다 해도 배낭을 양탄자 위에 내려놓고 싶지는 않았다.

물론 어떤 의미에서 가장 중요한 물건인 아우라에게 줄 반지는 상자째 양복 속주머니에 확실하게 넣어 두었다.

젠지로는 갑자기 주머니에 넣어 둔 반지를 다시 한번 확인하고 싶은 충동에 휩싸였다.

그러나 공교롭게도 오른손은 커터칼을 쥔 채였고 왼손은 새끼손가락 끝에서 피가 똑똑 떨어지는 중이었다.

일단 커터칼을 양탄자 위에 놓고 속주머니를 확인해 볼까? 젠지로가 그렇게 생각한 마침 그때였다.

"큭……!?"

예전에 경험한 적이 있는 가벼운 현기증이 양탄자 위에 앉아 있던 젠지로를 덮쳤다.

퍼뜩 커터칼을 내던지고 양손으로 양탄자를 짚은 젠지로가 오른편에서 나는 '철컥'하는 소리를 들은 다음 순간, 머리 위에서 한 달 만에 듣는 박력 있는 여자의 목소리가 쏟아져 내렸다.

"어서 오시오. 서방님. 두 번째 소환도 무사히 이루어져서 무엇보다 다행이오. 이번이야말로 진정한 의미에서 당신에게 이렇게 말할 수 있구려. 이쪽 세계, 나의 왕국에 잘 오셨어요. 환영하오, 나의 평생의 반려자여."

"아우라 씨……"

멋지게 양탄자까지 통째로 이동에 성공한 젠지로는 일어서는 것도 잊은 채 양팔을 벌려 환영의 뜻을 표하는 여왕을, 홀린 듯 양손과 양 무릎을 바닥에 짚은 채 올려다보았다.

[제3장] 결혼, 그리고 신혼생활 시작

야마이 젠지로가 무사히 이세계로의 이동에 성공한 몇 분 후.

젠지로는 아직 옷차림도 그대로인 채 후궁으로 안내되었다.

젠지로가 가져온 물건 일체는 성의 병사들이 '책임지고 나중에 후궁으로 운반해 준다'고 한다.

마방진의 양탄자에 올려서 가져온 것은 물론이고 젠지로가 등에 지고 있던 배낭까지도.

너무나 의도가 뻔히 보이는 조치였지만, 상대방의 입장에 서서 보면 지극히 당연한 요구라는 것을 이해했기 때문에, 젠지로는 특별히 거역하거나 하지 않고 병사들에게 짐 전부를 맡겼다.

물론 짐수레에 올린 수력발전기를 비롯해 냉장고, 에어컨, 플로어 스탠드 라이트 등 가전제품을 하나씩 가리키며 "이건 부서지기 쉬운 물건이니까 취급에 충분히 주의해 주세요."라고 몇 번이고 다짐을 받는 것을 잊지 않았지만.

"그렇겠지. 왕궁에 갑자기 저렇게 수상한 물체를 잔뜩 가져왔으니, 위험물인지 아닌지 체크당하는 것이 당연한가."

젠지로는 그렇게 중얼거리고 반짝반짝하게 닦인 나무 의자에 깊숙이 앉았다.

최악의 상황이라면 가져온 가전제품들이 위험물로 받아들여져 처리될 가능성도 있지만, 젠지로는 그 부분에 관해서는 어느 정도 낙관적인 전망을 했다. 어쨌거나 저 물자들은 여왕인 아우라의 허가를 받고 가져온 것들이다.

　만약 자칫 잘못돼서 가져온 도구 중에 어떤 것이 위험물로 여겨진다고 해도, 젠지로가 직접 변명할 기회 정도는 주어질 것이다.

　"위험물이나 수상한 야심이 있는 걸로 오해받을만한 물건은 의식적으로 배제했지만, 이세계니까 또 모르지……"

　이러쿵저러쿵해도 불안감은 남는지 젠지로는 한숨을 쉬면서 의자에서 한 번 몸을 일으켜 생각났다는 듯이 수트 상의를 벗고 다시 의자에 등을 기댔다.

　이어서 넥타이의 매듭에 집게손가락을 끼워 넣고 비적비적 잡아당겨 목 주변을 느슨하게 한 후 와이셔츠의 첫 번째 단추를 풀었다.

　"……후우."

　이제 조금 편안해졌다.

　역시 이쪽 세계는 덥다. 일본도 마침 초여름이 시작된 참이라 낮 최고 기온이 30도를 넘는 날도 드물지 않았지만, 이쪽은 이미 일본의 한여름에 버금갈 35도 전후의 기온으로 느껴진다.

　"이 정도라면 아직 견딜 수 있지만, 지금보다 더 더워진다면 좀 자신이 없는걸."

　역시 하루빨리 더위 대책을 마련하는 것이 시급하다. 젠지로가 그렇게 자신에게 다짐하던 그때였다.

똑똑하는 노크 소리 후, 문 저쪽에서 말소리가 들려왔다.

"실례하겠습니다. 젠지로 님."

"앗, 네."

귀에 익지 않은 침착한 여자의 목소리에 일순 놀란 젠지로는 간신히 목소리를 진정시켜 대답했다.

"후궁을 담당하는 시녀를 젠지로 님께 소개해 드리고 싶은데 지금은 시간이 어떠십니까?"

"……아, 그게 저."

일순 대답이 궁해진 젠지로였지만 생각하고 자시고 지금이 괜찮지 않을 이유는 어디에도 없다.

이세계로 이동해 온 긴장감 때문에 의식하지 못하고 있었지만, 지금의 젠지로는 행동이 자유롭지도 않은 주제에 할 일도 없는, 말 그대로 빈둥빈둥 상태.

"네. 들어오세요."

젠지로는 반사적으로 의자에서 일어나 문 건너편에서 기다리는 시녀들을 방으로 들었다.

젠지로가 허락하자, 문이 열리고 열 명이 넘는 시녀들이 조용조용 방으로 들어왔다.

시녀들은 사소한 차이는 있지만, 기본적으로 같은 복장을 하고 있었다.

흰색과 연지색을 기조로 한 그 복장은 변칙적인 메이드 의상이라고 보아도 좋겠지만, 군이 어느 쪽이냐고 한다면 인도나 중동의 민족 의상을 반팔과 미니스커트로 개조했다고 하는 편이 더 알기 쉬울지도 모르겠다. 특히 머리에 두른 숄과 같은 천이 인도를 대표하는 민족의 상인 사리를 연상케 한다.

패션에 일자무식인 젠지로조차도 순간 눈을 빼앗길 정도로 세련된 복장이다.

시녀들은 마치 서로 맞추기라도 한 것처럼 주저함이 없는 발놀림으로 젠지로 앞에 3열 횡대로 섰다.

맨 뒤쪽에는 나이가 젊은 시녀들 9명이 일렬로 섰고 가운데 줄에는 30대에서 40대 정도 되는 시녀 넷이 섰다.

그리고 가장 앞에는 40 전후의 마른 체격을 한 시녀가 한 사람, 시녀들을 대표하듯 젠지로 앞에 서서 입을 열었다.

"그러면 오늘부터 젠지로 님의 시중을 들게 될 사람들을 소개하겠습니다. 먼저 저는 후궁 사용인을 총괄 책임지고 있는 시녀장, 아만다라고 합니다. 젠지로 님이 거주하실 이 후궁의 인원은 제가 모든 책임을 지고 총괄하고 있기 때문에, 어떤 불편함이 있으실 때는 무엇이든 저에게 말씀해 주십시오."

그렇게 말하고 첫 줄에 선 여자, 아만다 시녀장은 정중하게 머리를 숙였다.

그 말투나 막힘없는 행동은 온몸에서 '유능한 여자'의 포스를 뿜어내고 있었다.

물론 포스에 그치는 것은 아닐 것이다. 후궁의 유지 관리를 맡은 여자가 유능하지 않을 리가 없다.

(아아, 왠지 '삼각안경'을 쓰면 굉장히 어울릴 것 같은 여자네.)

젠지로는 반사적으로 그런 무례한 생각을 했다.

꽤 옛날에 소녀만화에 등장하던, 여학교 기숙사의 엄격한 '사감' 같은 이미지다.

"아만다 씨로군요. 잘 부탁드립니다."

젠지로의 대답에 순간 아만다 시녀장은 뭔가 말하고 싶다는 듯이 입가를 씰룩했으나 곧 원래의 진지한 표정으로 돌아갔다."

"······네. 젠지로 님."

사회인으로서 사람의 표정에서 상대방의 심경을 읽어내는 능력을 어느 정도는 습득하고 있는 젠지로는 아만다 시녀장의 반응을 놓치지 않았다.

(어라? 혹시 너무 정중하게 대한 건가? 어쨌건 난 이 후궁의 주인이고 아만다 씨는 어디까지나 사용인이니까 말이야.)

상대와의 거리감을 정확하게 측정할 수 없을 때는 이쪽이 아랫사람을 자청하는 것이 무난하다, 는 일본인다운 발상에서 나온 태도였는데, 생각해 보면 이 세계, 이 나라에서 젠지로의 처지는 왕족 아닌가.

지나치게 낮추고 나가면 오히려 주변을 혼란스럽게 할지도 모른다.

자세히 살펴보니 시녀장 뒤에 대기하고 있는 다른 시녀들도 얼마간 놀라고 당황한 표정을 짓고 있었다.

아무래도 젠지로의 말투가 상황에 맞지 않은 건 틀림없는 것 같다.

그래도 "젠지로 님, 저희에게 그런 말투를 사용하실 필요는 없습니다."라는 진언조차 하지 못하는 건, 주인에게 그 정도의 바로잡음이나 건의조차 하기 어려울 만큼 왕족과 사용인의 신분 차이가 크다는 걸까?

그렇다고 하면 골치 아픈 일이다. 이쪽은 왼쪽 오른쪽도 구분 못하는 이세계인인데, 주위 사람들이 오류를 지적해주지 않는다면 아무리 시간이 흘러도 젠지로는 이쪽 세계에서 통할 만한 상식을 갖출 수 없을 것이다.

(……나중에 아우라 씨와 상의해 볼까.)

젠지로가 그런 생각에 빠져 있는 동안에도 아만다 시녀장의 소개는 계속됐다.

"이어서 각 부문의 책임자를 소개하겠습니다. 먼저 청소 책임자인 이네스."

"이네스입니다."

두 번째 열의 오른쪽 끝에 선 시녀가 한 발짝 앞으로 나와 깊이 허리를 숙였다.

"그 옆이 조리 책임자인 바네사."

"바네사입니다. 후궁의 주방을 담당하고 있습니다."

"그리고 그 옆이 정원 책임자인 에밀리아."

"잘 부탁드립니다. 젠지로 님."

"마지막으로 욕실 담당자인 올라쟈."

"올라쟈라고 합니다. 젠지로 님. 욕실을 이용하실 때는 언제든지 말씀해 주십시오."

"이상의 네 명이 이 후궁의 주요 책임자입니다."

"잘 부탁드립니다."

아만다 시녀장의 말이 끝나자 방금 소개된 네 명의 책임자들이 다 같이 머리를 조아렸다.

"아, 으응, 저야말로 잘 부탁…… 이 아니라, 그…… 많이 기대하겠 습…… 기대하겠소."

자신도 모르게 경어체로 대답하려던 젠지로는 더듬거리면서도 가 능한 한 윗사람의 말투로 들리게끔 그렇게 말을 마무리했다.

본인이 말해놓고도 쓸데없이 어깨에 힘이 들어간 우습기 짝이 없 는 말투였지만 아무래도 그런 태도가 정답이었던 모양이다.

시녀들은 확연히 안심한 표정으로 '황공하옵니다'라고 말하며 머리 를 숙였다.

시녀들의 표정을 읽은 젠지로는 자신의 머리통을 끌어안고 싶은 충동에 휩싸였다.

(우와앗, 역시 이런 말투가 정답이었던 거야? 나중에 아우라 씨에게 아랫사 람을 대하는 제대로 된 방법을 배워둬야겠어.)

그런 젠지로의 속내를 알 리 없는 아만다 시녀장은 소개를 계속 했다.

"그리고 맨 뒷줄에 서 있는 시녀들이 책임자들 밑에서 직접 일을 수행합니다. 사소한 용무는 저희 담당자를 통하지 않고 직접 그녀들 에게 명령해 주십시오. 이 외에도 잡무를 담당하는 시녀가 여럿 있습니다만 당분간 젠지로 님의 말씀이 들리는 범위 안에는 이 9명이 대기하고 있을 것입니다. 너희 자기소개를 하도록."

아만다 시녀장의 말이 떨어지자 세 번째 줄에 서 있던 9명의 시녀가 끝에서부터 순서대로 자기소개를 해 나갔다.

"카리나라고 합니다, 젠지로 님. 무엇이든 분부해 주십시오."

"키샤입니다."

"크리스텔입니다."

"케이트입니다."

기억력이 보통 수준밖에 되지 않는 젠지로에게는 이 정도가 한계였다.

시녀장 한 사람에 각 부문의 책임자가 네 명. 합계 다섯 명 정도라면 아직 어떻게든 얼굴과 이름을 기억할 수 있지만, 거기에 9명이나 추가되면 아예 외울 엄두도 나지 않는다.

"……돌로레스입니다. 성심성의를 다해 임무를 다하겠습니다, 젠지로 님."

9명 전원이 간단히 자기소개를 마쳤을 즘에는 젠지로도 지금 당장 모두의 얼굴과 이름을 외우기를 포기했다.

(뭐, 상관없겠지. 어차피 앞으로 후궁에서 함께 생활할 거니까, 그러는 사이에 싫어도 기억하게 될 거야. 지금은 시녀장과 각 부문의 책임자들 정도만 기억해 두자.)

외근 일도 나름대로 잘해냈던 젠지로는 얼굴과 이름을 기억하는 것에 특별히 어려움을 느낀 적은 없었지만 한꺼번에 열세 명은 도저히 무리였다.

시녀장과 책임자들 외에는 차차 외울 수밖에 없다.

(그건 그렇고……)

열세 명의 시녀를 관찰한 젠지로는 남몰래 생각했다.

(아주 확연하게, 시녀가 두 부류로 나뉘는구나. 혹시 채용 기준 자체가 나뉘어 있나? 그러니까…… 능력 우선이랑 용모 우선으로.)

자연스럽게 그런 추측을 하게 할 정도로 젠지로의 앞에 서 있는 시녀들은 두 부류로 크게 나뉘었다.

단도직입적으로 말하자면 '그다지 예쁘지 않은 나이 든 시녀'와 '젊고 아름다운 시녀'다.

말할 필요도 없이 시녀장인 아만다와 4명의 책임자가 '별로 예쁘지 않은 나이 든 시녀'이고 그 밑에서 일한다고 소개된 나머지 9명이 '젊고 아름다운 시녀'다.

아만다 시녀장과 청소책임자인 이네스는 그나마 날씬한 편이만 나머지 3명의 책임자는 모두 허리둘레에 튼실하게 살이 붙은 전형적인 '중년 비만'의 아줌마들이었다.

한편 그들이 부리는 9명의 시녀 중에는 그런 식으로 몸매가 망가진 사람은 하나도 없었다.

능력 우선과 용모 우선이라는 젠지로의 감상평이 반드시 틀린 것만은 아닐지도 모른다.

더구나 9명은 저마다 개성도 뚜렷했다. 얼굴 생김새만 해도 '귀엽다'는 평가에 합당한 사람이 있는가 하면 '아름답다'고 표현할 수밖에 없는 아가씨도 있다.

키가 큰 사람도 있고 작은 사람도 있다. 가슴이 큰 사람도 있고 작은 사람도 있다.

문화적인 제약이 있는 것인지 머리가 짧은 사람은 한 명뿐이었지만, 다른 시녀들의 머리 길이도 제각각이다.

단, 전체적으로 봤을 때 키가 작은 사람보다 큰 사람이, 가슴이 작은 사람보다 큰 사람이 많은 것은 젠지로의 기분 탓만은 아니었다. 특히 가슴에 관해서는 9명 중 7명이 '거유'로 분류될 사이즈를 자랑하고 있었다.

개중에는 아우라 씨 이상의 사이즈를 뽐내고 있는 강자도 있을 정도다.

(그러고 보니 아우라 씨도 현대 일본인의 기준에서 보면 장신에 거유지. 어쩌면 이 나라의 여인들은 평균적인 일본인에 비해 키가 크고 가슴이 큰 경향이 있는 것일까?)

시녀들의 가슴께에 시선이 향하지 않도록 의식적으로 시선을 높게 고정한 젠지로는 그런 생각을 했지만 그건 사실과 달랐다.

이 젊은 시녀들은 아우라 자신이 엄선한 '젠지로가 가까운 미래에 손을 대도 문제가 없는 아가씨들'인 것이다.

키가 큰 아가씨가 많은 것은 젠지로가 장신의 아우라에게 강한 흥미를 보였기 때문이다. 가슴이 큰 아가씨가 특히 많은 것은 젠지로가 저번에 아우라와 대면했을 때 그 시선을 아우라의 풍만한 가슴께에 쏟아 부었기 때문이다.

즉, 젊은 여자들이 '용모 우선'으로 선택된 것처럼 보인다는 젠지로의 감상은 완벽한 정답인 셈이었다.

물론 후궁의 시녀로서 문제가 없을 만한 자질을 갖추고 있는 사람 중에서 '용모' 또한 뛰어난 자를 고른 것이지만.

그런 속사정을 알 리 없는 젠지로는 이세계에 막 도착한 긴장감에 사로잡혀 있었기 때문에 모처럼의 미인 시녀들을 감상할 여유도 없었다.

"알겠소. 그러면 내 많이 기대하리다."

젠지로의 머릿속에는 '이 상황을 무난히 넘겨야지', 라는 생각만이 가득 차 있었다.

◆

먼저 후궁으로 안내된 젠지로가 후궁 전속의 시녀들을 상대로 익숙지 않은 대응을 하느라 땀을 빼고 있을 무렵, 왕궁의 일각에서는 카파 왕국의 여왕 아우라 1세가 젠지로가 가져온 대량의 '혼수품'을 부하들에게 일일이 점검하게 하고 있었다.

"모두 열어보고 살펴라. 단, 여는 방법을 모른다면 무리하지 말고 표시만 해 놔. 나중에 내가 젠지로 님에게 직접 물어볼 테니. 위험한 것, 수상한 것이 있으면 자네들 선에서 처리하지 말고 전부 내게 가져오도록."

"네, 알겠습니다."

"분부, 받들겠습니다."

흰 갑옷을 입은 근위병과 이국정서가 넘치는 시녀복위에 흰 앞치마를 두른 시녀들이 여왕 폐하의 명령을 받들어 젠지로의 짐을 주의 깊게 살피기 시작했다.

5도어 냉장고를 위에서부터 순서대로 열고 안에 머리를 들이밀고 확인하는 자. 대형 에어컨 안쪽을 확인하려고 고개를 갸웃거리고 있는 자. 반투명의 옷상자를 열고 젠지로가 잔뜩 사들인 티셔츠랑 트렁크 팬티를 한 장 한 장 정성 들여 펴보고는 다시 개켜놓는 자.

많은 수의 병사와 시녀가 방 전체에 진을 치고 대규모로 벌이는 대형 작업이었다.

느닷없이 왕궁에 반입된 대량의 '미확인 물체'들이었다. 확실하게 점검하지 않으면 안 되지만 이걸 가져온 사람은 여왕의 남편이 될 분이다.

만에 하나라도 이 물건들을 파손하거나 더럽히지 않게끔 작업은 신중에 신중을 기해 이루어졌다.

그 때문에 수십 명이 달려들었는데도 확인 작업은 좀처럼 속도가 나지 않았다.

그러는 와중에 좀 수상쩍은 것을 발견한 자가 아우라에게 보고하러 왔다.

"폐하, 이 투명한 용기에 들은 것은 술 같습니다. 특수한 봉인이 되어 있는 모양이라 여는 방법은 알지 못합니다만, 깨진 용기에서 흘러나온 내용물에서 술 냄새가 납니다."

젠지로가 아우라에게 선물로 가져온 주류. 이동할 때의 충격으로 넘어진 모양이었다. 비교적 얇은 병에 들어 있던 일본주와 와인이 한 병씩 깨져, 그 내용물이 양탄자에 스며들어 있었다.

다 들을 필요도 없이, 그 냄새로부터 젠지로의 짐에 술이 섞여 있었음을 눈치챈 아우라는 작게 끄덕이고는,

"남은 술은 모두 지하의 저장고에 보관하도록. 깨진 술 용기는 이쪽에 가져오고. 운반할 때는 최대한 조심하도록. 그 용기는 아무래도 나무통에 비할 수 없을 만큼 깨지기 쉬운 것 같구나."

그렇게 병사와 시녀에게 명령했다.

"네, 분부대로 하겠습니다."

"네, 여기 있습니다."

병사가 조심조심 양손에 하나씩 술병을 들고 방에서 나가는 것과 동시에 시녀는 깨진 일본주와 와인 병을 들고 와 아우라에게 바쳤다.

불투명한 유리로 된 일본주 병과 짙은 적자색의 투명한 적포도주 병이었다. 그 두 개의 파편을 손에 든 아우라는 창문으로 들어오는 햇빛에 비춰보고는 놀라움에 탄성을 질렀다.

"……굉장해. 마치 수정을 가공한 것 같아. 서방님의 세계에는 이런 용기가 일반적인 걸까?"

이곳 카파 왕국에는 유리 제조기술이 존재하지 않았다.

현대의 지구에서 만들어진 술병 대부분은 이쪽 세계의 인간에게는 단순한 담을 것이 아니라 일종의 예술품으로 보였다. 디자인도 훌륭

하다. 브랜디나 위스키병은 특히 그랬다.

"전하, 이쪽은 아무래도 식기인 듯합니다. 컵도 접시도, 나무나 은이 아니라 그 술병과 같은 투명한 재질이거나 광택이 있는 돌과 같은 것으로 되어 있습니다. 이것들도 이동할 때의 충격으로 몇 장은 파손되었습니다."

젠지로가 가져온 식기는 일본에서는 지극히 일반적인 도자기 종류였고 함께 가져온 와인 잔이나 위스키 잔은 모두 유리로 된 것이었다.

젠지로가 구태여 이런 깨지는 물건을 가져온 것은 저번에 식사할 때 이쪽 세계의 식기가 전부 목제나 금속제였던 것을 떠올렸기 때문이었다.

일부러 그 자리에서 지적할 정도로 신경 쓰이는 일은 아니었지만, 도자기나 유리 식기에 익숙해 있는 젠지로는 약간 위화감을 느꼈던 것도 사실이다.

자신도 그때는 눈치채지 못했지만, 특히 젠지로가 위화감을 느낀 물건은 술이나 물 잔이었다.

은식기는 다른 금속에 비하면 맛이 잘 배지 않는 금속이긴 하지만 그래도 역시 전혀 잡맛이 섞여 있지 않다고 할 수도 없었다.

포크나 스푼은 일본에서도 스텐레스가 일반적이기 때문에 젠지로도 그렇게 크게 위화감을 느끼지는 못했지만 잔 종류는 다르다.

말하자면 같은 회사에서 생산하는 녹차 제품이라도 페트병으로 마시는 것과 캔으로 마시는 것과 유리컵에 따라 마실 때 맛이 다르게 느껴지는 것과 같은 이치다.

아우라는 무색투명한 와인 잔을 손에 쥐고 팅 하고 손가락을 튕겼다.

"이것도 훌륭하다. 미술품 수집벽이 있는 귀족을 상대할 때 꽤 괜찮은 선물이 되겠는걸."

물론 이것은 젠지로의 재산이며 아무리 부인이라고 해도 아우라마음대로 할 권리는 없다. 그러나 눈치 빠르고 사람 좋은 서방님이지 않은가. 부탁하면 하나 정도는 흔쾌히 내주지 않을까.

그 와중에 농락의 대상이 될 귀족의 얼굴을 떠올리기 시작한 아우라는 머리를 흔들어 현재 상황으로 사고를 되돌렸다.

"다른 것은 뭔가 있던가?"

"네, 폐하. 이걸 봐 주십시오. 이것은 혹시 '무기' 종류가 아닐는지요?"

그렇게 말하고 병사가 가져온 것은 푸른 장방형 상자에 수납된 금속 봉과 작게 뒤틀린 못이 잔뜩 들어 있는 주머니, 그리고 작은 칼이 정면에서 마주 보는 형태의 이상하게 생긴 날붙이였다.

"보여 주게. 으음……, 아니, 무기가 아니야. 아마도 어떤 도구일 거다. 무기로써 사용하기에는 너무나 비효율적이군."

건네받은 '드라이버 세트', '나사못', '파이프 커터'를 본 아우라가 대답했다.

그것들은 전부 에어컨을 설치하기 위한 도구였다. 그 밖에도 '해머 드릴', '진공 펌프', '진공계' 등, 이세계인으로서는 의미를 알 수 없는 도구가 줄지어 들어 있어, 그 한 세트가 있으면 에어컨 설치가 가능하다.

단 경험자에 한함, 이라는 단서가 붙지만.

인터넷에서 알아본 결과, 아마추어가 책으로 읽은 지식만으로 에어컨 설치에 성공할 가능성은 상당히 낮다는 것을 알게 된 젠지로였지만, 그때는 이미 대형 에어컨을 산 다음이었다.

그렇지만 에어컨의 설치 방법을 설명하고 있는 인터넷 사이트를 있는 대로 프린트해서 가져왔다는 사실에서 젠지로에게 '에어컨이 있는 이세계 생활'을 포기할 마음이 없음을 알 수 있다. 단, 급하게 '선풍기'와 '냉동실에 들어가는 커다란 쇠대야'를 사 왔다는 점을 보면, 현실을 아주 자각하지 못하고 있는 것은 아닌 모양이었다.

이어서 또 다른 병사가 무엇에 쓰는 물건인지 모를 장치를 가져와 아우라 앞에 내밀었다.

"폐하, 이것도 병기가 아닐까 합니다만. 보십시오. 한눈에 보기엔 단순한 상자처럼 보입니다만 안에는 여러 개의 칼이 설치되어 있어 이 옆의 봉을 돌리면 이렇게 안에 있는 칼이 빠르게 회전하는 구조로 되어 있습니다."

"호오, 이건 흥미롭구나. 재미있는 장치네. 하지만 병기는 아닐 거야. 이걸로 대체 어떻게 공격을 가할 수 있다는 거지?"

"적의 손목을 잡아 이 상자 속에 집어넣고 봉을 돌린다……거나?"

말하던 중에 스스로도 설득력 없음을 깨달은 것인지, 말꼬리가 흐려지는 병사에게 아우라는 쓴웃음을 지어 보이며 반박했다.

"그건 병기가 아니라 고문 도구야. 뭐, 어떻게 쓰냐에 따라서는 위험할지도 모르겠지만 아마도 공격적인 의도로 만들어진 도구는 아닌 것 같다. 원래 자리에 갖다 놔."

병기라거나 고문도구라거나 하는 불명예스러운 오명을 뒤집어쓸 뻔한 젠지로의 '빙수기'는 무사히 원래의 장소로 돌아갔다.

그 후에도 대량을 사재기한 비누랑 칫솔, 모기향 등 이세계인에게는 그 용도가 명확히 이해되지 않는 것들이 속속 발견되었다.

같은 모양의 것을 여러 개 구입한 LED 플로어 스탠드 라이트는 겉모양만으로는 이쪽 세계에 있는 대형 촛대에 가까운 형태를 하고 있기 때문에 막연히 용도를 상상할 수 있었지만, 초를 꽂을 곳도 기름접시에 해당하는 부분도 없었기 때문에 결국은 이것도 수수께끼의 물체가 되었다.

그러고 있는 동안 양탄자 위에 놓여 있던 짐이 아니라 젠지로가 직접 등에 지고 있던 배낭 속을 확인하던 시녀가 입을 다물지 못한 채 배낭을 한 손에 들고 아우라 앞으로 왔다.

"폐하! 이 안에는 물, 식료품, 담요와 갈아입을 옷이 가득합니다."

시녀의 보고에 아우라는 잠시 생각한 후, 납득했다는 듯이 끄덕였다.

"물과 식료품? ……아아, 과연. 만약의 비상사태에 대비했다는 것인가. 그렇구나, 서방님에게는 나의 소환마법이 실패할 땐 어떻게 되는지를 설명하지 않았으니까."

소환마법이 실패했을 때는 마법 자체가 발동하지 않는다. 따라서 젠지로의 준비성은 전혀 쓸모없었던 셈이지만, 이번 경우 잘못한 것은 굳이 따지자면 아우라 쪽이었다.

"이런. 서방님에게 괜한 걱정을 끼쳐 드렸네. 나중에 사과해야겠어. ……응? 무슨 일이지? 아직 뭔가 있나?"

배낭을 든 시녀의 낌새가 이상하다는 것을 눈치 챈 아우라는 어째선지 낯빛이 창백한 시녀에게 그렇게 물었다.

시녀는 새파래진 얼굴로 "네, 네에."라고 가느다란 목소리로 대답했다.

"이, 이것을 보십시오."

라고 말하며 배낭의 측면 포켓에서 꺼낸 두 개의 작은 주머니를 아우라에게 내밀었다.

"음, 이것은……!?"

별생각 없이 주머니를 풀어 안을 들여다본 아우라는 그 적자색 눈을 크게 뜨고 입을 다물었다.

아우라가 열어 본 두 개의 주머니. 하나에는 손마디 하나 정도 크기의 컬러풀한 색을 가둔 투명한 보석이 가득 들어 있었고, 또 하나에는 역시 반짝반짝 다양한 색깔로 빛나며 가운데 구멍이 뚫린 작은 알갱이가 잔뜩 채워져 있었다.

평범한 말로 바꾸면 '구슬'과 '비즈'다.

이것도 젠지로의 '해프닝 대책' 중 하나였다.

만에 하나 왕궁 이외의 이세계에 표류하게 될 상황의 일을 생각한 젠지로는 이세계의 마을에서 돈으로 바꿀 수 있으면서 그다지 부피가 크지 않은 것이 무엇일지 궁리한 끝에 '구슬'과 '비즈'를 선택한 것이었다.

왕궁의 창문이나 식기에 유리가 전혀 사용되어 있지 않았음을 떠올리고 선택한 물건이었지만, 젠지로는 자신이 이세계의 사람들을 '미개한 원주민'으로 취급하는 것 같아서 그다지 기분이 좋지는 않았다.

그러나 당면한 문제를 해결하기 위해서는 기분을 따질 여유가 없다. 구슬 하나로 하룻밤의 숙박이 해결되거나 비즈 몇 알갱이로 한 끼의 식사를 살 수 있다면 감지덕지다. 그렇게까지 생각한 젠지로였지만 그 판단은 상당히 빗나갔다고밖에 할 수 없었다.

눈에 띄는 기포도 거의 없고 완전한 구체인 유리구슬의 이쪽 세계에서의 가치란, 현대 일본에서처럼 '장난감'도 아니고 젠지로가 상상했던 것 같은 '약간의 돈과 바꿀 수 있는 것'도 아니었다.

이건 말 그대로 '보물'이었다.

실제로 지구에서도 잠자리 구슬로 불리는 유리구슬의 일종은 그 역사적 가치도 인정되어 한 개에 백만 엔이 넘는 금액으로 거래되는 경우가 종종 있다.

젠지로가 가져온 구슬과 비즈는 물론 그렇게까지 대단한 것은 아니다. 한 봉지에 백 엔 하는 장난감에 지나지 않지만, 유리 제조기술 자체가 존재하지 않는 이쪽 세계에서 그 가치는 젠지로의 상상을 훨씬 뛰어넘는 것이었다.

"주머니를 엄중히 여미고 원래 있던 곳에 돌려놓도록."

"네, 네에······!"

명령을 받은 시녀는 여왕의 손에서 두 개의 주머니를 돌려받고는 폭발물이라도 다루듯 신중한 손놀림으로 그것을 배낭 주머니에 도로 넣었다.

길고 길었던 젠지로의 짐 검사도 막바지로 접어들었다. 이미 자신이 담당한 부분을 끝내고 작업 중인 동료에게 방해되지 않도록 벽 쪽으로 물러난 병사와 시녀들이 제법 많아졌을 무렵, 아우라는 모두에게 말했다.

"더 보고할 것은 없나?"

이미 대부분 물건에 대해서는 한 차례씩 보고를 받았다.

혹시 몰라 그렇게 말하면서도 내심 이제 보고는 없을 것이라고 단정 지은 아우라가, 문득 옷상자를 열고 있는 병사 쪽으로 시선을 향한 바로 그때였다.

여왕의 시선을 받은 그 병사는 눈에 띌 정도로 몸을 움찔하더니 재빨리 손에 들고 있던 것을 상자 안에 넣으려 했다.

"잠깐! 너, 지금 뭘 감췄지!? 움직이지 마라. 천천히 그 오른손을 상자에서 꺼내!!"

수상쩍게 여긴 아우라는 날카로운 소리를 냈다.

(방금 그 움직임은 뭐지? 서방님의 물건에 독이라도 묻힌 건가!?)

엄선에 엄선을 거듭해 모집한 근위병사 중에 배신자가 있었어?

아우라는 엄격함으로 불타는 시선으로 수상한 병사를 쏘아보았다.

"폐, 폐하! 저는 결코 수상한 짓은⋯⋯!"

"변명은 필요 없다! 잠자코 오른손을 꺼내라고 했다."

놀란 모습으로 변명을 시작하는 병사에게 아우라는 날카로운 질책을 날렸다.

"⋯⋯네."

아우라의 시퍼런 서슬에 이건 거역할 도리가 없다고 단념한 것인지 병사는 천천히 옷상자에서 오른손을 꺼냈다.

병사의 오른손에는 아우라가 수상히 여긴 대로 몹시 선명한 빨간 헝겊이 쥐어져 있었다.

"그건 뭐냐. 이쪽을 향해서 양손으로 그 헝겊을 펴 보아라."

"저, 전하. 이것은, 그⋯⋯"

"펼쳐라."

그래도 저항하려 하는 병사에게 아우라는 박력 있는 목소리로 그렇게 명령했다.

주위에서 사건의 향방을 지켜보던 다른 병사들이 만에 하나의 사태에 대비해 벽에 세워둔 단창과 검을 손에 들고 심문을 받는 병사를 에워싸고 있었다.

시녀들도 일단 작업을 멈추고 무기를 거머쥔 병사들의 등 뒤에 숨 듯이 하여 벽 쪽으로 피신했다.

"⋯⋯⋯⋯⋯"

긴박한 공기. 아플 정도의 침묵. 누군가가 꿀꺽하고 긴장으로 침을 삼키는 소리가 들렸다.

그렇게 실내에 있는 모든 사람의 주목이 집중된 가운데, 그 병사는 무언가 소중한 것을 포기했다는 듯이 한 번 커다란 한숨을 내쉬고는 오른손에 들고 있던 그 헝겊을 여왕 앞에서 커다랗게 펼쳐 보였다.

그것은 하늘하늘하고 붉은 '네글리제'였다. 물론, 여성용이다.

"…………"

아우라는 그 빨간 천쪼가리 너머에서 고개를 옆으로 돌린 병사의 얼굴을 뚫어질 듯 보았다. '헝겊 너머'다. 천을 얼굴 앞에 들고 있는 병사의 표정이 아우라 쪽에서 비쳐 보이는 것이다.

남의 시선으로부터 몸을 보호하는 기능 따위 전혀 기대할 수 없는 옷이었다.

"…………

아우라는 입을 다문 채, 그 빨갛고 훤히 들여다보이는 네글리제를 꽤나 길게 응시한 후, 느릿느릿한 음성으로 병사에게 물었다.

"그 옷은 서방님의 옷상자에 들어있던 건가?"

충성을 맹세한 여왕 폐하에게 거짓말을 할 수는 없었던 병사는 짧고 솔직하게 답했다.

"……네."

"…………"

늘어지는 공기. 애처로운 침묵. 누군가 꿀꺽하고 성적 흥분으로 침을 삼키는 소리가 들렸다.

그러던 중, 처음엔 고개를 숙이고 무언가 생각에 잠겨 있던 아우라가 마침내 인내의 한계를 깨고 침묵에 싸인 공기를 웃음소리로 뒤흔들었다.

"큭큭큭……. 그래, 그렇구나. 이런, 미안하게 됐다. 내가 공연한 의심을 했군."

병사를 의심했던 여왕은 자신의 잘못을 인정하고 병사에게 사과의 말을 건넸다.

"아닙니다. 이 또한 책무니까요."

병사로서는 그렇게 대답할 수밖에 없었다. 냉정하게 생각해 보면 순간적으로 여왕의 시야에서 무언가를 감추려 했던 것이다. 의심을 받아도 어쩔 수 없었다.

아무리 그래도 아닌 밤중에 홍두깨였다.

여왕의 반려자의 짐 속에서 명백히 여자 것인, 게다가 굉장히 선정적인 옷을 발견한 것이다.

그 옷의 주인은 누구이며 그 옷을 누구에게 선물해서 어떻게 해주길 바라는 것인지, 생각해볼 필요도 없었다.

"의심받을 만한 언동을 한 경솔한 태도, 사죄드립니다."

나풀나풀한 네글리제를 오른손에 든 채, 얌전히 고개를 숙이는 병사의 모습에 아우라는 웃음보가 터져 버렸다.

"좋아. 신경 쓰지 마라. 아까도 말한 것처럼 이건 내 실수다. 잊어다오. 그건 그렇고 서방님의 짐에서 그런 물건이 나왔단 말이지? ……큭큭큭."

어깨를 흔들면서 웃음을 멈추지 않는 아우라는 너무 웃어서 눈꼬리에 맺힌 눈물을 손가락을 닦고 중얼거렸다.

"우리 서방님, 상남자네."

아우라는 부하들 앞임에도 당분간 온몸을 들썩이면서 웃기를 계속했다.

———◆———

그날 저녁.

일본에서 가져온 짐을 모두 옮겨다 놓은 후궁의 어느 방에서 젠지로는 검은 가죽으로 된 상당히 고급스러워 보이는 소파에 앉아 아우라와 대면하고 있었다.

"그러면 짐을 모두 후궁에 들여도 괜찮은 거지요?"

아우라로부터 낮에 있었던 짐 검사의 결과를 들은 젠지로는 얼굴에 환하게 안도의 빛을 띄우며 그렇게 확인했다.

"음. 무엇에 쓰는 것인지 자세히 가르쳐 줬으면 하는 것도 몇 가지 있지만, 그것들을 포함해서 내일까지는 모두 이쪽으로 옮겨놓도록 이미 지시해 놨어요. 단, 술 종류는 지하의 저장고에 넣어 두었어요."

마주 앉은 소파에서 태연하게 다리를 꼬고 앉은 여왕 아우라는 그렇게 너그럽게 끄덕여 보였다.

활짝 열려 있는 창문으로 비쳐 들어오는 빨간 석양이 붉은 머리의 여왕을 더욱 붉게 비쳤다.

그런 여왕의 모습에 눈길을 빼앗긴 젠지로는 문득 떠오른 의문을 말했다.

　"네. 그건 상관없어요. 술은 후궁에 놔두면 신선하지 않을 것 같으니까. 그런데 그 '물자의 반입'은 누가 하는 건가요? 후궁은 나 이외에는 '남자 금지'라고 들었는데."

　옷상자나 컴퓨터 정도라면 몰라도 높이가 2m 가까이 되는 5도어 냉장고나 마이크로 수력발전기는 평범한 여자가 들기엔 무리다. 혹시 힘쓰는 일을 전문으로 하는 '파워 시녀'라도 있는 것일까?

　그런 젠지로의 의문에 아우라는 손사래를 치며 아무 문제도 아니라는 듯이 대답했다.

　"아아, 그건 물론 신뢰할 수 있는 근위대의 병사들에게 시키지요. 확실히 후궁은 엄격한 '남자 금지' 구역이지만 일시로 출입하는 것에 대해서는 어느 정도 융통성이 허용되니까. 그렇지 않으면 왕궁에 '여자 석공'이나 '여자 목수'도 두어야 하잖아요. 후궁의 건물이나 정원, 분수도 영구 불멸한 것은 아니니까!"

　짐짓 놀리는 듯한 여왕의 말에 젠지로는 "아, 그런가."라며 쉽게 납득했다.

　세상에는 알게 모르게 여자의 능력만으로는 해결되지 않는 문제도 있다. 그런 경우에까지 일일이 '금남'을 외친다면 후궁은 엄청나게 살기 불편한 공간이 되어 버릴 것이었다.

　어쨌든 그건 젠지로에게 있어서 복음에 가까운 정보였다. 남자의 손을 빌릴 수 있다고 한다면 그 기회에 도움을 받고 싶은 일이 있다.

"그러면 그 참에 몇 명 정도 일손을 빌릴 수 있을까요? 실은 내가 가져온 것 중에 '수력발전기'라는 물건이 있는데, 이걸 어떻게든 정원에 설치해서 거기에 물을……"

슬슬 해가 저물기 시작해 어둠이 스며드는 후궁에서 젠지로는 소파에서 몸을 반쯤 일으켜 아우라에게 요청을 전했다.

야마이 젠지로가 무엇을 위해서 이쪽 세계로 소환되었는가 하면, 물론 여왕 아우라와 결혼하기 위해서다.

그러니 무사히 이세계로의 이동에 성공하고 익숙지 않은 후궁의 바보스러울 정도로 커다란 침대에서 하룻밤을 보낸 젠지로가 다음날부터 결혼식 준비에 쫓기는 나날을 보내게 될 것은 피할 수 없는 운명이었다.

젠지로와 아우라의 결혼식은 예정으로는 15일 후에 시작해 5일 밤낮으로 계속될 거라고 한다.

이는 왕족의 결혼식으로서는 준비기간도 실제 결혼식의 기간도 비상식적일 만큼 짧은 편에 속한다.

준비 자체는 한 달 전에 젠지로가 아우라의 프러포즈를 받아들인 그날부터 진행되어왔겠지만 그래 봤자 1개월하고 보름, 불과 44일이다.

현역 국왕의 '혼인 의식'의 준비기간으로서는 이례적으로 짧다고 해야 할 것이다.

카파 왕국 정도 되는 큰 나라에서 이루어지는 직계왕족의 결혼식
이라고 하면 준비기간만 최소 1년은 시간을 들이는 것이 일반적이다.
그렇게 해서 국내외의 왕후, 귀족에게 충분히 여유를 두고 통달을 보
내고, 가능한 한 내외의 귀빈이 참석할 수 있게끔 조치하고, 국위를
과시하기 위해서라도 최고의 향연이 펼쳐지는 식을 거행하는 것이다.

왕족의 결혼식은 단순한 기념식이 아니다. 국내외의 유력자들을
불러 모으는 것이 가능한 절호의 기회이기 때문에 은밀한 외교의 장
이기도 하다.

그러나 불과 한 달 반의 준비기간으로는 국내의 유력 귀족 세력을
불러 모으는 것만으로도 벅차고 국외의 왕후, 귀족은 시간을 맞출 수
조차 없다.

대개는 훨씬 격이 떨어지는 대리인을 보내오는 것이 고작일 것이었
다. 즉, 이 결혼식인 은밀한 외교의 장으로서는 아무런 의미가 없다고
해도 과언이 아니다. 아쉽기 그지없는 일이었다.

그런 것을 모두 고려하더라도 이례적으로 짧은 기일 안에 결혼식을
치르려고 하는 것은 섣불리 시간을 끌거나 해서 중간에 가로채임을
당하는 일이 없게끔 하려는 아우라의 의도였다.

이것은 카파 왕국에서 처음으로 이루어지는 현역 여왕의 결혼
이다.

전례가 없는 만큼 훼방을 놓으려고 하면 얼마든지 가능하다.

여왕의 결혼이 권력 구조를 복잡하게 할 것은 틀림없는 사실이고,

성가시게도 젠지로는 아우라가 아닌 여성과 맺어져도 자손에게 '시공마법'을 물려줄 수 있을 만큼 진한 카파 왕국의 혈통을 잇고 있었다.

아우라의 예상이 맞는다면 정식으로 마법을 배우면 젠지로 자신도 웬만한 '시공마법' 정도는 사용할 수 있다는 얘기니까, 혈통적으로는 직계왕족에 한없이 가깝다.

젠지로의 진한 핏줄이 국내의 유력 귀족 세력들 사이에 알려지면 개중에는 '아우라 폐하를 독신으로 왕좌에 머물게 하고, 젠지로 님과 자신의 여식 사이에서 태어난 아이를 다음 왕위에 추대한다'는 대담한 계략을 꾸미는 인간도 하나나 둘쯤 나올 것이 예상된다.

아우라는 그런 정략에 휘말릴 만큼 자신의 정치력이 약하다고 생각하지는 않았지만 귀찮은 일은 미연에 방지하는 것이 최선이다.

그런 의도에 의해 아우라와 젠지로의 결혼식은 왕족의 결혼식으로서는 이례적일 만큼 준비기간이 짧고, 따라서 필연적으로 지극히 '소규모'로 치러지게 된 것이다.

"……이게, '소규모'라고?"

어젯밤에 일련의 사정을 아우라로부터 전해 들은 야마이 젠지로는 후궁의 모처에서 자신도 모르게 우는 소리를 내뱉었다.

"네? 젠지로 님 지금 무슨 분부라도?"

등나무로 만들어진 의자에 앉아 있는 젠지로의 주위를 몇 명의 시녀들이 둘러싸고 컬러풀한 옷감과 눈이 핑핑 돌 것 같은 장신구를 가져와서는 이러쿵저러쿵 떠들며 즐거운 고민을 하고 있었다.

아우라가 입고 있던 이브닝드레스나 시녀들이 입은 메이드 유니폼과 같은 의상을 보면 알 수 있듯이 근대적인 복식도 발달한 카파 왕국이지만, 그것들은 비교적 최근에 다른 나라에서 유입된 문화이고, 결혼식과 같은 공식적인 행사에서는 어디까지나 전통적인 민족의상이 메인이었다.

현재 행해지고 있는 것은 젠지로가 결혼식에서 머리에 두를 터번과 같은 천과 그것을 여밀 장식 핀을 정하는 일이다.

닷새 동안 이어지는 결혼식 중에는 왕국 수도의 거리를 아우라와 함께 마차로 퍼레이드 하듯 행진하는 행사도 예정되어 있다. 이 나라의 귀인은 바깥에서는 터번과 같은 것을 머리에 두르는 것이 일반적이다.

지금 돌이켜보면 '어떤 것이 마음에 드십니까?'라고 아만다 시녀장이 물어왔을 때, 이세계의 패션에 관해서는 아무것도 모르는 젠지로가 그만 '전부 알아서 해주시오.'라고 대답한 것이 화근이었다.

그 후 젠지로는, 맡겨 주십시오, 하며 눈빛을 바꾸어 의욕을 보이는 후궁의 시녀들에게 끝도 없이 시달리는 중이었다.

"아니, 아무 말도. 계속해."

"네. 알겠습니다."

의자에 이렇게 앉은 채로 벌써 1시간이 지났다. 터번 고르기는 아직 전혀 끝날 기미가 보이지 않았다. 게다가 그 뒤쪽에는 결혼식 당일에 젠지로가 착용할 장식용 '장식 동검'과 '장식띠'의 담당 시녀들이 만반의 준비를 하고 대기하고 있었다.

아마도 오늘 하루는 이렇게 지나갈 모양이었다.

(아우라 씨에게 병사를 빌리는 허가도 받았겠다, 하루라도 빨리 수력발전기를 설치해서 전기가 있는 생활로 돌아가고 싶은데 말이야……)

젠지로는 시녀들이 일하기 편하도록 의자 위에서 미동도 하지 않은 채 속으로 한숨을 내쉬었다.

젠지로가 후궁에 들어와 기껏 하루가 지났을 뿐이었지만 현대문명에서 멀어진 불편한 생활은 이미 젠지로의 마음에 명확한 위기감을 심어 놓을 만했다.

그러나 그런 주인의 마음의 소리를 알아챌 도리가 없는 시녀들은 자신들에게 모든 것을 맡긴 주인의 기대에 부응하고자 전력을 다해 터번과 장식핀을 고르는 것이었다.

주인의 수치는 우리들의 수치, 라는 듯이 기백이 충천한 모습을 보자 젠지로도 '따로 하고 싶은 일이 있으니 그렇게 시간을 들이지 말고 적당히 결정해.'라고는 도저히 말하기 곤란했다.

"역시 홍옥을 눈에 박은 비룡 장식의 핀이 가장 괜찮지 않을까요? 그러면 당일에 걸치실 옷과의 조화를 생각해서 터번은 흰색이 어떨까 합니다만."

마침내 결정이 난 모양이다. 안도의 한숨이 터져 나오는 것을 참고 젠지로는 "좋아, 그걸로 해 봐."라고 대답했다.

무척이나 어색하고 불편한 공간이었지만 그래도 어제처럼 무리해서 어깨에 힘이 들어간 말투를 쓰지 않아도 되는 만큼, 조금은 마음이 편했다.

어젯밤, 아우라와 상의한 결과, "대외적으로는 몰라도 후궁에서는 젠지로 님이 편한 말투를 쓰셔도 되오. 그래도 사용인들에게 존댓말은 곤란하지만." 이라는 허가를 받은 것이다.

아우라가 말하길 '후궁은 왕족의 사적인 공간. 어떤 형태라 할지라도 거기에서 사용인을 배려해 주인이 신경을 쓰는 일이 생긴다면 본말전도'라는 것이었다.

젠지로서는 고마울 따름인 여왕 폐하의 하명이었다.

곧바로 오늘부터는 존댓말을 쓰지 않는 것에만 주의하면서 나머지는 평소와 같은 말투를 쓰고 있다. 처음에는 당황하던 시녀들도 얼마 지나지 않아 젠지로의 말투에 익숙해진 듯 릴랙스한 태도로 말을 건네게끔 되었다.

"네. 알겠습니다. 실례하겠습니다."

자기의 제안이 받아들여진 것에 대한 기쁨을 감추지 않은 그 시녀는 익숙한 손놀림으로 젠지로의 머리에 천을 둘렀다.

(굉장한데. 이건 거의 마법이군.)

그저 폭이 넓은 옷감이었던 것이 눈 깜짝할 새에 자신의 머리를 감싸 나가는 모양을, 테이블 위에 놓인 거울을 통해 본 젠지로는 그런 감상을 느꼈다.

무척이나 간단하게 터번을 다 두른 시녀는 마지막으로 이마 가운데의 위쪽에 금장식의 핀을 꽂고 멋지게 고정시킨 후 자랑스러운 듯이 말했다.

"어떠십니까, 젠지로 님?"

시녀의 말에 젠지로는 거울 앞에서 몇 번인가 고개를 좌우로 돌려 각도를 바꿔가며 터번의 상태를 확인했다.

"…………"

젠지로의 모습을 선명하게 비추고 있는 사각 유리 거울에, 젊은 시녀들이 호기심을 누르지 못하고 훔쳐보다가 나이 든 시녀의 팔꿈치에 찔리는 모습이 비쳤다.

"……응. 괜찮은 것 같은데."

거울 너머로 그 모습을 목격한 젠지로는 터져 나올 것 같은 웃음을 겨우 참고 그렇게 무난하게 대답했다.

거울로 말하자면 은판이나 동판에 광을 낸 금속 거울이나 금속제 그릇에 물을 담은 수경밖에 존재하지 않는 이쪽 세계에, 젠지로가 가져온 유리 거울은 엄청난 임팩트였다.

젠지로가 수염을 깎거나 이를 닦을 때 쓰려고 일부러 마련해 온 그 거울은 여유 있게 젠지로의 얼굴 전체를 비출 만큼 컸다.

은거울은 물론 동거울도 이 정도 크기를 가진 것을 만들고자 하면 얼마나 많은 돈이 들지 상상조차 되지 않는다. 뒤틀림이나 긁힘이 허용되지 않는 금속 거울은 조금만 크기가 커져도 가격이 몇 배나 뛴다.

무엇보다 금속 거울과 유리 거울은 반사율이 천지 차이다. 금속 거울의 뿌연 화면에 익숙한 사람의 눈에 유리 거울은 마치 거울 저쪽에 또 하나의 다른 세계가 있는 것처럼 보일 것이었다.

"다행입니다. 그럼 당일은 이 터번과 장식핀으로 하겠습니다."

팔꿈치 공격을 극복한 시녀가 그렇게 말하자 거기에 호응하듯 그 뒤에 서 있던 시녀들이 환하게 웃었다. 일부를 제외하고 미인 일색인 시녀들이 웃자 그만큼 주위의 공기가 산뜻해졌다.

"그러면 다음은 예식 동안 허리에 찰 장식검과 장식띠를 고르려고 합니다만."

"……좋아. 맡길게."

시녀들의 아름다운 웃음 덕분에 젠지로는 '앞으로 한 시간 더 마네킹이 되어 달라'는 그 선언을 어떻게든 웃는 얼굴로 받아들일 수 있었다.

———————◆———————

이동하기 전의 한 달이 그랬던 것처럼 바쁜 시간은 늘 눈 깜짝할 새에 지나가는 법이다.

젠지로가 무사히 이세계로 건너온 지 15일.

이러니저러니 하는 사이에 젠지로는 결혼식 당일을 맞이하게 되었다.

카파 왕국에서 왕족 혹은 그에 버금가는 고위 귀족의 '혼인 의식' 때에만 사용하는 왕궁의 대형 홀. 그 이름도 '용왕의 방'.

그곳의 바닥에는 빨강 바탕에 고대 용이 그려진 양탄자가 빈틈없이 깔렸다. 맨발로 서면 복사뼈까지 묻힐 것 같이 털이 긴 양탄자는 옛날 카파 왕국이 바닥에 앉아서 생활하던 시절의 유물이었다.

북대륙에서 건너온 의자와 테이블 문화가 정착한 오늘날에는 직접 바닥에 앉는 풍습이 거의 사라졌지만, 당시의 유물로 '바닥에 앉아도 엉덩이가 배기지 않는' 양탄자는 권력과 재력을 나타내는 가장 알기 쉬운 기준이었다.

그 기준에서 보자면 복사뼈까지 묻히는 거대한 양탄자를 빈틈없이 깔아 놓은 이 '용왕의 방'은 말 그대로 왕가의 혼인 의식을 치르는 데 합당한 품격이 있다고 할 수 있다.

그 넓고 장엄한 홀에 들어가는 것이 허락된 자는 당연하게도 웬만한 지위를 가진 귀족들뿐이다.

넓은 홀에는 여러 개의 둥근 테이블이 놓여 있어 귀족들이 파벌끼리 모여 앉아 있었다.

보아하니 그렇게까지 딱딱한 의식 예법은 아닌 듯, 탁자 위에는 먹을 것이 차려져 있지는 않았지만, 음료 종류가 대접 되어 있어 자리를 차지한 귀족들은 그것으로 목을 축이며 담소를 나누고 있었다.

그들의 화제의 중심은 당연하게도 오늘 결혼식을 올리는 여왕 아우라와 그 반려자인 수수께끼의 사나이 젠지로였다.

"그러나저러나 아우라 폐하도 대담한 일을 하는구려. 이세계에서 데려온 남자를 남편으로 맞다니."

"맞소, 정말로. 대체 어떤 인물일는지요?"

"확실히 지금 카파 왕국에는 방계 왕족이 존재하지 않으니 아우라 폐하의 혼인 그 자체에 반대할 자는 없을 테지만……"

"과연 그 양반이 어느 정도의 마력을 가지고 있을지… 로군요."

"듣기로는 왕족으로서 부끄럽지 않을 만큼의 마력을 지녔다던데."

"호오!? 그게 사실이라면 대단한 수확이구려."

"그러게요. 경우에 따라서는 왕가의 혈족을 늘리기 위해서라도 추후 후궁에 여왕 폐하 이외의 여성을 들이는 수도……"

귀족들이 그런 수다로 꽃을 피우고 있는 사이에 대기실에서 문관으로서 가장 격식 있는 복장을 차려입은 젊은 남자가 모습을 드러냈다.

젊은 문관은 식장의 구석에 설치된 커다란 징 앞으로 걸어가서는 그 옆에 준비된 나무 몽둥이를 손에 들고 힘차게 징의 중심부를 내려쳤다.

지이잉 하는 커다란 소리로 사람들을 조용하게 만들고 시선을 모은 후, 문관은 커다랗고 낭랑한 음성으로 외쳤다.

"지금부터 강대한 카파 왕국 유일의 절대적 소유자이며 태어날 때부터 시간과 공간의 지배자이신 자비롭고도 총명한 여왕, 아우라 1세 폐하와 젠지로 야마이 폐하의 성혼 의식을 거행한다. 두 분 폐하 납시~오!"

아우라와 젠지로의 입장을 알리는 말.

그 말에 장내의 귀족들은 일제히 입을 다물고 점잖은 얼굴로 입구에 시선을 향했다.

과연 소문의 '여왕의 남편'이 될 자는 어떤 인물인가?

세도 있는 귀족은 실리를 꿰뚫는 계산 가득한 눈으로, 그렇지 않은 자는 구경꾼 근성의 눈으로 그 인물의 입장을 이제나저제나 기다리고 있었다.

얼마 지나지 않아 입구에 한 쌍의 남녀가 모습을 드러냈다. 창문으로 들어오는 햇살이 입구에서 단상까지 이어진 버진 로드를 비추는 것처럼 보이는 건 우연이 아니다.

원래 이곳 '용왕의 방'은 결혼식에 최적화된 공간으로, 예식 시간표상 버진 로드에 빛이 비추는 타이밍에 맞춰 신랑 신부가 입장하게끔 계산된 공간이었다.

눈 부신 햇살 아래로 한 발짝을 내디딘 젠지로는 반사적으로 눈을 찌푸리고 싶은 충동을 억누르고 천천히 햇살 속으로 걸어 나아갔다.

(우와아, 안 돼. 괜히 주변을 둘러봤다간 긴장 때문에 맛이 가버릴 거야……!)

식장을 가득 채운 화려한 옷차림을 한 귀족들의 시선이 자신을 향하고 있음을 느낀 젠지로는 의식적으로 시선을 자신이 걷는 버진 로드에 집중했다.

내리꽂히는 햇살의 눈 부심이 오히려 고마웠다. 덕분에 식장을 가득 채운 귀족들의 모습이 제대로 보이지 않았다.

남국의 강한 태양이 내리쬐는 가운데, 아우라와 젠지로는 팔짱을 끼고 한 발짝씩 버진 로드를 걸어 나아갔다.

신부 의상을 차려입은 아우라와 검은 예복 위로 장식띠와 장식검을 허리에 늘어뜨린 젠지로.

관찰력이 있는 사람이 보면 이 신랑 신부가 세심한 주의를 기울이며 어느 쪽이 먼저 앞으로 나가는 법이 없이 거의 동시에 나아가고 있다는 것을 알아챘을 것이다.

아우라가 앞서 나가면 '남자 앞을 가로막는 여자'라는 악평이 퍼질 것이고, 젠지로가 앞서 나가면 '여왕을 이끄는 남자'라는 이미지가 생겨 버린다.

걷는 방식 하나에도 신경을 쓰지 않으면 안 되는 존재가 왕족이다.

그러나 그런 까다로운 눈으로 보지 않는다면 오늘의 아우라는 화려한 혼례 의상을 입은 행복으로 가득한 여자로밖에 보이지 않는다.

신부인 아우라는 노슬리브의 하얀 드레스 차림이다.

스커트는 플레어 형태지만 밑단을 질질 끌 정도로 길지 않았고, 레이스 장식이 없는 대신 흰 생화가 꿰매어져 있는 등, 사소한 차이는 있지만, 그 드레스는 지구에서도 '웨딩드레스'로서 통용될 수 있을 만한 만듦새였다.

(그러고 보니 일본의 전통 신부의 상도 서양의 웨딩드레스도 색이 희다는 것은 공통이구나.)

신부 의상으로 흰색을 선호하는 것은 국경뿐 아니라 세계마저 뛰어넘는 취향일까? 좌우에서 쏟아져 들어오는 호기심의 시선을 조금이라도 잊어보고자 그런 생각을 하는 젠지로의 왼쪽 팔에 드레스 차림의 아우라가 살짝 오른손을 포갰다.

신랑 젠지로의 복장은 만약을 대비해 가져온 관혼상제용 검정 예복이었다.

아름답게 장식한 웨딩드레스를 입고 왕권을 나타내는 왕관을 쓴 아우라의 곁에 서니 다소 보잘것없어 보이는 모습이었지만, 여기에는 어쩔 수 없는 이유가 있었다.

'집안의 가장은 남자'라는 상식이 뼛속 심지까지 박혀있는 이 나라에서 현역 여왕의 결혼이라는 전례 없는 예식이 거행되고 있는 것이다.

남편이 되는 젠지로의 복장, 식장에서 갖출 행동거지에 관해서는 문자 그대로 의견이 분분하여 이거라고 할 만한 결론이 나지 않았다.

카파 왕국의 풍습에 맞추자면 신랑인 젠지로는 신부인 아우라보다 위엄을 드러내는 복장을 갖춰야 한다. 그러나 신부인 아우라는 현역 여왕이기 때문에 왕관을 쓰고 왕권을 과시하는 모습으로 결혼식에 임할 필요가 있다.

아무리 남편이라고 해도 여왕보다 위엄 있는 모양새가 되면 왕권의 절대적 권위가 흔들릴 수밖에 없다. 그렇다고 해서 신랑이 신부보다 위엄 없는 복장으로 참석하면 '왕족이 국가의 전통을 우습게 본다'며 비난하는 자가 나타날 것이다.

결국, 아우라와 젠지로가 서로 다른 세계 출신임을 이용해 '신랑의 복장은 신랑 세계의 상식에 맞춤'으로써 '남편을 받든다'는 것으로 이 문제를 어물쩍 처리한 것이다.

젠지로가 이세계에서 가져온 그 검정 예복은 일반 하객으로서라면 관혼상제에 참석해도 문제없는 것이긴 하지만, 본래는 '신랑'이 입는 옷이 아니다. 하지만 그런 것은 젠지로 본인밖에 알지 못하는 부분이므로, 젠지로만 입을 다물고 있으면 전혀 문제 되지 않는 얘기다.

그것보다도 젠지로의 마음을 무겁게 한 것은 젠지로의 짧은 머리를 딱 붙여서 7대 3으로 나눠 놓은 향유다.

오늘의 예식은 전부 실내에서 행하기로 해서 터번을 두르지 않아도 된 점은 잘됐지만, 마치 그 대신이라는 듯 머리를 독특한 냄새가 나는 향유로 고정해버린 것에는 솔직히 식겁했다.

(아아, 가려워. 냄새도 지독해. 얼른 목욕탕에 들어가 씻어내고 싶다……)

긴장이 풀림에 따라 불쾌감이 머릿속 한쪽에서부터 점점 의식 전체를 잠식하기 시작했다.

젠지로는 머리를 마구 긁고 싶은 충동과 내리쬐는 햇볕에 눈을 찌푸리고 싶은 욕구에 저항하면서 천천히 버진 로드를 걸어 나아갔다.

참석한 국내외의 귀족들이 주로 시선을 향한 것은 역시 익숙한 아우라 여왕이 아니라 처음 보는 남편 될 남자였다.

(호오, 저 자인가.)

(확실히, 상당한 마력을 지니고 있구만.)

(그럭저럭 '혈통마법'을 승계하는 데는 문제 없을 것 같네.)

(그런 정도가 아니라 폐하가 아닌 다른 여자와 맺어져도 '혈통마법'을 승계하는 아이를 기대할 수 있을 정도야.)

(그렇다고 한다면, 역시 후궁에……)

(아냐 아냐, 그건 아직 성급해. 문제는 사람됨이지.)

(듣자하니 이쪽에 온 지 보름 동안 후궁에 틀어박혀 거의 모습을 드러내지 않았다잖아.)

(즉, 아우라 님에게 있어서는 최고로 알맞은 반려자라는 것?)

(글쎄, 그건 과연 어떨지.)

(저분의 성향을 조금이라도 알 수 있다면 접근할 기회를 잡을 수 있을 텐데.)

(이건 소문입니다만 저분의 취향은 빨갛고 다 비쳐 보이는……)

젠지로는 주위로부터의 찌르는 듯한 시선을 무시하기 위해 의식적으로 왼쪽 팔에 느껴지는 아우라의 체온에만 집중하며 딱딱하게 굳은 걸음걸이로 전진했다. 젠지로와 장내의 귀족들 사이의 거리가 가까워지고 있었다.

가까운 거리에서 날아오는 호기심의 시선에 젠지로의 긴장감은 주체할 수 없이 높아졌다.

(낭패다. 긴장 때문에 발의 감각이 없어졌어……)

자신이 지금 털이 긴 양탄자 위를 걷고 있는 건지 대리석으로 된 바닥 위를 걷고 있는 건지, 그 구별조차 되지 않는다.

그저 똑바로 앞을 향해 걷는 행위가 이렇게 어려울 줄은 생각지도 못했다.

(위험해. 넘어진다. 넘어질 것 같아!)

표정을 바짝 긴장시키며 식은땀을 흘리는 젠지로였으나, 그 위기는 옆에 선 아내 될 여자가 막아주었다.

(앗!?)

자세의 균형을 잃은 신랑의 모습을 눈치챈 아우라는 젠지로의 오른팔에 기대는 척하며 오히려 젠지로의 팔을 아래에서 든든하게 지지해 넘어지지 않도록 균형을 잡아주었다.

(사, 살았다……)

아우라는 태어날 때부터 직계 왕족으로서 군중에 노출된 삶을 살아온 현역 여왕. 한편 자신은 지금까지 평범하게 살아온 일개 샐러리맨.

이런 장소에 아우라는 익숙하고 자신은 그렇지 않다는 것은 당연한 일이지만, 똑바로 걷는 행위조차 신부의 도움을 받고 있으려니 왠지 한심한 기분이 들었다.

하지만 그렇게 자신의 일에 생각을 집중함으로써 한때 주위의 시선을 잊을 수 있었던 젠지로는 가까스로 최소한의 균형감각과 보행능력을 되찾을 수 있었다.

이윽고 초로의 신관이 기다리는 단상 위에 올라간 젠지로와 아우라는 신관 앞에서 발을 멈추었다.

남대륙의 종교는 거의 모든 나라에서 예외 없이 '정령신앙'이었다.

실제로 '마법'이라는 은혜를 베풀어 주는 '정령'이라는 존재가 있기 때문이다. 그 이외 것은 신앙의 대상에 끼어들 여지가 없다.

일부에서는 과거에 존재했다고 여겨지는 '고대 용족'을 신봉하는 자도 있는 것 같지만 적어도 카파 왕국에서는 다수파가 아니다.

하지만 '정령신앙'이라고는 해도 국경을 뛰어넘는 대규모 종교 조직이 존재하는 것도 아니므로 그 영향력이 대단하진 않았다.

신관들의 주요한 역할은 이런 관혼상제 행사의 주관이었다.

"수많은 정령의 축복이 두 사람의 미래에 함께하기를. 그 미래에

고난과 역경이 있을지라도, 선조의 넋의 목소리에 귀를 기울이고 남편은 그 품 안에서 아내를 보호하고 아내는 남편을 받들며……"

단상에서는 신관의 축복 어린 말이 끊임없이 이어지고 있었다.

대개 '축복의 말'의 내용이라는 것은 이세계에서도 그다지 다르지 않은 모양이다.

마법이 존재하는 세계니까 어쩌면 '축복의 말'에도 진짜 효력이 있는 것은 아닌지, 라고 아우라에게 물어봤지만, 아무래도 그런 건 아닌 것 같았다.

긴장 때문에 신관의 말을 제대로 듣지도 못하는 젠지로를 아랑곳하지 않고 '혼인 의식'은 아무 탈 없이 진행돼 나갔다.

———————◆———————

그날 밤.

"후우, 겨우 끝났다……"

"후후, 정말 피곤한 듯하구려, 서방님. 뭐, 나도 마찬가지지만."

후궁의 한 방에서 젠지로와 아우라는 테이블을 사이에 두고 소파에 마주 앉아 서로의 노고를 위로하고 있었다.

3시간에 걸친 결혼식이 끝난 다음에도 젠지로와 아우라는 2시간이 넘는 피로연 의식에 주인공으로 참석했던 것이다.

결혼식이 격조 높은 상급 귀족에 대한 예였다고 한다면, 피로연은 그 장소에 들어올 수 없었던 중, 하급 귀족에게 얼굴을 보이기 위한

자리였다.

왕궁 앞의 정원에서 열린 야외 입식 파티장을 내려다보며 왕궁의 발코니에서 손을 흔드는 정도의 간단한 일이었지만, 2시간이나 그렇게 하고 있으려니 나름대로 체력과 기력이 소진되었다.

이런 류의 의식에 익숙하지 않은 젠지로는 물론이고, 젠지로를 보조하는 것에도 신경을 써야 했던 아우라도 오늘은 상당히 고달팠던 모양이다.

젠지로는 평소라면 완강히 거절했을 시녀의 목욕 수발을 거절할 기력조차 없었다. 라기보다는, 확연히 혈색을 잃어버린 주인의 낯을 본 욕실 부문 책임자가 젠지로 혼자서 목욕하는 것을 허락하지 않았다고 하는 편이 옳았다.

확실히 넓고 화려하긴 했으나 후궁의 욕실은 현대 일본처럼 세련된 공간이 아니었다.

샤워기도 없고 거울도 없다. 대리석 바닥은 아름답기는 했지만, 비눗물이 흐르면 지독하게 미끄럽다.

지칠 대로 지친 사람이 혼자 입욕하는 것은 위험하다.

아무튼, 그럭저럭 무사히 목욕을 마친 젠지로와 아우라는 반나절 만에 정장에서 해방되어 편한 차림으로 소파에 몸을 맡겼다.

아우라는 옆 트임이 허리까지 나 있는 것처럼 보이는 검은 나이트 드레스 차림이었고, 젠지로는 저쪽 세계에서 가져온 흰 바탕에 파란 줄무늬가 있는 잠옷 차림이었다.

상당히 흐트러진 복장이었지만, 젠지로와 아우라는 이미 혼인의 조인을 마친 사이다.

지금부터 첫날밤을 맞으려 하는 남녀가 서로 그런 모습을 모이는 것이 문제가 되지는 않는다.

그렇지만 정면에 앉은 아우라가 옆트임 사이로 드러난 다리를 바꿔서 포갤 때마다 젠지로는 심하게 의식하지 않을 수 없었다.

오늘 밤 드디어 젠지로는 지금 눈앞에 있는 글래머러스하고 요염한 미녀를 그 양팔에 안는 것이다.

(큰일 났네. 내가 지금 흥분하고 있는 건지 긴장하고 있는 건지 뭐가 뭔지도 모르겠어.)

"아, 덥네요. 아우라 씨도 뭔가 마실래요?"

젠지로는 긴장을 감추려는 듯 그렇게 말하고 자리에서 일어났다.

"으응, 모처럼이니까 마실까?"

"네. 그럼, 와인을 따죠. 레드는 가져올 때 깨져버렸지만, 화이트랑 로제는 무사하니까."

젠지로는 방 한구석에서 낮게 가동음을 내고 있는 냉장고로 향했다. 젠지로가 이쪽 세계로 이동해 온 다음, 결혼식을 준비하는 동안 간신히 마이크로 수력발전기를 무사히 후궁의 중정(中庭)에 설치할 수 있었다.

예상대로 발전기의 발전량은 일본에서 전문가들이 설치해줬을 때에 비해서는 약간 떨어졌지만, 그래도 주요 가전제품을 동시에 가동하는 데 필요한 전기를 충분히 공급해 주고 있다.

방의 한구석에 놓인 냉장고. 벽면에 설치한 텔레비전. 그리고 지금이 방을 밝고 다채롭게 비춰주고 있는 6개의 LED 플로어 스탠드 라이트. 모든 것이 현재로서는 문제없이 동시에 가동하고 있는 것이다.

젠지로는 냉장고에서 와인을 한 병 꺼내고는 옆의 식기장에서 유리잔 2개를 꺼내 막 결혼한 아내가 기다리는 소파로 돌아왔다.

(어떡한다. 자랑은 아니지만, 대학 2학년 이후로는 제대로 연애한 적도 없어서 어떻게 분위기를 띄워야 할지 도통 모르겠네.)

정확하게 말하면 젠지로의 여성편력은 대학 2학년부터 3학년에 걸쳐 1년 조금 넘는 동안 한 명의 여성과 사귄 것이 전부였다. 덕분에 동정이긴 해도 '여친 없는 기간=나이'라는 비극은 피했지만, 그가 여자를 다루는 데 익숙하지 않다는 것은 부정할 수 없는 사실이었다.

"자, 여기."

젠지로는 2개의 와인 잔에 화이트 와인을 따르고는 잔 하나를 아우라 앞에 놓았다.

그리고 또 하나의 잔을 손에 든 채 맞은편 소파로 가려고 하는 찰나, 아우라가 말을 걸었다.

"젠지로 님, 괜찮다면 그쪽이 아니라 이쪽에 앉지 않겠소?"

그렇게 말하고 아우라는 자신이 앉아 있는 소파의 옆자리를 팡팡두들겼다.

의표를 찔린 젠지로는 화이트 와인이 든 잔을 손에 든 채 횡설수설하며 대답했다.

"네? 아, 아니, 하지만, 그건……"

"괜찮지 않나요? 오늘부터 나와 당신은 진짜 부부가 됐으니까. 서로의 몸을 가까이한다고 해서 누가 뭐라 할까요."

그렇게까지 말하면 꽁무니를 빼는 것도 왠지 잘못하는 것 같은 생각이 들었다.

젠지로는 고개를 끄덕이고는,

"알겠습니다. 그럼, 실례하지요."

라고 말을 한 후, 아우라의 옆에 앉았다.

젠지로의 허벅지와 아우라의 허벅지가 나란한 모양으로 딱 달라붙었다.

"………"

"………"

(앗, 어떡하지. 너무 가까워.)

다 큰 어른 5명이 앉아도 여유가 있을 소파인데 다리와 다리가 붙을 정도로 가깝게 앉아버렸다. 조금 어색했지만, 일부러 다시 떨어져 앉는 것도 지나치게 의식하는 것처럼 보일까 망설여진다.

조금 전에 아우라가 말한 것처럼 그들은 이미 부부다. 둘 만의 공간에서 몸을 포개는 것을 피할 이유는 없다.

(어떡한다, 뭔가 말을 하지 않으면……!)

초조해진 젠지로가 화이트 와인을 홀짝이며 화제를 찾고 있는 사이에 아우라 쪽에서 먼저 언제나처럼 차분한 목소리로 말을 건네왔다.

"그나저나 서방님이 가져온 '가전제품'이란 것은 정말 훌륭하오. 이런 빛, 이런 냉각법. 마치 샤로우 지르벨 쌍왕국에 있는 듯한 기분이 들어요.”

그렇게 말한 아우라는 실내를 밝게 비추는 LED 플로어 스탠드 라이트에 눈길을 향했다.

LED 플로어 스탠드 라이트란 전구 부분에 LED 라이트를 사용한 사람 키 정도 되는 대형 전기스탠드다.

젠지로는 한 대에 3개의 LED 전구를 사용하는 플로어 스탠드 라이트 총 8대를 이쪽 세계로 가져왔다.

현재 거실에 6대, 침실에 2대를 설치했다.

6×3의 LED 전구를 전부 켜면 후궁의 이 넓은 실내도 현대 일본 야간 조명 정도로 밝힐 수 있었다. 물론 천장에서 비추는 것도 아니고 광원이 여러 개로 나뉘어 있는 만큼 빛이 일정하지 않은 것은 어쩔 수 없다.

지금 조명을 밝히고 있는 것은 분위기를 고려해서 소파 주변의 2대 뿐이다.

젠지로는 먼저 화제를 던져준 아우라의 배려에 쓴웃음을 지으며,

“네. 꽤 애썼습니다. 결혼식 준비 이외의 시간은 거의 발전기를 설치하는 데 매달렸으니까요.”

그렇게 말하고 조금 가슴을 폈다.

사실 이쪽 세계에 온 뒤로 오늘까지 젠지로가 한 유일한 일이 후궁 중정에 수력발전기를 설치하고 거기서부터 방까지 전원 코드를 연결하는 공사였다.

물론 발전기를 실제로 들어 옮기거나 후궁의 중정에 있는 분수에

서 발전용 수조까지 물을 끌어오거나 후궁 외벽의 돌을 치우고 코드가 지나갈 구멍을 내거나 하는 일은 아우라가 보내준 병사들이 했다.

그러나 연일 30도를 넘는 (체감이 아니다. 실제로 가져온 온도계가 가리킨 숫자였다.), 일본으로 말하자면 한여름 햇볕 아래에서, 수력발전기가 무사히 가동하게끔 설계도를 펼치고 작업하는 사람들에게 설명하고 지시를 내린 것은 젠지로였다.

아우라가 일부러 자신을 결혼상대로 선택한 이유를 생각하면 이렇게 여러 사람을 만나고 통솔력을 발휘하는 행동은 삼가는 게 좋다는 것은 알고 있지만, 이것만은 어쩔 도리가 없었다. 다른 사람에게 맡겨서 될 일이 아니었다.

수력발전기는 낙수차에 의해 운동 에너지를 전력으로 변환하는 것이기 때문에, 수조가 발전장치에서 일정 이상의 높이 위에 설치되지 않으면 안 된다.

그래서 흙을 쌓아 수조를 높은 곳에 설치하니 이번에는 분수에 취수 호스를 꽂아도 수조에 물이 흘러들어 가지 않았다.

시행착오 끝에 무사히 필요한 전기를 상시 공급할 수 있는 물의 흐름을 만들었을 때에는 주위의 시선도 잊고 주먹을 불끈 쥐며 '성공이다!'라고 외쳤을 정도다.

그렇게 고생한 보람이 있어 지금 이렇게 냉장고도 LED 스탠드 라이트도 컴퓨터도 무사히 가동하고 있다.

"확실히 고생할 만한 가치는 있는 것 같군요. 음, 차가운 술이라는 것도 뜻밖에 나쁘지 않네."

아우라는 잔에 든 화이트 와인을 한번에 마셔버리고는 소리를 내지 않고 잔을 테이블 위에 되돌려 놓았다.

"후훗."

젠지로의 긴장 상태를 아는지 모르는지, 아우라는 옆에 앉은 젠지로의 오른팔을 양손으로 잡고 자신의 가슴 골짜기에 가져가 품고는 살포시 머리를 신랑의 어깨에 기댔다.

오른팔을 감싸는 부드러운 젖가슴 살의 감촉. 오른쪽 어깨에서 목언저리에 끼쳐오는 뜨겁고 촉촉한 숨의 온도. 아우라의 붉은 머리카락에서 풍겨오는 감귤계의 좋은 향기는 젠지로가 가져온 샴푸의 냄새다.

그 부드러운 감촉과 달콤한 향기에 젠지로는 머리가 어질어질해왔다.

"아, 그, 아, 아, 그, 그러고 보니 아까 말했던 '쌍왕국'이란 건 뭔가요? 그 나라에는 이런 장치들이 있단 말입니까?"

당황해서 말수가 늘어난 신랑에게 아우라는 목구멍 안쪽에서 큭큭 웃음소리를 내면서 일부러 젠지로의 의도에 맞춰주려는 듯 대답했다.

"아아, 샤로우 지르벨 쌍왕국. 예외적으로 '부여마법'의 샤로우 왕가와 '치유마법'의 지르벨 왕가의 두 왕가가 병립해 있는 남대륙 중앙부의 대국이지요. '부여마법'에 의해 세계에서 유일하게 '마법 도구'의 생산이 가능한 그 나라의 왕궁은 밤엔 '빛의 보옥'으로 불빛을 밝히고 더울 때는 '바람의 보옥'으로 더위를 식히고, 추울 때는 '불의 보옥'

으로 따뜻하게 하고. 뭐, 그런 대륙의 정세는 언젠가 알게 되실 테니까. 젠지로 님? 난 아까부터 불만이 하나 있는데."

아우라는 갑자기 양손을 젠지로의 양쪽 뺨에 대고는 젠지로의 얼굴을 돌려 자신 쪽으로 향하게 했다.

"무무무, 무, 뭡니까, 아우라 씨?"

이렇다 할 저항도 하지 못한 젠지로는 눈의 초점이 맞지 않을 정도로 가까운 거리에 있는 아우라의 얼굴을 보면서 대단히 말을 더듬으며 대답했다.

"그거. 그, 남 말 하는 듯한 말투랑, ~씨 하는 호칭. 슬슬 어떻게 안 되오? 그 말투는 젠지로 님의 본래 말투가 아니지 않나요? 어제까지라면 몰라도 오늘부터 우리는 부부요. 갑자기 태도를 바꾸라는 것도 무리인 줄은 알지만, 이런 경우는 형식에서 시작한 관계가 나중에 몸에 배어버리는 일도 있어요. 어때요? 당신의 원래 말투로 말해주지 않을래요?"

아우라의 지적대로 젠지로는 의식적으로 존댓말에 가까운 말투를 사용해 왔다. 조금 냉정함을 되찾은 젠지로는 대답했다.

"듣고 보니 확실히……. 하지만 그렇게 말한다면 아우라, 씨도."

"난 늘 이런 말투예요. 특별히 공손해하는 건 아닌데. 하지만 그렇군요. 확실히, 남편을 부를 때 일일이 '젠지로 님'이라고 하는 건 조금 거리감이 있겠구려. 나도 당신을 젠지로, 라고 편하게 불러도 될까요?"

활짝 웃어 보이며 아우라는 그렇게 조르듯이 물었다.

부드러운 웃음에 진지한 눈동자. 한순간도 시선을 돌리지 않은 채 아우라는 잠자코 남편이 된 남자의 대답을 기다렸다.

"아, 네. ……가 아니고. 응. 알았어. 좋아. 그렇게 합시다."

"고마워요, 젠지로."

젠지로의 대답에 기쁨의 미소를 깊이 새기며 아우라는 곧바로 젠지로의 이름을 불렀다.

"그럼 당신도 내 이름을 불러요, 젠지로."

아직 승낙한 것도 아닌데, 마치 교환 조건인 것처럼 그렇게 자신의 의견을 관철하는 부분이, 역시 교섭에 익숙한 여왕님답다고 해야 할지.

젠지로는 그 여세에 밀리듯 주섬주섬 대답했다.

"아, 아우라……"

"젠지로."

"아우라."

호흡이 느껴질 정도로 가까운 거리에서 얼굴과 얼굴을 맞대고 서로의 이름을 부르는 남녀.

애초에 오늘 밤 맺어지기로 각오를 정한 남과 여.

상대방의 입술에 자신의 입술을 가져간 쪽은 누가 먼저였을까?

"……으음."

"……음, 으음."

어느 쪽이 먼저랄 것도 없이 마치 그렇게 하는 것이 자연스럽다는 것을 처음부터 이해하고 있었다는 듯이, 두 사람의 입술이 포개졌다.

동시에 젠지로의 양팔은 아우라의 등을 세게 끌어안았고 아우라의 양팔은 응석을 부리듯 젠지로의 목에 매달렸다.

"음, 으음, 으으음……."

"아아…… 으음…… 음음."

사랑스러워 죽겠다는 듯 끌어안고 미친 듯이 입을 맞췄다.

"후아."

"……후우."

길고 정열적인 입맞춤을 멈춘 것도 두 사람이 거의 동시였다.

그러나 입맞춤이 멈춰도 포옹은 금방 풀어지지 않았다.

입술을 뗀 아우라는 젠지로의 어깨에 이마를 대고 한층 세게 끌어 안고는 젠지로의 귀를 간질이듯 작은 목소리로 속삭였다.

"먼저 침실로 가겠어요. 여자에게는 준비가 필요하니까. 천천히 백 까지 센 다음에 침실로 와요."

"어? 아……."

그런 말을 남기고 아우라는 젠지로의 팔에서 몸을 빼고는 소파에 서 일어났다.

"앗, 아우라?"

반사적으로 팔을 뻗는 젠지로에게 아우라는 고개만 이쪽을 향하고 는 요염한 미소를 띠며,

"안타까워하지 않아도, 도망치지 않을 테니까. 백까지 세고, 그다 음에. 알겠어요?"

그렇게 말하고 옆방인 침실로 몸을 감췄다.

"······후우."

한 발 먼저 침실로 간 아우라는 등 뒤로 문을 잠그고 먼저 한 번 크게 심호흡을 했다. 그리고 나서 똑바로 침대 옆으로 가서는 거기에 서 있는 침실용 LED 플로어 스탠드의 스위치를 켰다.

젠지로에게 사용법을 배웠지만 스스로 점등해 보니 새삼스럽게 감탄스러운 느낌이 들었다.

침실용 LED 전구는 백색이 아니라 백열전구와 같은 오렌지색 빛을 내뿜고 있었다.

젠지로가 말하길, 이쪽이 '침실 무드에 어울린다'는 것이지만 아우라는 이렇다 할 차이를 못 느꼈다.

오렌지색의 LED 불빛이 비치는 침실에서 아우라는 이제 와서지만 조금 전까지의 자신의 언동을 떠올리고는 뺨을 붉히면서 그 풍만한 몸을 배배 꼬았다.

"이, 이건 좀 굉장한걸. 이 세상의 부부들은 매일 밤마다 그런 기분 좋으면서도 부끄러운 행위를 한다는 건가?"

아우라는 빨간 드레스 풍의 잠옷을 입은 자신의 몸을 자기 팔로 끌어안았다.

심장이 콩닥콩닥 두 방망이 치듯 뛰었고 머리끝에서 발끝까지 온몸의 피부가 열병에 걸린 것처럼 뜨거웠다.

"서, 설마 젠지로 님에게 들킨 건 아니겠지? 아, 아냐, 그렇게 살을 맞대고 있었는데 들키지 않을 리 없지. ······어, 어쩌면 좋지?"

첫날밤을 기대하며 가슴이 두근거리고 살갗이 뜨거워지다니. 경박스러운 여자로 보이면 어쩌나.

자기가 먼저 말을 꺼내 놓고 지금 도로 '젠지로 님'이라고 존칭을 붙인 것도 깨닫지 못할 만큼 아우라는 동요하고 있었다.

그것도 무리는 아니다. 살아온 세월 동안 목숨을 건 싸움터를 뚫고 지나온 경험에서는 젠지로를 앞서는 아우라였지만, 정작 이성과 사귀어 본 경험은 '경험 횟수 한 명'인 젠지로보다 아래였다. 즉, '경험 횟수 제로'. 진정한 숫처녀였다.

때로는 더 많은 씨를 뿌리는 것이 미덕으로 여겨지는 남자 왕족과는 달리, 확실하게 더 좋은 혈통의 씨를 품을 필요가 있는 여자 왕족은 원래 강한 정조관념을 갖고 있었다.

덕분에 미혼인 여성 왕족은 곧 미경험자라고 보아도 틀리지 않았다.

카파 왕국의 문화에서는 남녀 사이는 남자가 주도하는 하는 것이 일반적이다.

따라서 사실을 솔직하게 자백하고 젠지로에게 몸을 맡겨도 전혀 문제가 되지 않지만, 지금에 이르러서까지 여유 있는 척하는 것은 아우라의 여왕으로서 긍지인 건지, 아니면 연상으로서 자존심인 건지.

어쨌건 빨간 나이트드레스를 벗어던지고, 작은 팬티 한 장의 반라가 된 아우라는 킹사이즈 침대 위에 올라가다가 문득 깨달았다.

"이건…… 너무 밝잖아."

LED 라이트는 비록 한 개지만 침대 위를 그럭저럭 밝게 비추고 있었다. 촛불과 호롱불의 불빛에 익숙한 아우라는 이 밝기 안에서 첫날 밤을 맞는 데 부끄러움과 주저함을 느끼지 않을 수 없었다.

"……흐음, 이, 이건, 좀 참아줘야겠어."

아우라는 방금 벗은 빨간 잠옷을 LED 스탠드 라이트에 뒤집어씌 웠다.

의도한 대로 방의 밝기는 조금 약해졌지만 빨간 천 때문에 왠지 오 히려 에로틱한 분위기가 진해진 것 같은 느낌이 들었다.

"뭐, 거기까지 신경을 쓸 필요는 없을까."

더 궁리하고 있다간 남편이 방에 들어와 버릴 것이다.

각오를 정한 아우라는 이번에야말로 침대 위에 올라가 한가운데 몸을 뉘었다.

"후우, 하아…… 후우, 하아."

그리고 심호흡을 하고는 최소한 겉모습만이라도 평정을 되찾기 위 해 호흡과 고동을 안정시키려는 애타는 노력을 기울이기를 잠시.

침묵은 문을 노크하는 소리에 깨졌다.

"읏!"

"저어, 이제 들어가도 될까?"

문 너머에서 들려오는 남편의 목소리에 아우라는 한 번 더 심호흡 한 후, 언제나와 같은 평정을 가장한 목소리로 대답했다.

"응. 좋아요. 들어와요. 환영해요, 젠지로."

"시, 실례하겠습니다아…… 읏!"

열린 문틈으로 침실을 엿보듯이 해서 조심조심 들어온 젠지로는 오렌지색 LED 라이트에 비춰진 아우라의 모습을 발견하고 자신도 모르게 숨을 삼켰다.

아우라는 베개에 상반신을 기대듯이 해서 침대 위에 누워 있었다.

하반신은 수건으로 만들어진 것 같은 얇은 이불 아래 감춰져 있었지만, 몸의 라인이 드러나 있었고, 상반신에 이르러서는 붉은 머리카락에 풍만한 젖가슴의 봉오리 부분이 겨우 가려져 있을 뿐, 알몸 그대로였다.

"이 봐, 언제까지 거기서 넋을 놓고 있을 거예요? 젠지로. 사양은 필요 없어요. 자, 내 옆으로 오시게. 뜨거운 밤을 함께 나누죠."

그렇게 요염한 미소로 젠지로를 유혹하는 아우라의 모습에서는 조금 전까지 귀엽게 동요하던 기색을 손톱만큼도 찾아볼 수 없었다.

———————◆———————

"후우……"

무사히 첫날밤을 치른 젠지로는 흠뻑 땀에 젖은 알몸으로 침대 위에 드러누웠다. 열대야 속에서 이루어진 남녀의 정사는 젠지로의 체력을 크게 소모시켰지만 정신은 오히려 고양되어 있었다.

몸이 임전 태세를 되찾으면 곧바로 2차전을 벌이고 싶다. 그럴 정도로 신부와의 운우지정은 젠지로에게 있어서 매혹적인 체험이었다.

한편 여왕님은 어떤가 하면, 젠지로 옆에서 거친 숨을 몰아쉬느라 시선을 옆으로 돌릴 여유조차 없었다.

일반적으로 성교라는 것은 일부 체위를 제외하면 여자보다 남자 쪽이 체력을 소모하는 법이지만, 역시 첫 경험의 긴장감 때문인지 그런 이론 따위와는 상관없었다.

체력적으로는 젠지로보다 훨씬 강할 터인 아우라가 아직도 그로기 상태다.

여전히 젠지로의 두 다리 사이의 물건은 단단한 채였지만, 아무래도 한 번 사정하면 정신적으로는 차분해지게 된다.

하아, 하아 하고 숨을 쉴 때마다 특대 사이즈의 가슴이 상하운동을 하는 아내의 섹시한 몸에 눈을 빼앗기면서도 지금 바로 2차전에 돌입하는 짓 같은 건 하지 않았다.

젠지로는 드러누운 채로 침대 위에 손을 뻗어 미리 준비했던 거즈 손수건과 오렌지색 수건을 집어 들었다.

그리고 자신의 다리 사이를 손수건으로 가볍게 닦은 후, 오렌지색 수건으로 아직 숨이 고르지 못한 아우라의 몸을 닦았다.

"하아, 하아, 어? 아아…… 미안해요."

현대 일본에서 가져온 촉감이 좋은 수건으로 온몸의 땀이 닦여 나간 아우라는 간신히 눈을 조금 뜨고 남편의 헌신에 답례의 말을 건넸다.

"아니, 괜찮아. 너무, 내가 무리하게 했나?"

그런 말을 하면서 젠지로는 아우라의 온몸에 난 구슬 같은 땀방울을 닦아냈다.

부드러운 가슴께와 매혹적인 라인을 그리는 하복부를 닦을 때는 저도 모르게 다리 사이에 욕망의 피가 쏠리는 것을 자각했지만, 지금은 참아야 한다.

첫 경험을 막 끝내고 거친 숨을 쉬고 있는 여자에게 2회전을 요구하는 것은 아무리 부부 사이라 해도 문제가 되는 행동일 것이다.

한편 아우라는 일을 막 끝내고 아직 민감한 상태인 몸에 수건이 닿는 감촉이 간지러운 것인지, 젖가슴의 봉오리나 은밀한 곳 주변을 닦일 때마다 '큭'이라거나 '하웃'이라는 달콤한 소리를 내고 있었다.

그러나 그렇게 젠지로가 아우라의 온몸의 땀을 다 닦아냈을 즈음에는 아우라도 조금은 이쪽을 보며 이야기를 나눌 수 있을 만큼 평소의 정신 상태로 회복되어 있었다.

"……일단, 이걸로 무사히 끝난, 거죠?"

베개에 머리를 기댄 채 고개만 살짝 이쪽을 향하고 그렇게 묻는 아우라에게 젠지로는 옆으로 누운 채 손으로 턱을 괴고 대답했다.

"응. 일단, 끝났어. 어땠어, 그…… 감상은?"

지금 생각해 보니 조금 전까지 자신이 조금 폭주하는 느낌이었음을 자각한 젠지로는 조심스럽게 아우라에게 되물었다.

아우라는 오렌지색 불빛 아래 쓴웃음과 미소의 중간쯤 되는 웃음을 짓고는,

"으음, 뭐랄까. '미지의 감각'이었다는 건 확실해요. 나는 이래봬도 전쟁터나 정치 세계에서는 나름대로 격전지를 경험해왔다고 자부하는데, 처음이었어요. '항복'이라는 선택지가 머릿속을 가로지른 건."

그렇게, 조금 비난 섞인 어조로 고했다.

"우, 우와아, 그…… 미안."

"아니, 사과할 일은 아니에요. 다만 나는 이렇게 보여도 이쪽 경험이 처음이라. 조금만 살살 다뤄준다면, 고맙겠어요."

"아아, 네…… 선처하겠습니다."

신부의 말에 미안해진 젠지로였지만, 말해놓고도 그 약속을 지킬 자신은 없었다.

이번에도 처음부터 그렇게 흥분할 의도는 없었다. 솔직히, 다음에도 비슷하게 폭주할 가능성이 높다.

그런 젠지로의 속마음을 읽은 것인지, 아우라는 쓴웃음을 깊이 지으며 벗은 어깨를 크게 으쓱했다.

"후우…… 뭐, 어쩔 수 없지. 이것도 아내의 역할인가. 그건 그렇고, 젠지로. 난 남자를 그쪽밖에 몰라서, 이건 누구랑 비교하는 게 아니라, 나의 주관에 의한 감상인데 말이에요."

"응?, 무, 무슨?"

무슨 얘길 들을지 몰라 전전긍긍하는 젠지로에게 아우라는,

"당신, 의외로 '찰거머리'네요."

그렇게 악의없는 말투로 단도직입적으로 남편의 행위를 표현했다.

"아이쿠……!"

오늘밤의 소행을 돌이켜보면 부정할 수 없는 젠지로였다.

결국, 반론조차 할 수 없었던 젠지로는 시트에 얼굴을 파묻은 채 잠시 어린아이처럼 몸부림쳤다.

"괜찮아졌어요?"

"……응. 그럭저럭."

잠시 후, '찰거머리 호색한'이라는 딱지를 어렵사리 극복한 젠지로는 시트에서 얼굴을 들고 아우라 쪽을 향했다.

젠지로가 수치심으로 몸부림치는 동안 심신의 피로가 풀린 것인지, 비스듬히 누워 턱을 괸 아우라가 자못 재미있다는 듯이 젠지로 쪽을 보고 있었다.

몸의 땀도 거의 식은 모양이었다. 오늘 밤의 기온은 20도 후반부 정도. 땀만 잘 닦는다면 알몸인 채 자도 문제는 없다.

"그럼, 이제 잘까요? 내일도 아침부터 바쁜데."

겨우 이쪽을 향한 남편과 시선을 맞춘 아우라는 확인하려는 듯이 그렇게 물었다.

무사히 첫날밤을 치른 것이다.

결혼식의 본 행사는 오늘 끝났지만, 내일 이후에도 왕국 수도의 중심가를 용마차로 행진하는 퍼레이드 등, 아직 행사가 많이 남아 있다.

수면시간을 너무 줄일 수는 없었다.

"으응, 그렇지……."

그런 앞으로의 예정을 떠올린 것이리라. 아내의 풍만한 가슴에 아쉬운 시선을 향하면서도 고개를 끄덕이던 그때, 젠지로는 문득 중요한 용무가 남아있음을 깨달았다.

"아, 맞다!! 잊어버렸네!!"

"젠지로?"

갑자기 벌떡 일어나서 침대에서 내려가는 젠지로에게 아우라는 놀란 목소리로 말했다.

"잠깐 기다려 줘. 금방 돌아올게!"

젠지로는 그렇게 말하고 다급한 걸음으로 침실에서 거실로 나갔다.

"……무슨 일이지?"

알몸 그대로 침대 위에서 상반신을 일으킨 아우라가 고개를 갸웃하고 있는데 얼마 지나지 않아 거실에서 마찬가지로 알몸인 젠지로가 돌아왔다.

나갈 때와 다른 점은 그 오른손에 파란 비로드 천으로 된 작은 상자를 쥐고 있다는 것이었다.

아우라는 문득 떠올렸다. 젠지로가 저쪽 세계에 한 번 돌아갔을 때, '아우라의 왼손 약지에 딱 맞는 반지를 빌려달라'고 했던 것을.

"아아, 저건…… 그건가."

그 일을 떠올리면 그 상자의 내용물이 무엇인지 금세 상상할 수 있었다.

돌아온 젠지로는 LED 스탠드에 뒤집어씌웠던 아우라의 옷을 걷어내고 실내를 밝게 했다.

"아우라. 침대에서 내려와 내 앞에서 서 주겠어요? 금방 끝날 거예요."

"그래요."

아우라는 순순히 남편의 말에 따랐다.

무엇을 받을지 속으로는 알고 있어도 막상 그 순간이 되면 두근두근하는 법이다.

조금 전까지 남자와 살을 포갰던 흥분과는 또 다른 흥분으로 심장을 두근거리며, 아우라는 젠지로 앞에 섰다.

오렌지색의 LED 스탠드 라이트 앞에서 마주 선 알몸의 남녀.

젠지로는 작은 상자에서 금으로 된 링에 3개의 다이아몬드가 장식된 반지를 꺼냈다.

반지 교환 의식.

원래대로라면 가톨릭 신부가 지켜보는 가운데 웨딩드레스와 턱시도 차림으로 행해야 하는 의식이지만, 두 사람의 결혼식은 카파 왕국의 풍습에 따라 치러졌기 때문에 말을 꺼내지 못했다.

그렇다고 해서 5일간의 결혼식이 끝난 후에 건네는 것도 김이 새는 일이고, 그렇게 생각하면 첫날밤을 치른 지금이 적절한 시기인지도 모른다.

그렇게 긍정적으로 생각하고 젠지로는 아우라에게 건넬 반지를 손에 들고 한 발짝 거리를 좁혔다.

"내가 있던 세계의 풍습은 결혼식에서 부부가 될 남녀가 서로 왼손의 약지에 반지를 끼워 주며 영원한 사랑을 약속해. 아우라, 왼손을 줘 봐요."

"알았어요. 이렇게?"

순순히 가슴 앞으로 내민 아우라의 왼손을, 젠지로는 자신의 왼손으로 잡고 오른손에 든 반지를 그 약지에 끼웠다.

"건강할 때도 아플 때도, 기쁠 때도 슬플 때도, 풍요로울 때도 가

난할 때도, 당신을 사랑하고 당신을 존경하며 당신을 위로하고 당신을 돕고, 이 목숨이 다할 때까지 진심을 다할 것을 맹세하며, 그 증거로서 이 반지를 드립니다."

영원한 사랑을 맹세하는 서약의 말과 함께 반지는 여왕의 왼손 약지에 끼워졌다.

"!"

옐로우 골드의 반지가 생각보다 차가웠기 때문인지 순간적으로 움찔하고 몸을 떤 아우라였지만, 그 이상의 반응은 보이지 않았다. 아우라의 약지에 결혼반지가 쏙 하고 들어갔다.

"그러면, 아우라에게도 부탁해. 자, 이거."

젠지로가 건네준 것은 지금 아우라가 왼손에 낀 것과 똑같은 디자인으로 조금 더 큰 사이즈의 반지였다.

"…………"

반지를 든 채 잠시 말없이 무언가 생각에 잠긴 아우라였지만, 이윽고 젠지로의 왼손 약지에 방금 본 것을 흉내 내어 반지를 끼워 주었다.

"응. 고마워. 이걸로 끝."

젠지로는 아우라가 끼워준 반지를 LED 스탠드 라이트에 비춰 보고 기쁜 듯이 웃었다. 역시 지구 사람이라서 그런지 이세계의 결혼식보다 이런 반지 교환에 '결혼했다'는 실감을 느꼈다.

어쨌거나 이제 해야 할 일은 했다.

"맹세의 '결혼반지'라. 재미있는 풍습이네. 선전만 잘 하면 여기서도 유행할지도 모르겠어요."

"하하, 그러면 좋겠네. 우리가 반지를 교환한 최초의 부부가 될 테니까."

"응. 그것도 재밌네."

두 사람은 알몸인 채로 자연스럽게 침대로 돌아갔다.

"아우라, 잘 자."

"으응. 잘 자요. 미안하지만, 정말 자는 거야. 더 하면 내일 행사에 지장을 미칠 테니까."

"아, 안 한다니까. 걱정하지 마요. 나도 잘 거야."

살짝 실망한 남편의 표정을 눈치챈 아우라는 좀 더 놀려줄까 생각했지만 그렇게 하면 또 취침시간이 짧아질 거라고 생각을 고쳐먹고 입을 다물었다.

"그럼, 불 끌게."

젠지로가 LED의 등을 끄자 나무 창문을 닫아 놓은 침실은 새카만 어둠에 휩싸였다.

"……아우라."

"……응, 젠지로."

자연스럽게 커다란 침대 중앙에서 오늘 밤에 막 맺어진 남녀는 알몸인 채로 더듬어 서로의 손을 마주 잡았다.

침실은 충분히 기온이 높아 알몸이라도 잠들기 어려울 정도인데 이상하게 서로의 체온만은 기분 좋게 느껴졌다.

"…………"

"…………"

이윽고 아우라와 젠지로는 누가 먼저랄 것도 없이 서로에게 몸을 기대듯이 살을 포개고 조용한 숨소리를 내기 시작했다.

[제4장] 언령(言靈)의 불가사의

　머리맡의 휴대전화에서 울리는 무기질의 전자음에 젠지로의 의식
이 잠에서 깨어났다.
　"음······으응?"
　반쯤 꿈결인 채 반사적으로 오른손을 뻗은 젠지로는 더듬어서 찾
은 휴대전화의 모닝콜을 멈추고는 그대로 전화기를 얼굴 앞으로 가져
와 시각을 확인했다.

5:30 AM

　현대 일본에서 살아가는 샐러리맨의 기상 시간에 비교하면 꽤 이
른 시간이지만, 이쪽 세계의 기준에서는 그렇지도 않은 축이다.
　자연 상태의 불꽃 이외에는 조명이 전혀 없는 문명에서는 태양이
떠 있는 시간대는 귀중하다.
　이쪽 세계에서는 일출 시각인 4시 조금 넘어서는 일어나는 것이 일
반적이라 이런 시간까지 여유롭게 잔다는 것은 그만큼 사치스러운 일
이라 할 수 있다.
　그러나 젠지로에 한해서는 원래 이런 시간에 일부러 알람을 맞춰놓

고 일어날 필요는 없었다.

젠지로에게는 LED 스탠드 라이트라는 밤을 밝혀 주는 수단이 있는데다가, 낮에 서둘러 해야 할 일도 없는 몸이다.

그런 젠지로가 굳이 샐러리맨 시절부터 애용해 온 휴대전화 알람 기능을 사용해서까지 일찍 일어나는 이유는 단 하나.

아내인 아우라와 엇갈림이 없는 생활을 위해서다.

함께 침상에 들었으나 잠에서 깼을 때는 벌써 부인은 일하러 가고 없다는 건, 아무리 그래도 좀 쓸쓸한 일이다.

휴대전화를 원래 있던 자리에 돌려놓은 젠지로가 침대에 드러누운 채 몸을 왼쪽으로 향하자 거기에는 무방비 상태로 잠든 얼굴을 드러내고 편안한 숨소리를 내고 있는 아우라의 모습이 있었다.

무사히 첫날밤을 치르고 나서 오늘로 벌써 열흘.

결혼한 후 젠지로와 아우라는 이 후궁의 침실에서 매일 그날과 같은 밤을 보내고 있었다.

어젯밤에도 힘껏 부부의 운우지정을 만끽한 후 적신 수건으로만 몸을 닦고 그대로 잤기 때문에 젠지로도 아우라도 실오라기 하나 걸치지 않은 알몸이었다.

얇은 수건으로 된 이불을 둘이서 사이좋게 덮고 있었지만 그 얇은 천 조각마저 갑갑하게 느껴질 정도로 카파 왕국의 밤은 무더웠다.

"…………"

젠지로는 반쯤 무의식인 상태로 옆에서 자는 아내의 등에 손을 가져갔다.

옆으로 누운 채 끌어안듯이 아우라의 등에 오른손을 두른 젠지로는 그대로 아이를 달래듯 아우라의 등을 토닥토닥 손바닥으로 두드렸다.

가슴께에 와 닿는 아우라의 숨결과 손바닥에 느껴지는 피부의 감촉에 젠지로는 이 열흘간 매일 밤 이루어졌던 행위를 떠올렸다.

"아우라……"

자신은 확실하게 이 여인과 살을 섞은 것이다.

그런 실감이 급속하게 아우라에 대한 애정을 키웠다. 아우라의 벗은 젖가슴이 자신의 가슴팍에 달라붙도록 끌어당긴 젠지로는 몇 번이고 몇 번이고 사랑스럽게 사랑하는 아내의 등과 붉은 머리카락을 쓰다듬었다.

그런 행동을 하면 아우라가 잠에서 깨는 것은 당연하다.

"음…… 아아……? 젠지로?"

눈을 뜬 아우라는 끌어당기는 젠지로의 팔에 몸을 맡기고 순순히 알몸을 젠지로에게 밀착시키고는 아양을 부리는 고양이처럼 젠지로의 목 부근에 얼굴을 부비며 목을 울렸다.

(아~, 왠지 고양이라기보다는 '암사자'나 '암호랑이'나 그런 고양이과의 대형 육식동물을 길들인 기분이야.)

목 언저리에 느껴지는 간지럽고 기분 좋은 감촉에 눈을 가늘게 뜬 젠지로는 그런 생각을 하면서 아우라를 안은 팔에 힘을 줬다.

세간에서는 종종 여자를 고양이에 비유하지만, 아우라의 박력은 그런 귀여운 생물로는 포용이 안 된다.

암표범이라는 비유도 아직 부족하다. 사자나 호랑이 같은 먹이사슬의 정상에 군림하는 패왕의 분위기를 풍기고 있는 것이다.

잠시 서로의 체온을 실감하듯이 알몸인 채로 끌어안고 있던 두 사람이었지만 이윽고 아우라는 젠지로의 팔에서 스르륵 빠져나와서는 그대로 침대에서 내려갔다.

풍성해야 할 곳은 풍성하게 부풀고 들어가야 할 곳은 쏙 들어가 있는 매력적인 알몸을 아낌없이 드러내며 아우라는 침대 옆에 준비된 대야의 물에 수건을 적셔 몸을 닦았다.

"후우……"

일단 행위를 마치고 난 후 잠들기 전에 몸을 닦았지만, 이 열대야속에서 남녀가 붙어서 하룻밤을 보내고 나면 기분 나빠질 정도의 땀이 나는 법이다.

"아아, 다 하면 빌려줘. 나도 몸을 닦고 싶어."

아우라와 비교하면 꽤나 흰 편인 젠지로는 그렇게 말하고 알몸 그대로 침대에서 내려와 몸을 닦고 있는 아내에게 다가갔다.

"으응. 좋아요. 아니면 내가 닦아 드릴까? 서방님."

그렇게 장난 섞인 웃음을 보내는 새색시의 유혹에 순간적으로 넘어갈 뻔한 젠지로였지만 이내 고개를 가로젓고 대답했다.

"그건 대단히 매력적인 제안이지만 너무 매력적이라서 도중에 끝낼 수 있을 것 같지가 않아. 아침부터 끝까지 가 준다면 덥석 받아들이겠지만."

"그건 유감이네. 안타깝게도 일이 쌓여 있어서 그렇게까지는 시간 여유가 없어. 미안하지만 오늘 밤까지 기다려 줘요."

첫날밤에는 젠지로에게 휘둘리기만 했던 아우라도 이 열흘 동안 빠르게 밤일에 적응하고 있었다. 이제는 그런 가벼운 농담을 되돌려 줄 만큼은 성장한 것이다.

재빨리 몸을 닦은 아우라는 대야에 수건을 적셔 꽉 짠 후 그것을 젠지로에게 던졌다.

"좋아. 많이 기대하고 있을게. 그러고 보니 오늘은 일정이 어떻게 돼? 식사는?"

받아 든 수건으로 몸을 닦으며 젠지로는 문득 생각났다는 듯이 아우라에게 그렇게 물었다.

옷을 입고 있던 아우라는,

"으응, 아침과 점심의 식사는 후궁까지 올 여유가 없을 것 같은데. 저녁 식사 때는 잘하면 후궁에 올 수 있을지도 모르고. 같이 식사하고 싶은 거라면 젠지로가 왕궁 쪽에 오면 가능하긴 하지만."

그렇게 말하고 조금 살피는 듯한 시선을 젠지로에게 향했다.

시선을 받은 젠지로는 재빨리 생각했다.

(왕궁에서 식사라니, 아우라 이외의 귀족들과 마주칠 가능성이 클 거야. 아무것도 모르는 지금의 내가 섣불리 그런 사람들과 대화를 하면 예상치 못한 부분에서 아우라의 발목을 잡는 일이 생길지도 몰라.)

너무도 당당한 행동거지 때문에 자칫 망각하기 쉽지만, 남성사회인 이 나라에서 여왕인 아우라의 권력은 결코 반석 위에 있다고 할 수 없었다.

만에 하나라도 남편인 젠지로의 입에서 아우라에 대한 불만이나 비판이라고 여겨질 만한 말이 나온다면 그것만으로도 아우라는 충분히 데미지를 입을 것이다.

(지나친 생각일지도 모르겠지만 조심해서 나쁠 건 없으니까.)

"아니, 왕궁까지 일부러 가는 것도 귀찮고, 여기서 빈둥빈둥 적당히 지내고 있을게. 아, 하지만 가까운 시일 내에 이 나라의 상식이랄까 예의랄까, 창피를 당하지 않을 정도는 배워 두고 싶어. 밖에 나갈 기회가 아주 없다고는 할 수 없으니까."

그건 젠지로의 '아우라의 발목을 잡을 만한 행동은 가능한 한 피하겠다'는 선언이기도 했다.

젠지로가 말하고자 하는 바를 정확히 읽어 낸 아우라는 사랑스럽다는 듯이 웃어 보이고는,

"그래? 그렇다면 어떻게 해서라도 저녁 식사까지는 직무를 끝내 보죠. 저녁까지 혼자 외롭겠지만 견뎌보오. 상식이나 예의범절은 내가 직접 가르쳐줘도 되지만 시간이 없으니까…… 음, 적당한 사람을 붙여 줄 테니."

그렇게 가볍게 응낙했다.

"미안해. 귀찮게 해서."

"신경 쓰지 마요. 불편하게 하고 있는 건 이쪽이니까."

이윽고 옷을 다 입은 아우라와 젠지로는 누가 먼저랄 것도 없이 서로 다가섰다.

"그럼, 다녀올게."

"응. 다녀와."

이거야 정말로 남녀가 바뀌었군. 속으로 쓴웃음을 흘리면서도 젠지로는 아우라와 가볍게 입맞춤을 나누고 여왕으로서 일터를 향하는 아내를 웃는 얼굴로 배웅했다.

"자, 그러면 오늘은 뭘 할까."

아우라를 배웅한 젠지로는 원래의 세계에서 가져온 티셔츠와 트렁크 위에 이쪽 세계의 민족의상 비슷한 주름 없는 흰 바지를 입은 모습으로 거실의 소파 위에서 쉬고 있었다.

이동해 온 후 지금까지는 결혼식이다, 발전기 설치다 해서 이래저래 바쁜 나날을 보냈다.

본격적인 '아무것도 하지 않는 생활'은 오늘 이 시간부터 시작이다.

언젠가는 한가로움이 차고 넘칠 날이 올지도 모르겠지만, 어쨌든 지금은 하고 싶은 일이 산처럼 있다.

샐러리맨 시절에 실컷 녹화만 하고 전혀 보지 못한 DVD. 실컷 사 놓기만 하고 포장도 뜯지 않은 게임 소프트웨어.

대학 시절부터 팬이었던 밴드나 가수의 곡도 반쯤 의리로 인터넷 다운로드 사이트에서 계속 사놓았지만 들을 때는 출근 전철 안에서 뿐. 아직 한 번도 듣지 않은 곡도 많다.

"역시 맨 처음은 녹화해 놓은 TV 프로겠지? 아, 하지만 지금 보기 시작하면 도중에 아침 식사 시간이 돼버리겠는걸."

아침 식사 시간이 되면 후궁에 배속된 시녀가 알려주기로 되어 있다.

어쨌건 젠지로는 이 후궁의 주인이기 때문에 그럴 마음만 있으면 그날의 기분대로 식사 시간을 늦추는 것도 가능하지만, 그건 그렇게 가볍게 말해도 좋을 일이 아니다.

왜냐하면, 이 세계에는 전자레인지는 둘째 치고 가스레인지나 수도조차 없다. 식사 시간을 앞당긴다는 것은 그만큼 일하는 사람이 짧은 시간에 물을 길어 오지 않으면 안 된다는 얘기고, 식사 시간을 늦춘다는 것은 그 시간에 맞춰 한 번 더 만들게 함을 의미하는 것이었다.

"기껏해야 데릴사위 처지니까. 아래 사람들의 불평을 사는 건 너무 위험해. 그러면, 가져온 식량은 얼마나 남아 있지?"

약간 배가 고프다고 느낀 젠지로는 냉장고를 열고 안을 들여다보았다.

마이크로 수력발전기에서 전력을 공급받고 있는 5도어 냉장고는 고맙게도 지금까지는 아무런 문제없이 가동되고 있었다.

현재 냉장고 안에는 이쪽 세계의 과일과 술, 그리고 젠지로가 일본에서 가져온 식료품들이 저장되어 있다.

애초에 젠지로가 가져온 식료품 대부분은 배낭에 껴 넣었던 초콜릿, 건빵, 육포, 비스킷 등, 비상식량이 될 만한 마른 음식뿐이었기 때문에 냉장고에 넣어두는 의미는 별로 없었다.

그 외에 가져온 식료품이라고 하면 '외국으로 전근한다'는 젠지로의 거짓말을 믿은 숙모가 싸준 직접 담근 매실 장아찌와 숙부가 권해서 산 신슈 메밀국수 건면과 국수장국 정도다.

"초콜릿은 좀 아깝고. 아우라에게 물어본 바로는 이쪽 사람들은 카카오 자체를 모르는 것 같으니까. 이곳에서 손에 넣을 가능성은 거의 없다고 봐야지. 다행히 설탕은 풍족한 것 같지만, 상당히 조잡한 흑설탕이란 말이지."

아마도 사탕수수나 거기에 상당하는 당분이 많은 식물의 엑기스를 뽑아 여과한 정도일 것이다. 일본의 흰설탕에 익숙한 젠지로의 혀에는 이쪽 세계의 설탕이 독특한 풍미로 느껴졌다.

일단 가져온 컴퓨터에 케이크나 쿠키, 푸딩 등의 만드는 법을 사진과 함께 설명해 놓은 인터넷 홈페이지를 저장해 둔 것이 있지만, 이쪽 세계의 설탕이나 밀가루로 과연 제대로 된 것이 만들어질지는 다소 의문이다.

게다가 핸드 믹서도 전자레인지도 이쪽 세계에 가져오지 않았기 때문에 현대 일본에서처럼 손쉽게 과자를 만들 수는 없을 것이다.

만든다고 한다면 조리 책임자를 불러서 대강의 요리법을 설명하고 맡기는 수밖에 없다.

젠지로로서는 한 달의 준비기간에 가능한 한 필요한 것을 갖췄다고 생각했지만, 막상 이세계 생활을 시작하고 보니 '왜 나는 그걸 가져오지 않았을까!'라고 후회되는 것들이 많이 튀어나왔다.

그중에 가장 아쉬운 것이 '유리창'이었다.

젠지로는 한껏 열어젖혀 져 바깥 공기가 가차 없이 들어오는 나무 창문과 방구석에 방치된 에어컨, 그리고 그 부품에 시선을 향하고는 공허하게 말했다.

"완벽한 맹점이었어. 일본에서는 건물의 실내는 웬만하면 밀폐된 공간인 것이 당연했으니까 생각지도 못한 거야……"

유리창이 없는 이 방에 만약 에어컨을 달았다고 할지라도 젠지로가 원하는 쾌적한 실내 온도를 유지하기는 어려웠을 것이다. 창이 활짝 열린 상태에서는 에어컨의 성능도 말짱 도루묵이다.

그렇다고 해서 대낮부터 창문을 닫아걸어 햇빛을 차단하고, LED 스탠드 라이트로 생활한다는 것은 좀 건강치 못한 생활이고, 만약 문이나 창문을 닫아걸었다고 할지라도 이쪽 세계 건물에서 일본 현대 가옥 정도의 밀폐성을 기대할 수는 없다.

그런 주제에 거실의 넓이는 40평 가까이 되니까 가정용 에어컨으로 얼마나 실내 온도를 낮출 수 있을지도 의문이다.

"에휴, 어떤 식으로든 에어컨을 설치하는 건 실패할 가능성이 너무 높으니까 처음부터 없었던 물건인 셈 치고 포기할까. 하아……"

한숨을 내쉰 젠지로는 당분간 에어컨과 유리창에 대해서는 생각하지 않기로 정했다. 다행히 선풍기 앞에 냉장고에서 만든 얼음 덩어리를 놓으면 국지적으로나마 꽤 시원해진다는 것을 알았다.

"뭐, 괜찮아. 안 좋은 상황만 자꾸 생각해도 어쩔 수 없고, 불편하면 불편한 대로 즐길 수 있는 걸 생각하자."

젠지로는 털어내듯 그렇게 말하고는 텔레비전 수납장에서 대량의 DVD를 담아 놓은 박스를 꺼내 오늘 볼 프로를 고르기 시작했다.

"어디…, 이 프로는 어디까지 봤더라? 「솔라카」는 소싸움 하는 섬에 간 부분까지 봤지 아마. 「VS 100인 형사 숨바꼭질」은 3회까지 본게 마지막이었던가?"

———◆———

젠지로가 얼음 선풍기로 더위를 식히면서 혼자 DVD 감상을 즐기고 있을 무렵, 그 아내인 아우라는 집무실에서 여왕으로서의 책무를 다하고 있었다.

국가원수인 아우라의 직무는 그 대부분이 회의와 면담이다.

지금의 카파 왕국에는 정치의 수장인 재상과 군의 수장인 원수가 없기에 왕인 아우라는 지극히 바쁜 나날을 보내고 있었다.

회의나 면담 사이에 생기는 막간 시간은 제출된 보고서를 훑어보는 것만으로 다 지나가 버린다.

용피지(주룡의 가죽을 벗겨서 만든 수피지) 묶음을 거칠게 들추며 훑어보는 아우라에게 옆에 서 있던 파비오 비서관이 말을 건넸다.

"폐하, 시간이 되었습니다."

얼굴이 좁은 중년 남자의 억양 없는 목소리에 아우라는 용피지를 놓고 눈을 들었다.

"응? 아아, 벌써. 다음은 누구지?"

현대 일본처럼 정확한 시계가 없는 만큼 시간관념이 느슨한 이쪽 세계지만 그래도 왕궁의 공무는 정확하게 1시간의 4분의 1(15분)씩 끊어서 진행하고 있었다.

해가 떠 있는 동안 업무의 대부분을 끝내지 않으면 안 되기 때문에, 낮시간의 여왕은 현대 일본의 정치가만큼이나 바빴다.

"네. 다음 면회 예정자는 기사단의 푸죠르 기젠 장군입니다."

비서관이 고한 이름을 듣고 아우라는 대번에 얼굴을 찡그렸다.

그건 젠지로가 소환되기 전까지 아우라의 신랑으로서 가장 유력시됐던 두 사람 중 한 인물의 이름이었다.

지난번의 큰 전쟁에서 젊은 나이에 혁혁한 무공을 세운 유능한 군인이라는 점은 틀림없었지만 유감스럽게도 야심이 너무 커서 여왕의 신랑으로서는 부적격, 이라는 것이 아우라의 평가였다.

손에 닿을 것 같았던 '여왕의 남편'이라는 지위를 아슬아슬하게 어디서 굴러들어왔는지도 모르는 이세계인에게 빼앗긴 야심가가 과연 무슨 말을 하러 온 것일까?

상상만 해도 아우라는 한숨이 나왔다.

"폐하, 장군급 군인과 대신급 문관은 국왕에게 직언을 드릴 권리를 가지고 있습니다. 푸죠르 경은 자신이 가진 정당한 권리를 행사하는 것에 지나지 않습니다."

지나치게 냉정한 비서관의 말에 아우라는 더욱 짜증을 느꼈다. 그래도 이성적으로는 파비오 비서관의 말이 옳다는 것을 이해하지 못하는 것은 아니다.

"알고 있어. 좋아. 들여보내."

짜증을 토해내듯이 한 번 크게 심호흡을 한 후, 아우라는 평소와 같은 위엄 있는 표정과 목소리로 그렇게 명령했다.

"아우라 폐하, 먼저 다시 한 번 축하를 올리옵니다. 결혼을 감축 드리옵니다."

"고맙소, 푸죠르 경. 귀공이 그렇게 말해 주니 조금 마음이 가벼워지오. 나와 귀공의 사이에 남녀의 인연은 없었으나, 주종의 연은 앞으로도 소중하게 여길 것이오."

"……넵, 황송한 말씀이십니다."

왕의 집무실에서 마주 앉은 여왕 아우라와 푸죠르 기젠 장군의 대화는 속이 빤히 보이는 겉치레 인사말로 시작되었다.

여자로서는 체격이 큰 편인 아우라와 비교해도 머리 하나 정도는 큰 체격. 이목구비가 뚜렷하고 예리한 얼굴 생김새. 반소매 밖으로 드러난 양팔에는 수많은 상흔이 새겨져 있었고, 글러브처럼 커다란 양손의 손바닥에는 검을 쥐어 생긴 딱딱하고 커다란 굳은살이 보였다.

젠지로와 푸죠르. 겉모습만 보고 어느 쪽이 아우라의 반려로서 어울릴지 묻는다면 아마도 백이면 백 푸죠르라고 대답할 것이다.

붉은 머리에 다갈색 피부의 아우라와 흑발에 갈색 피부를 한 푸죠르가 나란히 서면 시각적으로도 그림이 좋다. 신장도 여자로서는 장신인 아우라와 남자로서도 장신인 푸죠르는 딱 균형이 맞는다.

훌륭한 무사에 유능한 장군이며, 앞선 대전에서는 젊은 나이에 많은 무훈을 세운 영웅.

여왕의 반려자가 될 뻔했던 영웅은 충성의 대상인 여왕을 향해 단도직입적으로 발언했다.

"실은 폐하, 알고 계시는지 모르겠습니다만, 저에게는 나이 차이가 나는 여동생이 있습니다. 저와 같은 정도의 묽기이긴 하지만 왕가의 피도 잇고 있어 마력도 높고 인격이나 교양도 사람들 앞에서 창피를 당하지 않을 정도는 갖추고 있습니다. 왕가의 혈족을 늘린다는 의미에서라도 여동생을 젠지로 님의 측실로 들이심이 어떠하십니까?"

"…………"

당돌하고도 단도직입적인 야심가의 제안에 아우라는 지끈지끈 아파져 오는 머리를 감싸 안고 싶은 충동을 필사적으로 억눌렀다.

이거다. 이런 노골적인 야심 때문에 이 남자는 아무리 무인으로서 유능해도 여왕의 반려자로서는 지극히 부적절한 것이다.

아우라 자신도 남편의 꼭두각시 노릇에 안주할 성격이 아니므로, 만약 아우라와 푸죠르가 혼인으로 맺어졌다면 카파 왕국은 상당히 높은 확률로 여왕파와 국서파로 나뉘어 내부 분열을 일으켰으리라.

아무리 그렇다고 해도 결혼식을 막 치른 신부에게 느닷없이 측실 이야기를 들고 나오다니, 배려고 뭐고 눈곱만큼도 없는 인간이다.

아우라는 의연한 표정을 무너뜨리지 않고 질문을 되돌렸다.

"흐음, 흥미로운 얘기긴 하군. 그래서 여동생 본인은 뭐라고 하시오?"

"? 기젠 집안의 가장은 저입니다만."

아우라의 물음에 푸죠르는 진심으로 이상하다는 듯이 고개를 갸웃했다. 실제로 푸죠르가 틀린 점은 없었다.

여성의 혼처를 정하는 것은 가장의 일이었다. 푸죠르는 이 나라의 전통에 따라 상식적인 판단을 내리고 있을 뿐이었다.

오히려 전형적인 여왕 기질을 지닌 채 지금까지 살아온 아우라가 카파 왕국의 상식에서 벗어난 인물이었다.

그렇다고는 해도, 가장이 된 남자의 대부분은 어느 정도는 딸이나 여동생의 의사를 고려해서 혼처를 정하는 것이 현실인데, 푸죠르는 전면적으로 자신의 이익만 바라보고 여동생의 혼처를 정하려 하고 있는 것이다. 그리고 그렇게 하는 것이 자신의 정당한 권리라고 믿어 의심치 않고 있었다.

이야기의 방향을 잘못 잡았다고 생각한 아우라는 여유 있는 미소를 머금은 채 대화의 방향을 미세 조정하기 위해 애썼다.

"그런가. 하지만 서방님은 이쪽 세계로 막 이동해 온 터라 아직 심신에 여유가 없다오. 지금으로서는 날 상대하는 것만도 벅찬 상태요."

아우라의 딱 자른 거절에 푸죠르는 그 날카로운 눈매를 가늘게 했다.

"……그건, 진정으로 젠지로 님 본인의 생각이십니까?"

불경함이 하늘을 찌르는 부하의 의심과 질문에 아우라는 필요 이상으로 가슴을 펴고 대답했다.

"물론이고말고. 설마 의심하는 게요?"

"아닙니다. 실례했습니다. 하지만 저도 한 사람의 귀족으로서 새로운 주군이 되신 젠지로 님께 '직접' 인사를 드리고 싶은 것이 솔직한 심정입니다. 제가 오늘 드린 말씀을 젠지로 님께 '틀림없이' 전해주시겠습니까?"

"……알았소. '토씨 하나 빠뜨리지 않고' 반드시 서방님에게 전해드리지."

"부탁드립니다."

마지막으로 푸죠르는 오른손 주먹을 왼쪽 어깨에 갖다 대는 기사풍의 예를 갖추고는 여왕의 집무실을 뒤로했다.

문 저쪽으로 야심가 장군이 멀어져 가는 것을 확인하고 아우라는 크게 한숨을 몰아쉬었다.

"……정말이지. 자기 혼인이 실패하니까 이번엔 여동생을 들여보내려고 하다니. 변함없는 저 노골적인 야심. 점점 더 거침이 없네."

조금 전의 말이 무색하게 지긋지긋하다는 투로 내뱉는 여왕에게 지금까지 조각상처럼 잠자코 서 있던 파비오 비서관이 담담한 목소리로 말했다.

"하지만 푸죠르 장군의 언동은 지극히 야심에 솔직한 것이기 때문에, 귀족 전체의 움직임을 예견하는 데 도움이 됩니다. 아마도 비슷한 청원이 곧 쇄도할 것이옵니다. 그걸 조금 아까와 같은 말로 거절하기를 반복한다면 필연적으로 '폐하가 아내의 도리를 망각하고 자신의 권력을 지키기 위해 남편의 자유를 박탈하려고 한다'는 소문이 돌겠지요."

한결같이 단도직입으로 아픈 곳을 후벼 파는 비서관의 말에 아우라는 얼굴을 찡그리고 반론했다.

"후궁에 틀어박혀 나오지 않는 것은 다른 사람이 아닌 서방님 본인의 뜻이라고, 내가 몇 번이나 말했어."

"네. 저는, 잘 압니다. 그분은 총명하고 현재로서는 선량하고 표면상으로는 폐하에게 지극히 협력적이니까요. 하지만 그런 폐하와 젠지로 님의 관계도 후궁에 틀어박혀 있기만 해서는 왕궁에 있는 귀족들의 귀에 들어갈 수 없지 않겠습니까."

하나하나 틀린 것이 없는 비서관의 말에 아우라는 한숨을 쉴 뿐이었다.

"그렇다면 역시 어느 정도는 서방님이 왕궁에 출입하면서 직접 그분의 입으로 우리 부부관계가 원만함을 드러내 주는 수밖에 없는 건가. 왠지 서방님에게는 폐만 끼치는 것 같아."

저토록 성실하게 애정을 쏟아 주는 반려자에게 그런 어려운 일을 떠맡기는 건 좀 뒤가 켕겼다.

뭐랄까 정말로 자신이 권력을 위해 남편의 자유를 속박하는 악녀가 된 기분이었다.

하지만 그런 여왕의 우울 따위 신경도 쓰지 않는 비서관은 마치 철판을 간 것 같은 얼굴로 표정을 꿈쩍도 하지 않으며 이야기를 계속했다.

"어쩔 수 없습니다. 실제로 푸죠르 장군이 말한 '젠지로 님이 측실을 취한다'는 안은 왕가 혈통의 존속을 생각하면 지극히 타당한 제안이니까요."

"뭐, 그거야 그렇지……만."

그 말의 정당성은 아우라도 인정할 수밖에 없었다.

아우라와 젠지로. 일부일처 상태로는 아무리 정열적으로 사랑을 나눈다 해도 태어날 아이의 수에 한계가 있다. 게다가 아우라는 여왕이라는 격무에 시달리고 있는 몸이다. 그 와중에 빈번하게 출산을 위해 자리를 비울 수도 없는 노릇이다.

"실제로 자네는 어떻게 생각하지? 역시 푸죠르 장군의 청원은 받아들여야 한다고 생각해?"

아우라는 문득 생각난 듯이 그렇게 비서관에게 물었다.

이 중년의 비서관의 냉철할 만큼 효율을 중시한 의견은 객관적인 지침으로서 상당한 참고가 된다.

아우라의 질문에 파비오 비서관은 조금 어깨를 으쓱하더니,

"저 나름의 의견은 있습니다만, 그건 듣기에 따라서는 왕가에 대한 능멸로 받아들여질 수도 있습니다. 폐하에게 말씀드려도 좋을지, 판단이 서지 않습니다."

그렇게 말하고 머리를 숙였다.

그러나 아우라는 받아들이지 않고 휘휘 손바닥을 젓고는 계속하도록 채근했다.

"상관없어. 원래 은근히 무례한 것이 자네의 기본 성품인걸. 화낼지는 몰라도 벌하는 일은 없을 테니 안심하고 말해."

여왕의 허가를 받은 비서관은 "알겠습니다." 하고 예를 표한 후 말하기 시작했다.

"우선 결혼부터 말씀드리면 저는 젠지로 님의 측실로 푸죠르 장군의 여동생을 들이는 것에 반대입니다."

"오호?"

예상 밖의 결론부터 끄집어낸 비서관의 말에 아우라는 흥미를 느낀 듯이 몸을 기울였다.

　"젠지로 님의 측실로 귀중한 왕가의 피를 잇는 귀족을 들인다. 그러면 일견 다음 세대의 왕족이 늘어서 왕가의 미래가 무사태평할 것으로 보입니다만, 실제로 다음다음 세대의 일을 생각하면 막다른 길이옵니다. 어차피 왕가의 피를 진하게 잇는 사람이 모두 젠지로 님을 아버지로 둔 이복형제자매가 되는 셈이니까요."

　"아아, 과연 그렇군."

　아우라는 납득이 간다는 듯이 끄덕였다. 확실히 그렇다. 아무리 왕가의 피를 잇는 사람의 수가 늘어난다고 해도 그 모두가 한 아버지에서 태어난 이복형제자매라면 다음 다음 세대의 혼인 정책이 지극히 곤란해지고 만다.

　카파 왕국에서 이복형제자매끼리, 이부동복형제자매끼리의 결혼이 법에 금지되어 있지는 않지만 그다지 권장되는 것도 아니었다.

　핏줄이 너무 가까우면 자손의 심신에 장애가 온다. 그 사실을 지금까지의 경험으로 알고 있기 때문이리라.

　"그러니까 단순히 왕가의 혈통 존속만을 생각한다면 푸죠르 장군의 여동생은 폐하의 신랑 후보 중 한 분이었던 라파엘로 마르케스 경쯤 되는 집안에 시집을 가는 것이 최선일 것입니다. 또, 동시에 젠지로 님은 마력이 강한 여자 마법사 혹은 적당한 귀족의 딸을 측실로 맞아 핏줄이 옅은 왕가의 분계를 만들어 주신다면 더 말할 것이 없습니다. 그 정도의 상대로도 태어날 아이에게 '혈통마법'의 승계가 기대

될 만큼 젠지로 님의 핏줄은 진하니까요. 아아, 물론 폐하와 젠지로 님 사이에 본류가 될 세자가 태어나는 것이 대전제입니다."

담담하게 이야기하는 파비오 비서관에게 아우라는 입가를 끌어올리며 웃어 보였다.

"자네한테 가면 왕가와 귀족의 혼인 정책도 마치 '주룡'의 교배에 관한 얘기처럼 들리는군."

여왕의 비꼬는 말에도 좁은 얼굴의 비서관은 전혀 동요하지 않았다.

"그러니까 처음에 무례하게 말씀드린다고 하지 않았습니까. 애초에 이것은 '시공마법'의 승계자를 늘린다는 목적만 가지고 구성한 이야기입니다. 혼인에는 사람의 마음이라는 것이 얽히게 돼 있고, 잘못하면 기젠 집안과 마르케스 집안 같은 유력 귀족이 서로 결혼해서 왕가에게는 무시 못 할 국내 귀족 세력이 탄생할 위험도 있습니다."

"알고 있어. 그런 상황을 종합해서 최종적으로 판단하는 건 나야. ……그나저나 어쨌든 서방님을 조금은 귀족들에게 드러내야 나에 대한 불신이 수그러들 것이라 이건가."

잠시 이마에 손을 대고 생각에 잠긴 아우라는 문득 시선을 들고는 비서관에게 물었다.

"파비오, 서방님이 후궁에 틀어박힌 채 지내는 기간을 귀족들이 얼마나 더 기다릴 수 있을 것 같아?"

"짧으면 한 달, 길어야 한 달 반 정도겠죠. 그보다 길어지면 그 후에 젠지로 님이 무슨 말을 해도 '폐하가 시킨 거다'라는 의심을 받게 될 겁니다."

아우라의 당돌한 질문을 예상했는지 비서관은 막힘없는 말투로 지체없이 그렇게 대답했다.

"한 달이라…… 뭐, 그 정도인가. 좋아, 알았어. 다행히 서방님 쪽에서 '이쪽 세계의 예의와 상식을 배우고 싶다'고 말해 왔거든. 서방님에게 가정교사를 붙여줘야겠어."

"가정교사, 말입니까? 후궁은 남성 금지입니다만?"

"물론, 가정교사 후보는 여자에 한한다. 더불어 마법의 기초도 가르쳐 줬으면 하니까 보통 이상 능력을 갖춘 마법사면 좋겠는데."

마력이 높은 여자 가정교사. 그것만 들으면 아우라 공인의 측실 후보를 모집한다고밖에 들리지 않는다. 그러나 아우라는 덧붙여 일침을 놓았다.

"만약 '적절한 후보'가 없는 것 같으면 할머니를 모실 거야. 경솔한 행동을 하는 자가 없기를 바랄 뿐이야."

할머니란 수석마법사인 에스피리디온의 처인 파스크아라를 말한다. 이미 70세를 넘은 노인인 그녀가 '가정교사 후보'라는 말을 듣고도 묘령의 미혼 여성을 추천하는 자가 있다면 그것은 아우라의 의도 하나 제대로 못 읽는 얼간이거나 아니면 여왕의 요청보다 자신의 권력 확장을 우선하는 야심가이거나 둘 중 하나다.

중년의 비서관은 곤란하다는 듯이 작게 어깨를 으쓱하고 여왕에게 충고했다.

"폐하, 신하를 너무 노골적으로 시험하면 인심이 떠납니다. 부디 주의하십시오."

"알고 있어. 그러나 자네가 말한 대로 장래의 일을 생각하면, 서방님이 측실을 맞아 분계를 만드는 상황도 충분히 고려해야 하니까. 그렇다면 미리미리 '위험한 측실 후보'를 가려낼 필요도 있어."

실제로 지금 상황은 새색시로서 조금은 특수한 신혼생활을 원만하게 꾸리고 있는 아우라에게 있어서도 조금쯤은 기대에 어긋난 얘기다. 다소 기분이 언짢은 것도 무리는 아니다.

정략결혼은 왕가의 의무. 그건 이해하지만, 왕족에게도 연애 감정이나 독점욕은 있다.

"아, 진짜 너무하네. 조금은 오붓한 신혼생활을 즐기게 해주면 어디가 덧나나."

아우라는 영 재미없다는 듯이 어깨를 으쓱했다.

———————◆———————

그날 밤. 함께 저녁 식사를 마친 아우라와 젠지로는 하나의 소파 위에 딱 붙어 앉아 느긋한 시간을 보내고 있었다.

"흐음, 날밤을 새울 위험성이 있기는 하지만, 이렇게 충분한 빛이 있으면 밤의 시간을 유의미하게 쓸 수 있겠는걸."

"하하, 그렇지? 내 경우는 밤에 이렇게 생활하는 것에 익숙해서 그다지 고마움을 느끼지 못하지만."

실내를 비추는 6대의 LED 스탠드 라이트를 바라보며 감탄의 말을 하는 아우라에게 젠지로는 작게 웃으며 대답했다.

낮에는 왕으로서 격무를 해치우고 있는 아우라지만 해가 떨어진 후는 비교적 자유롭게 시간을 쓸 수 있었다. 물론 일주일에 한 번이나 두 번은 참석해야 하는 무도회와 같은 행사도 있기 때문에 밤이 모두 자유 시간이라고 할 수는 없지만, 심야 야근이 당연시됐던 젠지로의 샐러리맨 시절에 비하면, 그녀의 퇴근 시간은 상당히 빠른 편이라 할 것이다.

덕분에 이렇게 젠지로는 아우라와 오붓한 부부만의 시간을 보낼 수 있었다.

그러나 여왕과 그 반려자쯤 되면 비록 밤의 휴식 시간이라 할지라도 대화에 정치적인 내용이 들어가는 것을 피하기 어려운 법이다.

"그래서 나에게 예절과 상식을 가르쳐 줄 가정교사를 공모하기로 한 거야?"

낮에 결정된 일을 아우라에게 들은 젠지로는 그다지 놀라는 기색도 없이 점잖은 표정으로 아내에게 확인했다.

"음. 결정되려면 좀 시간이 걸릴 거야. 그동안은 틈을 봐서 내가 가르쳐 드리지. 사실 내가 전부 가르쳐줄 수 있으면 좋겠지만, 시간 여유가 없어서. 미안."

"아니야, 괜찮아. 아우라가 바쁜 건 나도 잘 아니까. 그 가정교사는 걱정 없는 거지? 내가 괜한 말을 할까 봐 불안한데."

예절과 상식을 가르쳐 주는 사람에게 예의 바르지 않은 말을 할까 걱정한다는 건 좀 본말전도이긴 하지만 그런 걱정도 타당하긴 하다.

여왕 반려자의 가정교사로 선택된 인물쯤 되면 어느 정도는 지위나 신분이 있는 사람일 것이다. 태도에 실수가 있거나 하면 젠지로에 대한 악평이 왕궁 안에 퍼질 가능성이 있다.

그러나 젠지로의 걱정에 아우라는 웃는 얼굴로 고개를 가로저으며,

"아니, 당신의 평소의 언동을 보면 아마 괜찮을걸. 그리고 그 전에 최소한의 예절과 상식은 가정교사가 결정되기 전에 내가 주입해 줄 테니까."

그렇게 젠지로의 불안을 날려주려는 듯이 일부러 밝은 목소리로 말했다.

"아하하, 살살 해 줘."

저도 모르게 쓴웃음을 지은 젠지로가 그렇게 말을 받아친 그때, 똑똑하고 거실문을 노크하는 소리가 들렸다.

"어, 네?"

"실례합니다. 입욕 준비가 다 됐습니다."

반사적으로 회답한 젠지로에게 문 너머에서 시녀가 낭랑한 목소리로 그렇게 보고를 해 왔다.

"어라? 어느새 그런 시간인가. 알았어. 곧 갈게."

소파에서 일어난 젠지로는 선반장 위에서 LED 랜턴을 꺼냈다. 맨 처음에 소환됐을 때, 밤에 욕실 안이 어찌나 컴컴한지 할 말을 잃었던 젠지로가 일부러 가까운 대형 할인점에서 사들인 물건이었다.

원래는 D형 건전지 4개가 들어가는 것이지만 젠지로는 충전식 AA

형 건전지와 AA를 D형 건전지로 사용할 수 있게 하는 어댑터를 가져와서 사용하고 있다.

하지만 물이 흥건한 욕실까지 연장 코드를 잇는 것은 위험이 너무 크기 때문에, 욕실의 조명은 LED 랜턴에만 의지해야 했다.

그래도 꼬마전구 사이즈의 LED를 28개나 사용하고 있는 이 랜턴은 젠지로의 감각에도 '침침하긴 하지만 그럭저럭 참아 줄 만한' 정도의 밝기로 욕실을 비춰 주었다.

참고로 아우라와 시녀들의 표현을 빌리면 '있을 수 없을 정도의 밝기'였다.

"좋아. 괜찮네. 아직 당분간 충전할 필요는 없겠어."

한 번 스위치를 켜고 문제없이 불이 들어오는 것을 확인한 젠지로는 랜턴을 한 손에 들고 문을 향했다.

"그럼 갈까, 젠지로."

아우라는 젠지로의 랜턴을 들지 않은 쪽 팔에 지극히 자연스러운 동작으로 자신의 팔을 끼고는 스윽 가슴께로 끌어당겼다.

"어어, 그건, 그……, 함께 목욕하자는 얘기……?"

그러고 보니 이미 잠자리를 함께하고 있지만, 함께 목욕한 적은 없었다.

사랑하는 아내의 대담한 유혹에 허둥지둥하는 젠지로에게 아우라는 요염하게 웃어 보였다.

"당신이 싫지 않다면."

"아니, 싫을 리 없잖아. 그런 매력적인 제안이."

입이 귀에 걸린 젠지로는 아우라와 사이좋게 팔짱을 낀 채 날아갈 정도로 가벼운 발걸음으로 욕실로 향했다.

◆

둘이서 사이좋게 목욕을 마친 젠지로와 아우라는 더운물에 담가 뜨끈해진 몸을 선풍기로 식히면서 각자가 좋아하는 술을 따라 잔을 기울였다.

젠지로는 상자째로 산 캔맥주를, 아우라는 어제 마시고 남은 화이트 와인이다.

냉장고 안에서 충분히 차가워진 술은 목욕 후의 갈증을 기분 좋게 풀어주었다.

"후우, 이건 못 끊겠는걸."

얇은 잠옷 차림의 아우라는 얼음을 통과해 불어오는 선풍기의 냉 풍과 유리 글라스에 든 차가운 화이트 와인에 눈이 가늘어지며 감탄을 흘렸다.

열대야가 이어지는 카파 왕국에서 목욕 후에 시원한 선풍기 바람을 쐬면서 차가운 와인을 마신다.

왕후·귀족이라도 절대 맛볼 수 없는 사치다.

아무리 아우라가 이 나라의 기후에 익숙해져 있다고 해도, 열대야를 불쾌하게 느끼지 않는 건 아니었다.

"큰일이군. 의지를 굳게 다잡지 않으면 나도 후궁에 틀어박히게 될 것 같아."

"대환영이라고 말하고 싶지만, 여왕님이 그러면 안 되지. 뭐, 틈을 봐서 자주 와요. 언제라도 난 환영이니."

아우라의 농담을 젠지로는 그렇게 받아졌다.

"알았어. 이제부터는 점심도 가능한 한 여기서 먹을 테니까 그런 줄 알아요."

젠지로의 말이 100% 농담은 아니었지만, 아우라는 그렇게 말하며 이후 후궁에서 보내는 시간을 늘리겠다고 선언했다.

"좋아. 그러면 점심에 맞춰 얼음을 준비해 놓을게."

아내의 말에 젠지로는 웃는 얼굴로 그렇게 대답했다.

아무리 대형 냉장고가 있다고 해도 선풍기 앞에 놓을 얼음을 24시간 내내 준비할 수는 없었다. 타이밍을 맞춰 적절히 얼음을 절약하지 않으면 모처럼 아우라가 더위를 식히러 왔는데 얼음이 떨어지고 없는 사태가 발생할 수도 있다.

밤엔 그렇다 쳐도 낮엔 이미 37도를 넘는 기온을 기록하고 있는 요즘이다. 기온이 체온보다 높으면 선풍기를 돌린다고 해도 열풍이 나올 뿐이어서 시원하지 않다.

만약 얼음이 없으면 선풍기 앞에 물을 담은 대야를 놓으면 조금은 괜찮아지지만, 그런 방법으로는 얼음처럼 극적인 냉풍이 만들어지지는 않는다.

아무리 생각해도 에어컨이 필요했다.

이윽고 목욕 후의 열기와 갈증이 가신 아우라는 조금 경직된 표정을 젠지로에게 향했다.

"자 그러면, '아무것도 안 해도 좋다'고 해 놓고 이렇게 돼서 좀 마음이 안 좋지만, 바로 수업을 시작해 볼까. 처음은 왕족의 일반적인 대화법부터."

"어, 어어? 벌써, 오늘 밤부터 시작하는 거야?"

놀라는 젠지로에게 아우라는 빙긋 웃어 보였다.

"물론. 이렇게 훌륭한 조명이 있으니까 밤을 유용하게 활용해야 하지 않겠어?"

그렇게 말하고 옆에 앉은 젠지로의 눈을 들여다보았다.

그러나 젠지로는 떨떠름한 얼굴로 천장을 올려다보았다.

"우와 모처럼 아우라와 보내는 귀중한 시간을 공부에 뺏기는 거야?"

"응!?"

젠지로의 솔직하고 가감 없는 토로에 아우라는 순간적으로 수줍은 표정을 보였다. 그러나 젠지로의 시선이 천장에서 내려오는 것보다 빨리, 평소와 같은 점잖은 표정을 되찾고 대답했다.

"그, 그렇게 말해 주는 건 기쁘지만, 시간은 유한하니까. 뭐, 걱정하지 마요. 침실에서 함께할 시간까지 잡아먹게 하지는 않을 테니까."

"뭐, 그렇다면 할 수 없지. 어차피 하는 거면 아우라가 없는 낮의 시간을 공부에 쓸 수 있으면 좋겠지만……. 응? 잠깐만."

모순된 희망을 입에 담고 나서 젠지로는 문득 생각났다는 듯이 소파에서 일어났다. 향한 곳은 젠지로가 일본에서 가져온 물품들을 쌓아 놓은 방의 한구석이었다.

"확실히 가져온 것 같은데. 작은 거라서 짐 싸는 김에 같이 양탄자 위에 올렸을 텐데……."

"젠지로?"

"앗, 있다 있어. 이거다."

이윽고 찾던 물건을 찾은 젠지로는 사각형의 은색 상자를 가지고 아우라가 앉아 있는 소파로 돌아왔다.

"젠지로, 뭐예요, 그게?"

조금 의심스러워하는 얼굴로 물어오는 아우라에게 젠지로는,

"이건 '디카'. 디지털카메라라고 해서, 원래는 사진, 즉 정지화면을 찍는 기계지만 동영상과 음성도 녹화할 수 있어."

그렇게 말하고 디지털카메라를 들어 보였다.

그러나 아우라는 의미를 알 수 없다는 표정으로 고개를 갸웃했다.

"사진? 정지화면? 동영상? 녹화? 그게 뭐죠?"

아우라의 대답에 젠지로는 뭐라고 설명해야 할지 잠시 생각했지만 좀처럼 적당한 말이 떠오르지 않았다. 이런 도구의 쓰임새를 전혀 알지 못하는 사람에게 말로 설명하는 것은 의외로 어려운 일이다.

"으음, 뭐라고 해야 할까. 순간적으로 굉장히 정밀한 그림을 포착하거나, 목소리나 움직임을 녹음, 녹화하거나."

"녹화? 녹음?"

하지만 의미를 풀어서 했다고 생각한 설명에도 아우라는 고개를 갸웃거릴 뿐이었다. 아무래도 이건 말로 설명하는 것이 불가능한 것

같았다.

"그럼 일단 사용해 볼 테니까. 아우라, 왕실의 예의와 상식에 대한 설명을 시작해 주겠어?"

젠지로는 아우라에게 그렇게 말하고는 전원을 넣은 디카를 소파에 앉은 아우라에게 향했다.

"으음……"

정체를 알 수 없는 도구와 요령부득한 설명에 대해 수상쩍은 시선을 던진 아우라였지만, 결국은 젠지로를 신용하기로 했는지, 시키는 대로 소파에서 일어나 이야기를 시작했다.

"……뭐가 뭔지 모르겠지만, 좋아요. 그러면 대화법의 기본부터 설명을 시작하지. 통상적으로 왕족이 공식적인 장소에서 자신보다 높은 사람을 상대할 일은 드물어요. 그러니까 맨 먼저 익혀둘 것은 아랫사람에 대한 대응과 동격인 사람에 대한 대응이에요. 기본은, 먼저 말을 거는 쪽이 아랫사람이라는 것. 일반적으로 아랫사람은……"

시범을 보이며 예의범절에 대해 설명을 이어가는 아우라를 젠지로는 디카의 동영상 모드로 촬영했다.

사회인이 되고 1주년을 맞은 여름에 산 물건이었기 때문에 그럭저럭 사용감은 있었지만, 동영상은 막 샀을 때 호기심으로 몇 번 찍어 본 것이 전부다.

과연 제대로 찍혔을지, 어느 정도의 거리에서 찍을 때 음성이 확실하게 들어가는지.

불안 요소는 많지만 그렇게 심각하게 생각할 필요는 없었다. 실패하면 그만이다. 동영상이 제대로 찍히지 않는다고 해서 크게 문제가 될 일은 없다.

안 되면 그만이라는 가벼운 기분으로 젠지로는 예법의 기초에 대해 설명해 주는 아내의 모습을 계속 촬영했다.

"……라는 거예요. 우선은 이 정도로 됐을까? 제대로 들었어, 젠지로?"

"좋아. 고마워요. 아우라. 다음은 이게 제대로 찍혔는지 봐야지. 미안, 말로 설명하는 건 어려워. 미안하지만 잠깐 기다려 줘."

젠지로는 그렇게 양해를 구하고는 디카를 든 채 컴퓨터가 놓인 책상 앞으로 갔다.

곧바로 컴퓨터를 기동시킨 젠지로는 디카에서 SD 메모리카드를 꺼내 컴퓨터의 카드 슬롯에 끼웠다.

"흐음, 잘 모르겠지만, 그것도 당신 세계의 도구인가?"

어느새 컴퓨터를 만지고 있는 젠지로의 등 뒤로 다가온 아우라가 등 너머로 컴퓨터의 화면을 바라보았다.

"응. 그래. 어디, 하드 디스크에 저장하기 전에 먼저 제대로 찍혔는지 볼까."

그렇게 말한 젠지로는 SD 메모리카드의 동영상 파일을 바로 재생시켰다.

마우스를 조작해서 해당 파일을 클릭 한 다음 순간.

컴퓨터의 디스플레이에는 눈에 익은 방의 한가운데에서 손짓 발짓을 섞어가며 이야기하고 있는 붉은 머리에 다갈색 피부를 한 박력 있는 미녀의 모습이 나타났다.

"아, 놀라라! 이건 내 모습인가요? 하고 있는 말도 조금 전에 내가 이야기한 내용 그대로잖아. 대체 어떤 원리로 이게 가능한 거지? 쌍왕국의 마법 도구 중에서도 이런 건 본 적이 없어!"

"…………!?"

감탄의 소리를 외친 아우라가 젠지로에게 그렇게 물었지만, 젠지로는 그에 대해 대답할 여유가 없었다.

왜냐하면, 이때, 젠지로는 태어나서 처음으로 동영상을 본 아우라보다 훨씬 큰 충격을 받았기 때문이다.

"에스 노르마르민티 라로 퀘 라스 포시피아넨스 파미리아네스 인 페리아레스 아 라 페르소나 키 에스 스페리올 키 아 쉬 미스모아 온 루갈 푸브리코. 폴 콘시킨테 로 아프렌드 프리메로 이로키에로. 에스……라 코르스폰덴시아 아 라 페르소나 키 에스 이구아르콘 코르스폰덴시아 아 라 페르소나 아크도아르……"

"……뭐야, 이건?"

젠지로의 귀에는 화면 저쪽에서 이야기하는 아우라의 말이 전혀 이해할 수 없는 미지의 언어로밖에 들리지 않았다.

---◆---

녹화, 재생된 아우라의 언어를 이해할 수 없다.

놀라운 사실을 고백한 젠지로에게 아우라가 고개를 갸웃하며 불가사의하다는 듯이 되물었다.

"그건 다시 말해, 이 도구는 소리를 담기는 해도 '언령'을 담지는 못한다는 것이 아닐까? 실제 이 도구에서는 마력이 느껴지지 않으니까."

"응······? '언령'?"

전혀 들어본 적이 없는 단어를 아무렇지도 않게 던지는 아우라에게 젠지로는 이해할 수 없다는 듯 멍한 표정으로 앵무새처럼 단어를 반복해서 읊을 뿐이었다.

젠지로의 표정을 잠시 이상하다는 듯 바라보고 있던 아우라는, 어쩐지 이 대화가 근본적인 부분에서 뭔가 어긋나 있다는 느낌을 받았다.

"잠깐, 젠지로. 처음부터 순서대로 이야기를 해보자고요. 먼저, 당신은 무엇 때문에 그리 놀라고 있는 거지?"

아우라의 질문에 젠지로는 당황을 감추지 못한 목소리로 대답했다.

"그건, 보통 때엔 제대로 들리는 아우라의 말이 디카로 녹화한 화면에서는 전혀 이해할 수 없는 언어로 들렸으니까. 생각해 보니, 애초에 이곳이 이세계인데도 이렇게 일본어가 통한다는 게 이상한 일이야."

처음에 소환됐을 때로부터 한 달 반. 여기서 살기 시작한 지도 벌써 한 달이 가까워져 가는데도 젠지로는 지금까지 그 사실을 전혀 깨닫지 못했고 의문을 가지지도 않았다.

"옳지, 그거네. 근본적으로 이야기가 어긋난 건 그 부분이었어. 젠지로. 혹시 그쪽 세계에서는 다른 언어를 사용하는 사람끼리는 대화가 통하지 않는 건가요?"

너무나도 당연한 것을 물어 오는 아우라에게 젠지로는 순간적으로 '당근이지!'라고 대답할 뻔했으나 꾹 참았다.

"응. 그건 지극히 당연한 거로 생각했는데, 그 질문으로 봐서는 혹시 이쪽 세계는 그렇지 않다는 얘기?"

"응. 이쪽 세계에서도 국가나 민족이 다르면 언어도 달라요. 이 남대륙만 해도 북부와 남부, 동부와 서부가 각각 전혀 다른 언어체계를 갖고 있지. 하지만 대화를 나누는 데에는 아무런 지장이 없어. 왜냐하면, 많은 사람이 공통으로 인식하는 소리에는 '언령'이 깃들거든. 이 얘기는 이쪽 세계의 사람들에게는 평소 의식조차 못 할 만큼 상식 중의 상식이라서, 나도 지금까지 설명할 필요성을 느끼지 못하고 있었어요. 허나 당신에게는 설명이 필요한 것 같네. 좋아요, 조금 긴 이야기가 될 테니 우선 앉을까?"

그렇게 말하고 아우라는 이쪽 세계에서는 상식 이상으로 당연한 존재인 '언령(言靈)'에 대해 설명하기 위해 거실 중앙의 소파로 젠지로를 이끌었다.

소파로 돌아간 젠지로는 긴 시간에 걸쳐 아우라가 들려준 이야기의 내용을 머릿속에서 곱씹으며 확인하듯 되뇌었다.

"그러니까, 즉 이쪽 세계에서는 모든 언어에 '언령'이라는 것이 깃들어 있어서, 가령 서로 다른 언어를 사용하는 사람들끼리도 의사소통에 불편함이 없단 말이지?"

"그래. 그래서 이쪽 세계에서는 '말이 통하지 않는다'는 현상이 아예 있을 수 없는 거로군."

고개를 끄덕이는 아우라에게 젠지로는 여전히 해소되지 않는 의문점을 연달아 퍼부었다.

"그렇다면 말이야, 그런 편리함이 있으면 말을 배울 필요도 없는 것 아닐까? 적당히 '아'라던가 '우'라고 말하기만 해도 의미가 통하지 않아."

젠지로는 그런 솔직한 의문을 던졌지만, 아우라는 남편의 물음에 대해 고개를 가로저었다.

"아니, 그렇지 않아요. 언령은 어디까지나 '만인이 공통으로 인식하는 올바른 소리'에 깃들거든. 예를 들어 막 태어난 젖먹이가 '젖'이라는 의미를 '아'라는 소리에 담아 말했다고 해도, 그 아기만 그렇게 생각하는 거니까 언령이 작용하지 않지. 최소한 수천 명 단위의 사람들이 '아'라는 소리를 '젖'이라는 의미로 인식하지 않으면 안 돼요."

"아~. 어라? 하지만 그렇다면 예를 들어 어떤 나쁜 어른이 어린아이에게 '의자'를 '책상'으로, '책상'을 '의자'라고 가르쳤다고 한다면, 그 아이가 다른 언어권의 사람에게 책상이라는 뜻으로 '의자'라고 말해도 상대방에게는 '책상'으로밖에 들리지 않는다는 건가요?"

"그래요. 언령이 깃드는 것은 어디까지나 '공통의 인식이 담긴 올바른 소리'니까. 본인의 의사와는 상관없죠."

"과연 그렇군……. 하지만 그러면 어째서 나는 지금 녹화한 영상의 소리를 이해할 수 없었던 걸까? 소리는 제대로 재생됐는데."

"그건 아마 그 도구에 마력이 없기 때문일 거야. 우리도 매일 사용하고 있을 때는 전혀 의식하지 못하지만, '언령'에 의한 의사소통에도 미약한 마력이 깃들어 있어. 마력이 깃들어 있지 않은 소리는 비록 '올바른 소리'를 재현했다 해도 '언령'이 작용하지 않아."

아우라의 설명은 알기 쉬웠다. 젠지로는 계속 끄덕이면서 한 번 더 확인하기 위해 질문을 던졌다.

"과연, 그렇군. 그럼 이쪽 세계에서는 복수 언어를 사용하는 사람이 거의 없겠네? 하나의 언어만 배우면 충분할 테니까. 게다가 자동으로 번역되는 마당에 두 개째의 언어를 배우는 일도 쉽지는 않겠구나."

예를 들어 미국인이 '애플'이라고 말해도 일본인의 귀에는 자동으로 '링고(사과)'라고 들리는 것이다. 이래서는 일본인이 후천적으로 영어를 배우는 것은 불가능에 가까운 일이다.

"응. 그러니까 복수의 언어를 배우는 사람은 지극히 일부의 마법사에 한하죠. 숙련된 마법사는 의식적으로 마법의 방출을 제어할 수 있으니까. 이렇게."

"로 아모. 미 마리드."

라고 짧은 말을 던진 아우라. 그 언어는 조금 아까 컴퓨터로 재생한 디카 동영상과 마찬가지로 젠지로에게는 미지의 언어로밖에 들리지 않았다.

"이런 식으로 마력을 제어할 수 있는 이국의 마법사에게 배우는 거야. 반대로 내가 마력을 제어할 수 있으면 그걸 차단하는 것만으로도 언령이 작용하지 않아. 언령이 발동하려면 이야기하는 쪽과 듣는 쪽 양쪽이 모두 마력을 가지고 있어야 한다는 조건이 필요하니까. 또 마력의 발동을 근본적으로 차단하는 특수한 공간도 있다고 하는데 그런 곳에서는 언령이 작용하지 않는다고도 하고."

아우라의 말이 정말이라고 한다면 지구는 통째로 마력의 발동이 차단된 특수한 공간이거나, 지구인의 대부분이 마력을 전혀 가지고 있지 않은 인종이거나 둘 중 하나다.

그리고 백 오십 년 전에 지구로 도피한 젠지로의 선조는 엄청나게 고생을 했을 거라는 얘기가 된다. 애초에 '말이 통하지 않는다'는 개념 조차 없던 사람들이 아무하고도 말이 통하지 않는 세계에 뚝 떨어진 셈이니까.

무사히 살아남아 자손을 남긴 것이 기적이라는 생각마저 들었다.

"호오…… 이쪽 세계에서는 복수 언어를 익히는 것이 힘만 들뿐, 장점은 거의 없다는 얘기네. 하지만 일부 마법사는 일부러 고생해서 다른 언어를 배운다고 했지? 어째서, 그렇게까지 해서 배우는 거지? 필요도 없을 것 같은데."

젠지로의 타당한 질문에 아우라는 살짝 웃으며 대답했다.

"그건 언어를 배운다기보다 '문자'를 익히기 위함이야. 문자란 언어를 표기한 거니까. 회화도 못 하면서 문자를 익힌다는 것은 어려운 일이죠. 문자에는 언령이 깃들지 않기 때문에, 그렇게 해서라도 익히지 않으면 다른 나라의 서책을 읽을 수 없지요."

"아, 그런가. 그러고 보니 이쪽 세계의 문자란 걸 아직 본 적이 없네. 저기, 한 번 써서 보여주지 않겠어?"

이왕 내친김에 그렇게 요구한 젠지로는 컴퓨터 옆에 놓여 있던 복사 용지와 볼펜을 아우라에게 건넸다.

"흐음, 이건 상당히 희고 얇은 피지네. 이 펜도 이상한 모양이고. 잉크병은 어디 있지?"

"아아, 아니야. 그건 동물 가죽이 아니라 식물 원료로 만든 거야. 그 펜도 볼펜이라고 해서, 그대로 종이에 대고 그으면 돼. 잉크는 안에 들어 있어."

처음 접한 현대 일본의 필기도구에 적잖이 당황한 아우라였지만, 애초에 볼펜의 사용법이란 것은 잉크를 찍어서 쓰는 펜에 비교해 특별히 어려운 것이 아니기에 금방 익숙해질 수 있었다. 그리고 아우라는 감탄했다.

"오오! 이건 편리하네. 잉크를 찍는 과정이 없는 것만으로도 일이 줄고, 무엇보다 이런 얇은 피지가 걸려서 찢어지지 않을 만큼 필기감이 좋아."

"종이는 몰라도 볼펜은 한 다스를 사 두었으니까 필요하면 한두 개 가져가겠어요? 색깔도 검정뿐 아니라 빨강이랑 파랑도 있어."

아우라는 젠지로의 제안을 기쁘게 받아들였다.

"그러면 고맙죠. 꼭 좀 나눠줘요."

"흐음, 다 썼다. 우리나라를 중심으로 한 남대륙에서 사용하는 문자는 이 30자로 이루어져 있어요."

잠시 후, 아우라는 복사 용지에 젠지로가 생전 처음 보는 30종류의 기호를 써서 보여주었다.

"오…… 예상은 했지만 역시 표음문자구나. 개수가 30개라는 것은 알파벳에 가까운 건가? 저기, 아우라. 거기에 [아], [이], [우], [에], [오], [아], [카], [사], [타], [나]라고 써 봐."

"뭐, 뭐라고? 미안. 다시 한번 말해 봐요."

"응. 다시 할게. 맨 처음은 '아'……"

다행히 의미가 없는 단음절에는 언령도 작용하지 않는 듯, 젠지로의 발음은 그대로 아우라에게 전달되었다.

그렇게 하는 과정에서 이 나라의 문자가 원래 세계의 알파벳과 거의 같은 만듦새라는 것이 판명되었다.

언어학적으로 모음과 자음이라는 명확한 구분이 있는 것은 아니었지만 여러 문자를 조합해서 하나의 발음을 만드는 구조는 완전히 같았다. 단, R과 L의 구별이 없거나(L에 상당하는 문자가 없음), M에 상당하는 문자가 여러 개 존재하거나 하는 사소한 차이는 꽤 있었다.

그러나 30문자 중 대다수는 알파벳과 직접 치환해서 쓸 수 있을 정도였다.

그밖에 명확한 차이로 들 수 있는 것이 있다면 대문자와 소문자의 구별이 없다는 정도일까. 섬세한 뉘앙스를 기록하는 데는 불편함이 있을 것 같았지만, 개수가 적은 만큼 익히기는 조금 더 쉬울지도 모른다.

"그래, 이건 30개의 문자만 익히면 되니까 간단할 것 같네. 그다음에 문장 전체를 익히기는 쉽지 않겠지만. 하지만 이왕이면 문장보다 먼저 숫자를 익히는 편이 도움되려나? 아우라, 내친김에 이쪽 세계의 '숫자'를 가르쳐 주지 않겠어?"

30개의 기호에 가타카나로 발음 적기를 마친 젠지로는 스스럼없이 아우라에게 그렇게 부탁했다.

그러나 아우라의 반응은 젠지로의 예상을 크게 빗나간 것이었다.

"'숫자'? 요컨대 수를 문자로 표기한 것? 처음부터 수를 전부 익히기는 쉽지 않을 텐데."

그렇게 말하는 아우라는 다른 복사 용지에 술술 단어를 쓰기 시작했다.

"이것이 1, 이것이 2, 이것이 3이에요. 처음엔 10까지 정도만 해 두는 편이 좋을 거야. 상인이나 군인이라면 모를까, 보통은 귀족들도 '억'이나 '십억'은 쓸 줄 모르는 사람도 적지 않으니까."

"…………."

젠지로는 할 말을 잃고 아우라의 손끝을 보고 있었다. 거기에는 아우라가 '1' '2'라고 할 때마다 여러 문자를 조합한 단어를 표기하고 있었다.

마치 알파벳으로 1을 'one', 2를 'two', 3을 'three'라고 쓰는 것처럼.

"······혹시 이 나라에는 '숫자'라는 것이 없나?"

순간 그런 바보 같은 일이, 라고 생각한 젠지로였지만, 생각해 보면 있을 수 없는 얘기도 아니었다.

일본도 먼 옛날, 아라비아 숫자가 들어오기 전에는 한자 숫자나 산목, 주판 등을 이용해서 꽤 복잡하게 셈을 했으니까.

'학거북셈'으로 대표되는 초기 연립방정식이나 수면에 얼굴을 내밀고 있는 사초를 옆으로 당겨서 그 길이의 변화를 보고 3평방의 정리를 이용해 웅덩이의 깊이를 계산하거나 했던 것이다. 전국시대의 상점가나 정부의 보급물자 관리 등으로 남아 있는 문헌을 살펴보면, 상상 이상으로 면밀한 계산이 이루어져 있는 예도 있다고 한다.

그렇게 생각하면 숫자가 존재하지 않는 것이 곧 수학이 존재하지 않는 것을 의미하지는 않는다. 애초에 이 정도로 훌륭한 왕궁을 건설한 시점에서 건축학에 어느 정도의 고등 수학이 포함되어 있을 수밖에 없다. 만약, 만에 하나, 경험치만으로 이 왕궁을 세웠다고 한다면 그게 훨씬 더 굉장하다. 그야말로 마법의 영역이다.

그러나 계산용 숫자가 있는 경우와 없는 경우는 계산 능력이 있는 '저변 인구'의 크기에서 명확한 차이가 생긴다.

서민의 계산 능력을 향상시키려면 0을 포함한 10진수의 수학 개념이 필수적이다.

"숫자? 수를 표시하는 특별한 문자, 라는 건가? 흥미롭네. 그것이 있으면 어떤 이점이 있지?'

흥미롭다는 듯 물어오는 아우라에게 정신을 새롭게 가다듬은 젠지로는 자신도 모르게 숫자의 유효성에 대해 열심히 설명했다.

"응, 우선 무엇보다 익히기 쉬워. 10진수라고 하면 0을 포함한 10개의 문자만 기억하면 얼마든지 큰 수라도 표기할 수 있고, 다음에 +, −, ×, ÷의 네 기호를 익히면 웬만한 사람은 간단한 사칙 연산 정도는 2~3년 안에……."

"흐음, 흐음."

어느 틈엔가 젠지로는 이동해 올 때 스스로 맹세했던 '가능한 한 눈에 띄는 성과를 올리지 않도록 하자'라는 자신과의 서약도 잊고서, 열심히 숫자에 대해 설명하는 것이었다.

[제5장] 평화롭게 시간은 흐르고

　젠지로가 '언령'을 알게 된 날로부터 며칠 후.

　카파 왕국의 기온은 상승을 계속해 마침내 1년 중 가장 더운 계절에 돌입했다.

　정확한 기온은 알 수 없었다. 가져온 온도계는 낮 최고기온이 40도를 넘은 날 이후로 정신건강을 위해 뒤집어 놓고 보지 않기로 했다.

　체감으로는 40도를 넘은 그날보다 상승한 것 같았지만, 젠지로는 벽에 걸어 놓은 온·습도계를 뒤집어서 확인할 용기가 없었다.

　요 며칠은 건강하지 못한 생활 따위를 걱정할 계제가 아니어서, 젠지로는 후궁의 목문을 모두 달아걸고 대낮부터 LED 스탠드 라이트를 밝히고 하루를 보내고 있었다.

　그러나 그런 녹아내릴 듯한 더위도 젠지로에게 있어서 꼭 나쁜 것만은 아니었다.

　평소처럼 활동했다가는 사망자가 속출해도 이상하지 않을 고온이 이어지는 이 시기에는, 왕궁도 정오부터 약 3시간에 걸쳐 휴식 시간을 갖는 것이다.

　덕분에 요 며칠, 젠지로는 밤뿐 아니라 낮에도 아내인 아우라와 후궁에서 둘만의 시간을 보내고 있었다.

"후우, 더웠어. 집무실에 비교하면 여기는 천국이네."

목문을 닫던 후궁의 방에 들어온 아우라는 가장 먼저 망설임 없이 냉장고로 향했다.

"아, 아우라. 고생했어."

냉장고를 뒤지는 아우라에게 젠지로는 소파 위에서 뒹굴 거리며 삑삑삑삑 휴대용 게임기를 조작하며 말을 건넸다.

"응."

젠지로에게 등을 향한 채 짧게 대답한 아우라는 익숙한 손놀림으로 제빙실에서 얼음을 꺼내 냉장고 옆에 놓여 있는 빙수기 안에 넣었다.

"흐음~"

빙긋 웃음을 머금은 아우라는 빙수기의 손잡이를 빙글빙글 돌려 유리그릇에 수북하게 얼음을 갈아 넣고, 냉장고 안에서 빨간 유리병에 든 딸기 시럽을 꺼내 아낌없이 듬뿍 얼음에 뿌렸다.

게임을 하면서 곁눈질로 그 모습을 보고 있던 젠지로가 다급한 목소리로 항의했다.

"잠깐, 아우라! 그거 너무 많이 뿌렸어!"

그러나 아우라는 콧방귀도 뀌지 않고,

"인색하게 굴지 마요. 없어지는 것도 아닌데."

그렇게 말하고는 뚜껑을 닫은 딸기 시럽 병을 냉장고에 돌려놓고, 빙수를 넣은 유리그릇을 한 손에 들고 젠지로가 뒹굴고 있는 소파로 걸어왔다.

"아냐, 없어져! 확실하게 줄어들었어!"

항의하면서 젠지로는 폴더 식으로 접게 되어 있는 휴대용 게임기를 접고, 드러누워 있던 자세를 일으켜 아우라가 앉을 자리를 만들었다.

맞은편에 커다란 소파가 하나 더 있는데도 일부러 자리를 만들어 같은 소파에 앉는 걸 보면, 이러니저러니 해도 두 사람의 부부 사이는 원만한 모양이었다.

아우라는 딸기 시럽으로 새빨개진 빙수를 긴 은 스푼으로 떠서 입으로 가져갔다.

"괜찮아요. 지금 궁의 요리사에게 과실과 흑설탕을 졸여서 비슷한 것을 만들게 하고 있으니까."

자신 있게 그렇게 말하는 아우라에게 젠지로는 흥미를 표현했다.

"오호~ 그거 맛있어?"

과실에 설탕을 넣고 졸인 것. 혹시 잼과 같은 것일까? 그렇다면 확실히 시럽의 대용품이 될 수 있을 것 같다.

기대에 부풀어 묻는 젠지로였지만, 아우라는 시선을 빙수에 고정한 채 직접적인 대답을 피했다.

"……그러니까, 이 딸기 시럽은 내가 먹을게요. 당신은 궁의 요리사들이 정성 들여 만든 특제 과실 설탕즙을 사용해요."

"그러니까, 그거 맛있느냐고!"

"……앗, 머리가 찡했어. 이 '찡'이 정말 좋단 말야."

"저 말이야, 지금 잘 안 되고 있는 거 맞지?"

서방님의 지적에 조금 죄책감을 느낀 건지, 여왕은 눈길을 피하며 자백했다.

"으응……, 저쪽 세계의 음식 문화는 정말 훌륭해. 완벽하게 똑같이 재현하기는 어려운 모양이야."

솔직하게 자백하는 여왕의 말에 젠지로는 한숨을 쉬었다. 애초에 그다지 기대는 하지 않았지만 그래도 실망이었다.

"하아…… 그러니까 아껴 먹어요. 딸기, 멜론, 블루 하와이, 각각한 병씩밖에 가져오지 않았으니까."

"응. 딸기는 맡겨 둬요."

"아니, 나도 딸기를 제일 좋아하거든! 아~ 뭐, 됐어."

젠지로는 가볍게 어깨를 으쓱하고는 자기주장을 거뒀다.

의식주 전반을 부인에게 기대고 있는 기둥서방 처지에서, 그 정도는 양보하는 것이 부부 원만의 비결이라면 비결이다.

휴대용 게임기를 테이블 위에 놓은 젠지로는 일어나서 냉장고를 향했다.

그리고 냉장고 안에서 대량으로 차갑게 식혀 둔 젖은 수건을 한 장 꺼내 조금 전 빙수를 다 먹은 아우라에게 건넸다.

"아우라, 땀."

"응. 미안."

서둘러 수분을 취한 탓에 전신에서 땀을 분출하고 있는 아우라는 순순히 차가운 수건을 받아들고는 그걸로 얼굴과 몸을 닦았다.

"…………"

"…………"

시간대는 한낮이었지만 현재 이 방은 밖의 열기와 햇빛을 차단하기 위해 모든 문을 닫아걸고 대신에 LED 스탠드 라이트를 켜고 있었다.

마치 밤과 같은 분위기 속에서 옷을 입은 채 라고는 해도 수건으로 몸의 땀을 닦는 아내의 모습에 젠지로는 자연스럽게 욕정을 느꼈다.

그런 젠지로의 노골적인 시선을 눈치챈 아우라는 섹시한 미소를 지으며 젠지로에게 등을 돌리듯이 몸의 방향을 틀었다.

"그나저나 난 젠지로가 가져온 물건의 덕을 톡톡히 보고 있는데 아무런 보답도 하지 않은 것 같네. 아무것도 하지 않아도 좋다고 말해놓고 예의, 상식, 마법 같은 공부를 강요하고 있기도 하고."

그런 아우라의 감상은 아우라의 주관으로 보면 사실이다.

매일 마시는 차가운 음료. 얼음 덩어리와 선풍기를 이용한 시원한 장치. 4계절이 여름인 카파 왕국에서도 가장 덥다고 하는 이 시기를 이렇게 쾌적하게 보낸 기억은 지금까지 없었다.

굳이 비교하자면 아직 어렸을 적에 높은 산의 호숫가에 있는 왕가 소유의 피서지에서 보낸 여름 정도였을까.

"괜찮아, 그런 건 신경 쓰지 않아도. 그 물건들은 모두 내가 사용하려고 가져온 것들이고, 앞으로 문화가 전혀 다른 곳에 뿌리를 내리기 위해, 최소한의 그 나라의 문화 풍습을 배워야 한다고 처음부터 각오하고 있었으니까."

한편 그렇게 대답하는 젠지로의 말에도 거짓은 없었다. 아무리 아우라가 '아무것도 하지 않아도 좋다'고 약속해 주었다 해도, 정말로 먹고 놀고 자기만 하는 애완견과 같은 생활을 할 가능성은 그렇게 크지 않을 거라고, 처음부터 짐작하고 있었다.

지구의 역사를 보면 왕의 측실과 같은 음지의 인물이 공적인 행사에 끌려다닌 경우가 허다했다. 그런 역사상의 사실을 감안한다면 최소한 왕실에 누를 끼치지 않을 정도의 상식과 나라의 역사를 배우는 것은 필수다, 라고 젠지로는 생각하고 있었다.

게다가 업무 시간이 일몰 시각에 좌우되는 이쪽 세계에서의 '일'이란 것은, 날짜가 바뀌기 전에만 퇴근해도 이른 퇴근으로 여겼던 젠지로의 샐러리맨 시절에 비하면 아무것도 아니다.

그런 사정을 알 리 없는 아우라는 땀을 다 닦은 수건을 테이블 위에 놓고, 겸허한 말만 늘어놓는 남편에게 재차 확인했다.

"저, 젠지로. 뭔가, 자유롭지 못한 건 없나요? 당신이 내 입장을 잘 이해해 줘서 의식적으로 타인과의 만남을 삼가는 건 알아요. 그 점이 내게 도움이 되는 것도 사실이고. 하지만 이렇게 당신의 자유를 속박하고도 아무것도 보답하지 못하는 건 괴로워요."

젠지로가 장가든지도 얼추 한 달이 되어가고 있었다.

염치없는 요구를 하지도 않고 신세를 지려고도 하지 않는 서방님의 언동이, 자신과 자신의 아내가 처한 상황을 충분히 이해하고서 최대한 문제를 일으키지 않도록 조심한 결과라는 것을, 아우라도 이제는 어지간히 눈치채고 있었다.

참고로 덧붙이면, 시녀나 전속 요리인 등, 후궁에서 일하는 사용인들의 젠지로에 대한 평가도 현재로서는 더할 나위 없이 좋다.

손이 많이 가지 않고 제멋대로인 요구를 하지도 않으며, 위압적인 언동도 하지 않는 주인이다. 아랫사람들로서는 이만큼 편안한 상대는 없을 것이다.

아우라가 하인들에 대한 청취 조사를 마치고 나서, 시녀장을 중심으로 한 주요 시녀들에게 일부러 '지금 상태를 당연한 것으로 받아들이지 않도록'이라는 경고를 했을 정도다.

인간이란 어떤 일에든 익숙해지는 생물이다. 손이 많이 가지 않는 주인에게 익숙해진 사용인이 돌연 주인의 무리한 요구에 대응하지 못하게 되는 상황은 의외로 종종 있는 이야기다.

아무래도 이세계 출신인 서방님은 필요 이상으로 주변의 일에 신경을 쓰느라 자신의 욕구를 억누르는 습성이 있는 것 같다.

그러나 그런 말을 들어도 젠지로는 딱히 요구할 것이 없었다.

슬슬 후궁 밖에 나가 보고 싶은 마음은 있지만, 그런 행동 때문에 일어날 귀찮은 사태를 생각하면 더더욱, 무리해서 관철하고 싶을 정도로 절실한 것도 아니고, 더위나 먹을 것에 대한 불만은 아무리 아우라가 여왕이라고 해도 어떻게 할 수 있는 것이 아니었다.

그런 식으로 혼자 정리해 버리는 눈치 빠른 서방님이 아우라가 보기에는 안타까웠지만, 원래 날 때부터 서민으로 살아온 젠지로는 생각나는 대로 자신의 요구를 들이대는 행동을 오히려 '꼴사납다'고 생각하는 편이었기 때문에, 늘 이야기는 거기서 끝나고 만다.

"뭐, 현재로서는 만족하고 있어요. 응. 불만이 생기면 반드시 얘기할 테니까."

"불만을 말하지 말고 희망 사항을 말해줬으면 하는데. 뭐, 좋아. 어쨌든 사양은 금물이에요. 난 당신의 헌신에 조금이라도 보답하고 싶으니까."

상냥하게 웃고 그렇게 말하는 아우라의 모습에 젠지로는 사랑스러움을 느끼는 동시에 살짝 장난을 치고 싶은 마음이 들었다.

슬쩍 곁눈질로 디지털 시계를 확인했다. 표시된 시각은 오후 1시 3분.

혹서기의 낮 휴식시간은 대략 오후 3시 정도까지.

좋아, 문제없어. 시간은 충분히 남아 있었다.

시간의 여유를 확인한 젠지로는 소파에 앉아 있는 아우라에게 다가가서는 농담 섞인 목소리를 내며 덤벼들었다.

"좋아, 알았어. 그렇게까지 말한다면…… 몸으로 갚아!"

농담을 걸며 꽉 껴안는 남편의 의도를 순간적으로 알아차린 여왕은 양팔을 벌려 남편의 행동을 받아들였다.

달려드는 남편의 몸을 든든하게 받아내고 그 몸을 꽉 껴안고는,

"알았어요. ……으음."

양팔을 남편의 등 뒤로 돌려 단단히 안고 정열적으로 입술과 입술을 포갰다.

강한 포옹과 뜨거운 입맞춤. 남편의 희망이 그런 것이라고 한다면 얼마든지 다. 그저 받아들이기만 하면 되니까.

"…………"

그러나 정작 남편의 반응은 아우라의 예상을 뒤엎는 것이었다.

매일 밤 그랬던 것처럼, 이렇게 껴안으면 적극 입술을 포개고 이쪽

의 몸을 손으로 더듬어 와야 할 남편이 어째서인지 인형처럼 미동도 하지 않고 딱딱하게 굳어 있다.

"……왜 그래, 젠지로?"

의문을 느낀 아우라는 일단 입술을 떼고 그렇게 물었다.

"…………"

그러나 젠지로는 그 물음에 대답하지 않고 입을 다문 채 아우라에게서 떨어져서는 방구석으로 가서 쭈그려 앉았다.

"젠지로? 왜 그런 방구석에서 양탄자를 손가락으로 쑤석거리면서 어두운 얼굴을 하는 거예요?"

정열적인 포옹을 했나 싶었더니 갑자기 돌변해서 풀이 죽은 남편의 변덕에 아우라는 제대로 기분 맞추지 못하고 당황했다.

그런 아우라에게 젠지로는 방구석에서 쪼그리고 앉아 손가락으로 동그라미를 그리며 울음 섞인 목소리로 대답했다.

"……아니, 확실히 난 전력을 다하지 않았어. 진심으로 부딪치지 않았어. 그래도 말이야, 당신을 소파에 박력 있게 밀어 넘어뜨리려고 했는데, 당신은 그걸 정면으로 당차게 받아낸 데다가, 내가 넘어뜨리려고 한 것조차 눈치채지 못하다니……"

젠지로가 특별히 육체의 강인함을 프라이드의 원천으로 여기는 '마초'적인 정신구조를 가진 남자는 아니었다. 그러나 그래도 역시 남자로서, 아내를 넘어뜨리지도 못하고 오히려 품에 안기는 꼴이 됐다는 것이 조금 비참한 기분을 들게 한 모양이었다.

젠지로의 항변에 아우라는 얼굴을 찡그렸다.

(어쩌면 좋아. 어쩐지 굉장히 정열적으로 달려든다 생각했는데, 그게 날 넘어뜨리려고 그랬던 거였구나.)

오랜 기간 실제 전투를 경험한 아우라의 신체는 전사로서 손색없이 단련되어 있었다. 그 때문에 자신보다 살짝 키가 크다고는 해도 젠지로 같은 아마추어의 공격 정도는 웃으며 받아낼 수 있었다.

그러나 이쪽 세계는 현대 일본에 버금가는 남성사회이기 때문에 남자의 육체적 강인함을 미덕으로 여기는 가치관이 있었다. 아내를 넘어뜨리려고 했다가 실패한 남편의 비애를 젠지로 본인보다 아우라 쪽이 훨씬 더 심각하게 느끼는 이유다.

어떻게 하면 좋을까? 본의 아니게 남편에게 수치심을 안겨준 여왕은 잠시 생각에 잠겼다. 그리고,

"꺄, 꺄아아!"

궁지에 몰린 아우라는 일부러 그러는 것 같은 비명을 지르며 스스로 소파에 쓰러지는 것이었다.

"늦어! 난 그렇게 시간차를 두고 효과가 나타나는 특수한 태클을 건 기억이 없다고!"

"……꺄아."

젠지로의 핀잔을 듣는 둥 마는 둥 아우라는 소파에 쓰러진 채 계속 꾸며낸 비명을 질렀다.

"아니, 그러니까……"

"……꺄아아."

"…………"

아우라가 비명을 지르며 소파 위에서 몸을 비틀자 그 바람에 깊게 잘린 스커트의 옆트임이 들춰져 다갈색 다리가 거의 허벅지까지 드러났다.

매일 밤 익숙하게 봐 온 풍경이었지만 이건 나쁘지 않았다.

"……으라랏차!"

"꺄악!?"

결국, 젠지로는 시간차 태클이 성공한 셈 치고 소파에 쓰러져 있는 아우라를 덮쳤다.

◆

그로부터 약 1시간 후.

소파 위에서 함께 멋지게 땀을 흘린 젠지로와 아우라는 반라의 모습 그대로 과외수업에 돌입했다.

트렁크 한 장만 걸친 젠지로가 컴퓨터를 향해 앉고, 작은 팬티를 입고 목에 커다란 수건을 두른 아우라가 비스듬하게 그 뒤에 섰다.

컴퓨터 옆에는 용지지 다발이 놓여 있었다. 용지지에 쓰인 내용은 작년 카파 왕국의 각 지방 납세 상황이었다.

납세관계의 서류라는 것은 기본적으로 '지명'과 '개인의 이름'과 '수치'만으로 구성되어 있기 때문에, 이쪽 세계의 문자와 발음을 익히는 데 최적의 교재라는 것이 아우라의 주장이었다.

그 의견에 전면적으로 동의한 건 아니지만, 젠지로는 순순히 매일 아우라가 용피지에 쓰인 단어를 하나씩 가리키며 읽어주는 것을 디카로 동영상 촬영하고 그것을 확인하면서 컴퓨터의 계산표 프로그램에 그 내용을 입력하고 있었다.

총 30개로 이루어진 이 나라의 문자도 며칠 전에 모두 마우스로 그림판에 그려서 '다른 언어 등록'을 마치고 키보드에 적용해 놓았다.

문자 하나를 입력할 때마다 변환시키지 않으면 안 되기 때문에 매우 비효율적이긴 하지만 이런 방법으로 어쨌든 컴퓨터로 이쪽 세계의 문자를 입력할 수 있게 됐다.

그렇게 젠지로는 아우라가 가져온 납세 세류를 데이터로 만들었다. 이쪽 세계의 문자표기와 가타카나 및 아라비아 숫자를 나란히 입력해서 발음을 혼자서 공부하기 위한 자료를 작성한 것이었다.

아우라가 일부러 작년의 납세 서류를 가져온 데는 다른 의도가 있다고밖에 생각할 수 없었지만, 아무튼 표면상의 이유는 그랬다.

"그래서, 젠지로. 서류는 완성됐어요?"

"응. 어제 입력이 모두 끝났어. 이제 인쇄할 거야."

젠지로는 이 며칠간 노력의 결정체인 표 계산 데이터를 프린터로 출력했다. 이 프린터는 버리는 것도 아깝고 해서 내친김에 가져온 물건이다.

예비 잉크가 각 색 3개씩밖에 없는 귀중품이었지만 어차피 사용하지 않으면 언젠가 잉크 구멍이 막혀서 쓸 수 없게 된다.

그 때문에 프린터에 관해서는 특별히 아낄 생각이 없는 젠지로는 어젯밤에 입력한 데이터를 거침없이 인쇄했다.

기계가 자동으로 종이를 토해내는 모습을 흥미롭게 지켜보고 있던 아우라는 이윽고 용지의 배출이 끝났음을 확인하고는 그 종이 뭉치를 손에 들고 눈으로 훑어보았다.

　　"좋아. 이걸로 당신의 발음이 정확한지 확인해 볼까. 젠지로, 첫 장부터 읽어 봐요."

　　"알았어요. 시작할게. 맨 처음은 아우베니스 백작령. 세수는 용피가 천 장. 보리가 2천 가마. 목재가……"

　　프린트한 용지를 아우라가 보고 있는 옆에서 젠지로는 컴퓨터의 디스플레이를 직접 보며 읽어 나갔다.

　　일일이 고개를 끄덕여 맞장구를 치며 듣고 있던 아우라는, 도중에 발음이나 숫자가 이상한 부분을 지적했다.

　　"아, 거긴 '보니쟈 자작'이 아니라 '보니야 자작'"

　　"오케이. '쟈'가 아니라 '야'라고."

　　확실히 지명과 성명은 고유명사라서 '언령'이 작동하지 않아 그 누가 말해도 정확한 발음이 들리기 때문에, 문자를 익히기에 좋은 교재였다. 더구나 왕가의 납세 서류에 이름이 적혀 있을 정도인 명문 귀족의 존재를 우선해서 익힐 수 있다는 부수적인 이점도 있었다.

　　그렇게 생각하면 이 '납세서류'로 문자의 기본적인 읽기를 배운다는 것은 꽤 괜찮은 방법이라고 할 수 있었다.

　　단어를 백 개나 2백 개 익혀 두면 가령 모르는 문자열을 만나도 대충은 읽을 수 있게 된다.

　　그렇지 않더라도 이쪽 세계에는 현재 일본의 초등학교 1학년용 '국어' 교과서와 같은 초심자용 교재가 없으니 어쩔 수 없었다.

이윽고 납세서류를 사용한 문자의 읽기 강좌가 끝난 시점에서 마지막으로 아우라가 문득 떠오른 의문을 던졌다.

"저기, 젠지로. 여기저기 '빨간 글씨'로 적혀 있거나 '파란 글씨'로 표시된 데가 있는데, 이건 대체 뭐죠?"

"아, 그건 납세서류에 쓰인 수치와 표계산 프로그램이 계산한 수치가 맞지 않는 부분을 색깔로 알기 쉽게 해 놓은 거야. 빨간 글씨는 계산 결과보다 적어서 틀린 부분이고 파란 글씨는 많아서 틀린 곳이야."

"호오……"

젠지로의 대답에 아우라는 표정이 사라진 얼굴로 작게 소리를 냈다.

왕가에 제출된 납세서류라고는 해도 그 수치가 맞는지 틀리는지 왕궁 측에서 전부 다시 계산하지는 않는다.

그 양이 엄청나기 때문이다. 아예 불가능하다고 할 수는 없지만, 전부 재계산을 하려고 하면 용피지도 인건비도 무시 못할 양이 필요할 것이었다.

보통은 쓱 훑어보고 한눈에 봐도 알 수 있을 정도로 이상한 숫자가 없는지 검토한 뒤, 예고 없이 무작위로 몇 장 골라내서 재계산을 해보는 것으로 끝내고 있다.

그런 예고 없는 무작위 확인도 '어째서인지' 권세를 떨치고 있는 대귀족이나 조사관에게 뒷돈을 준 귀족의 영지는 거의 대상에서 제외하고 있었다.

그러나 표 계산 프로그램을 구사하는 젠지로라면 이 정도의 계산 은 혼자서도 전혀 문제가 되지 않는 수준이다. 보아하니 필요한 것은 기본이 될 포맷을 만들어서 거기에 수치를 틀리지 않게 입력해 나가 는 것뿐이니, 어느 정도 회사에서 사무를 본 경험이 있는 사람이라면 누구나 가능하다.

"젠지로, 서류를 잠시 빌려도 될까?"

아우라의 그 말을 충분히 예상하고 있던 젠지로는 가능한 한 악의 없는 웃음을 지어 보이며 대답했다.

"응. 좋아. 조심해서 다루는 걸 잊지 말고. 감히 내 처지에서 할 말 은 아니지만."

"알아요."

머리를 긁적이는 서방님의 말에 여왕은 매서움이 깃든 웃음을 지 으며 대답했다.

————◆————

그날 오후, 자신과 파비오 비서관 둘밖에 없는 집무실에서 아우라 는 낮 휴식시간에 젠지로에게서 빌려 온 복사 용지 뭉치를 꺼냈다.

파비오 비서관은 무표정을 유지한 채 움찔하고 어깨를 움직였다.

"폐하, 이건?"

"작년의 주요 귀족의 납세서류야. 서방님의 국정에 대한 이해를 알 아보기 위한 지침으로 삼기 위해 '문자를 익히기 위한 자료'라는 명목으로 살펴보게 했는데, 며칠 만에 완벽하게 재계산을 마치고 수치가 틀린 곳을 지적해 줬어."

"……호오."

아우라의 말에 좁은 얼굴의 비서관의 눈에 경계의 빛이 어렸다.

여전히 젠지로에 대한 경계를 풀지 않는 파비오 비서관에게 아우라는 쓴웃음을 감추지 않고 말했다.

"여전히 자네는 서방님에 대한 경계를 풀지 않고 있구먼. 서방님에게는 자네가 경계할 만한 야심이 없다고 보는데."

아우라의 말에 비서관은 동의를 표하면서도 여전히 완고하게 대답했다.

"네. 그 의견에는 저도 기본적으로 동의합니다. 이 한 달 동안의 젠지로 님의 언동으로 판단하건대, 그분이 정치적인 야심을 품고 있을 가능성은 낮습니다. 그러나 그건 어디까지나 낮은 것일 뿐이고 아주 없다고 단정할 근거는 없습니다. 무엇보다 그분의 지성과 교양을 알면 알수록 야심이 없다는 쪽이 오히려 이상합니다. 이 한 달의 태도가 잘 포장된 위장일 가능성을 무시할 수는 없습니다."

파비오의 눈에는 젠지로가 지극히 부자연스러운 존재로 비쳤다.

평민이라면 자신의 처지를 이해하는 것 자체가 어려웠을 것이고, 귀족이라면 능력과 입장에 상응하는 야심을 품지 않을 리가 없었다.

여왕의 반려자라는 입장이 자신과 주변에 어떤 영향을 끼치는지, 큰 틀에서 이해한 위에 더 나아가 여왕의 정치권력에 흠집을 내지 않기 위해 세심한 배려를 하는 '남자'라니, 과연 그런 완벽한 인물이 이

세상에 존재한단 말인가?

　이세계 사람이 이쪽의 상식에 들어맞지 않는 것은 어떤 의미에서 당연한 일이기도 하기에, 어쩌면 저쪽 세계에는 그런 인물이 일반적으로 존재할지도 몰랐다.

　그러나 무해하고 협력적인 척을 하면서 몰래 손톱을 갈고 있을 가능성이 없다고 단정할 수 없는 이상, 최소한 누군가 경계를 늦추지 않는 사람이 하나는 필요하다.

　"폐하는 섣불리 경계하지 않는 편이 좋을 것입니다. 침식을 함께하는 사람에게 속마음을 계속 감춘다는 것은 지극히 어려운 일이니까요. 그만큼 제가 젠지로 님의 언동에 주의를 기울이고 있겠습니다."

　"알았어. 고생해줘. 파비오."

　"네. 폐하의 측근이 되고 나서는 매일 고생입니다."

　여왕의 위무의 말에 대해 중년의 비서관은 전면적으로 긍정하며 회답했다."

　"……보통 이럴 때는 형식적으로라도 '아닙니다, 별말씀을 다 하십니다.'라거나 '폐하를 위해서라면 이 정도는 고생 축에도 들지 않습니다.'라고 대답하지 않나?"

　입가에 쓴웃음을 떠올리는 아우라에게 파비오는 무표정인 채 작게 고개를 으쓱하고는,

　"사실을 있는 그대로 말씀드리는 것이 저의 역할이라고 생각하고 있습니다."

　그렇게 당당하게 내뱉는 것이었다.

사실 파비오가 하는 귀에 따가운 직언에 지금까지 몇 번이나 도움을 받아 온 아우라는 반론의 여지가 없었다.

아우라는 한 번 숨을 토하고는 이야기를 본론으로 되돌렸다.

"그나저나 이 며칠, 서방님의 세계에서 사용되고 있는 '숫자'라는 문자를 보고 있는데, 이게 편리해. 어떤 형태로든 도입할 수 있다면 유익하지 않을까 생각하는데."

젠지로가 이쪽 세계의 문자를 익히는 것과 동시에 아우라도 젠지로에게서 아라비아 숫자의 읽는 법과 사용법을 배우고 있었다.

당연한 얘기지만 문자와 언어를 통째로 익히지 않으면 안 되는 젠지로에 비교해서, 0에서 9까지 열 개의 숫자와 그 사용법을 익히기만 하면 되는 아우라는 훨씬 빨리 아라비아 숫자의 사용법을 터득하는 중이었다.

아라비아 숫자로 계산하는 것은 아직 무리였지만, 아라비아 숫자로 적힌 수를 보고 그 수치를 이해할 수 있을 정도의 지식은 이미 갖췄다.

젠지로에게서 빌려 온 이 납세서류를 보면 아라비아 숫자의 간단함은 일목요연하다.

하나의 예로, 같은 숫자를 아라비아 숫자와 영어로 써서 비교해 보면 그 차이를 잘 알 수 있다.

아라비아 숫자로 표현하면 '2932'로 끝나는 수를 알파벳으로 표기하면 'two thousand nine hundred and thirty-two'라는 엄청난 장문이 되어버린다.

납세 서류에는 이와 같은 긴 숫자가 몇백 개나 표기되어 있다. 그 하나하나를 써넣거나 검토하는 일에 들어가는 시간에 별 차이가 없다 하더라도 그것이 몇백, 몇천 개가 모이면 거기서 생기는 시간의 차이는 막대해진다.

읽을 때도 쓸 때도 숫자를 도입하면 작업이 훨씬 효율적이 될 것이고, 젠지로가 주장하고 있는 대로 문맹인 일반 서민 중에서도 '문자는 읽을 수 없지만, 숫자만은 간신히 읽을 수 있는' 층이 형성될 가능성이 있다.

그러나 일반 서민 중에 수를 계산할 수 있는 층이 늘어났을 때 그것이 국가나 왕가에 가져다줄 이익과 손해 중 어느 쪽이 더 클 것인지는 알 수 없다.

긍정적인 견해를 제시하는 아우라에게 파비오 비서관은 잠시 생각한 후, 대답했다.

"그렇군요. 숫자가 유익한 것이라는 점에는 동의합니다만, 갑자기 전면적으로 도입하는 것에는 반대합니다. 현장에 커다란 혼란을 불러올 것이고, 아라비아 숫자라는 것이 아무리 간단하게 익힐 수 있는 것이라 해도, 전혀 모르는 것을 하나부터 습득한다는 것은 그만큼 부담스러운 일이니까요. 강제적으로 배우게 한다고 하면, 클지 작을지는 모르겠으나 필시 반발이 있을 것입니다."

"음, 그런가. 그렇구나……"

파비오의 현실적인 의견에 아우라는 잠시 턱에 손을 대고 생각에 잠겼다.

"흐음, 그렇다면 우선은 수 계산을 담당하고 있는 부서에 숫자 읽는 법 일람표를 배포하고 이후 왕가가 작성하는 자료는 모두 기존의 문자표기와 숫자표기를 병기하도록 할까. 그렇게 해서 당분간 양상을 살펴보는 건 어때?"

"그렇게 하려면 최소한 왕실 직속의 사무관들에게는 강제적으로 숫자를 배우게 할 필요가 있습니다만."

아우라의 제안에 파비오는 어디까지나 냉정하게 의문을 던졌다.

"안 될까?"

질문을 돌려받은 파비오 비서관은 잠시 잠자코 생각한 후에 고개를 끄덕였다.

"아니요, 그 정도라면 괜찮을 겁니다. 바로 착수하겠습니다."

"응. 잘 부탁해."

아우라는 만족스럽게 끄덕였다.

한 번에 도입하지 못하는 것은 아쉽지만 이런 다이나믹한 개혁은 지나치게 서두르면 대개 실패하는 법이다. 최악의 상황이라면 앞으로 채용할 신입의 기초 교육에 아라비아 숫자 과목을 섞어 넣고 '숫자를 다룰 수 있는 인재'는 다음 세대부터 양성하기로 하는 편이 좋을지도 모른다.

당분간 숫자의 도입에 의한 효율화가 눈에 보이는 형태로 나타나지는 않으리라고 생각하는 편이 좋다.

즉효성이 있는 이익을 추구한다면 숫자 그 자체보다 숫자를 사용해서 젠지로가 계산해준 이 납세서류의 내용이 힘을 발휘할 것이었다.

"페르비데스 변경 백작에 코룽가 남작. 다비노 영주기사에 가메스 영주기사. 납세액의 차이가 특히 눈에 띄는 건 이 사람들인가."

이름을 읊으면서 아우라는 할짝, 붉은 혀로 입술을 핥았다.

육식동물의 미소를 짓는 여왕에게 중년의 비서관은 토론할 때처럼 냉정한 목소리로 조언했다.

"폐하 가령 부정이라고 할지라도 지금까지 눈감아준 관례가 있습니다. 갑자기 목줄을 죄면 폭발을 부를 것입니다."

"알고 있어. 느닷없이 죄상을 들이대며 강공책에 나서는 우를 범하지는 않아. 이건 어디까지나 단속의 냄새를 풍겨서 상대방의 양보를 이끌어내기 위한 자료야."

아우라는 그렇게 말하고 조금 짜증스러운 듯 코 주변을 찡그렸다.

인간이란 재미있는 존재라서 가령 명문화되어 있는 위법 행위라도 몇십 년이라는 긴 시간 동안 그 행위가 정당하게 단속되지 않고 방치돼 있으면 자신의 위법행위를 정당한 권리로 착각하기도 한다.

그런 인식을 품는 사람을 어느 날 갑자기 엄정하게 법에 근거해서 처벌하려 하면 '이제까지 계속 아무 말도 없다가 왜 갑자기!'라며 분개하는 법이다.

그건 감정적인 의견이긴 하지만 그것이 다수일 경우는 비록 배려에 소홀한 왕일지언정 호된 반격에 부닥치는 꼴을 당할 것이다. 카파 왕국에서 왕과 왕가의 권력이 압도적이기는 하지만, 서로 결탁한 귀족의 힘을 무시할 수 있을 정도는 아니다.

"참고로 말씀드리자면 폐하가 지금 이름을 거론한 분들은 모두 지난 대전에서 무공을 세운 분들입니다."

"……그렇군. 그들이 세운 전공 덕에 우리나라가 전승국이 될 수 있었다는 측면도 확실히 있긴 해."

덧붙인 파비오의 말을 순순히 인정하고 아우라는 고개를 끄덕였다.

현재 남아 있는 귀족의 대부분은 지난 전쟁에서 이기고 살아남은 면들이다. 단순하게 개인의 잇속을 채우기 위해 백성에게 무거운 세금을 거두거나 왕국에 내는 세금을 속이거나 하는 무능한 자는 거의 없다.

그런 무능한, 왕국에 기생할 뿐인 귀족은 전란 속에서 집안을 지키지 못하고 대개 몰락해 버렸다.

그렇기에 남은 귀족들은 더 애물단지다.

아까 아우라가 입에 올린 귀족들은 그렇게 조작한 세금을 자기 영토의 군비에 충당했으리라. 그 병력이 지난 전쟁에서는 국토방위의 일익을 담당했기 때문에 납부하지 않은 세금도 돌고 돌아 왕국을 위해 사용됐다고 말하지 못할 것도 없었다.

그러나 그 세금이 정당하게 납부되었다면 애초에 왕국군을 강화할 수 있었을 것이다.

군의 효율화를 위해 국세에 의한 왕군의 강화를 외치는 왕가와 왕국군은 기동성이 떨어지고 자신의 영토를 방위하는 데에는 도움이 되지 않는다며 영지군 강화에서 손을 놓지 않는 지방 영주.

둘 다 틀린 말이 아닌 만큼, 왕가와 지방 영주 사이에 마찰이 생기는 것은 필연적이라고도 할 수 있었다.

이번에 발각된 것 같은 탈세 행위가 묵인되어 지방영주의 병력 강화가 계속 진행되면 언젠가 국내의 세력균형이 크게 무너질 것은 불을 보듯 뻔했다.

최악의 상황이 되어 지방 영주들이 연합군을 구성해 왕가에 대한 반란을 도모하더라도, 왕군이 그것을 문제없이 제압할 수 있는 정도의 세력 균형은 유지하고 싶다.

현재는 주요 지방 영주 중에 불필요하게 왕가에 반기를 들거나 할 무모한 자는 없지만, 다음 세대, 그다음 대의 후계자들이 모두 유능하고 눈치가 빠른 인물일 거라는 보장은 없다.

"하지만 위법행위는 위법행위야. 적당히 조절해서 그들의 체면이나 명예를 손상하지 않도록 배려하겠지만, 그만큼의 대가는 치르게 하겠어."

딱 잘라 그렇게 말하는 아우라였지만, 파비오는 잠자코 생각했다.

"······그러면 지금까지 제출한 서류에서 문제가 발견됐음을 은밀히 알리고 앞으로 그런 일이 없도록 그들의 '자율적인 협력을 요청한다'는 형태로 이야기를 가져가는 건 어떻겠습니까."

이윽고 생각을 정리한 비서관은 그런 타협안을 제안했다.

"뭐, 그쯤이 마지노선인가. 알았어. 자질구레한 건 맡길게."

"네. 알겠습니다."

이야기가 일단락된 시점에서 아우라는 슬쩍 다른 화제를 꺼냈다.

"그러고 보니 서방님의 가정교사는 어떻게 됐어? 슬슬 웬만큼 지원자가 모였겠지?"

갑작스러운 아우라의 질문에도 파비오 비서관은 당황하지 않고 긍정하는 대답을 했다.

"네. 자천 3인, 타천 31인. 그 대부분은 높은 마력을 가진 묘령의 미혼여성입니다."

마력이 높은 결혼적령기의 미혼 여성. 노골적으로 측실 자리를 노린 추천에 아우라는 실소를 금치 못했다.

"못 말려. 내 의도를 눈치채지 못하고 그런 거라면 그냥 무능한 것으로 끝나지만, 만약 알고서도 그런 것이라면 좀 성가신데. 내가 그렇게까지 얕보이고 있는 거였어?"

여왕의 진의를 무시하고 여왕의 반려자에게 측실 후보를 들이민다. 혈통 유지라는 대의명분이 있다고 해도 어떤 의미에서 이것은 주군에게 싸움을 거는 것과 마찬가지였다.

"얕보이고 있다기보다, 젠지로 님의 측실로 입김이 닿는 인물을 들여보내는 것에 위험을 초월한 매력을 느끼고 있는 것이겠지요."

파비오의 말에 아우라는 불쾌하다는 듯 코웃음을 쳤다.

"흥, 서방님은 측실의 배후에 있는 자에게 놀아날 정도로 멍청한 인물이 아니거든."

"동감입니다만, 그건 젠지로 님에 대해 잘 알고 있는 저희들이나 할 수 있는 말입니다."

"뭐, 그렇군. 그렇다면 역시 서방님의 가정교사는 파스크아라 할머니에게 부탁할 수밖에 없나."

그렇게 말하고 아우라는 뭉친 근육을 풀려는 듯 의자에 앉은 채로 기지개를 켰다.

그런 아우라에게 파비오 비서관은 그로서는 드물게 멈칫거리며 입을 열었다.

"아니오, 그렇습니다만, 한 사람, 저희로서도 무시 못 할 인물이 추천되어 있습니다. 마르케스 백작이 자신의 처인 옥타비아 님을 추천했습니다. 아시겠지만 옥타비아 부인은 귀족 여성의 거울로 불리는 분. 지식, 교양, 마법기술 등 모든 면에서 흠을 잡을 데가 없습니다. 게다가 어쨌든 기혼자이기 때문에 폐하의 의사를 존중하는 형태를 갖췄습니다."

"아, 그 영감탱이……."

예상 밖의 이름을 들은 아우라는 목 안쪽에서 쥐어짜 낸 것 같은 목소리로 말했다.

지식과 교양이 있고 마법에도 능통한 기혼 여성. 나열된 정보만 들으면 어디까지나 아우라의 의도를 꿰뚫은 추천이다.

그러나 마르케스 백작의 처라 할지라도 후처이고, 아직 20대 초반이라는 젊음, 그 아름다움과 절제된 행동과 남자를 받드는 인격. 그 때문에 불과 수년 전까지 '궁정의 꽃'으로 이름을 날렸던 인물이라는 사실을 무시한다면.

덧붙여 말하면 아우라의 전 신랑 후보이자 마르케스 백작의 아들인 라파엘로 마르케스는 새어머니에 해당하는 옥타비아보다 한 살

위다.

"설마 그 영감탱이, 자기 아내에게 불륜을 시킬 생각인 거야?"

아우라의 예측에 파비오 비서관은 고개를 가로저었다.

"아니요. 이건 어디까지나 저의 사견입니다만, 마르케스 백작의 인격으로 볼 때, 거기까지 생각하지는 않았으리라고 봅니다. 알고 계시는 대로 옥타비아 부인은 이 나라의 상식에 부합하는 '이상적인 귀족 여성'입니다. 지극히 자연스럽게 남자를 떠받들고 남자의 자존심을 세워 활동적인 자신감을 부여하는 것이 특기인 분. 그런 인물이 젠지로 님과 장시간 접촉하게 함으로써 젠지로 님의 적극성을 끌어내어 폐하와 젠지로 님 사이에 균열을 만들려는 것이 아닐까 싶군요."

음전한 여성에게 칭찬을 듣고 존경의 시선을 받으며 치켜세워지면 대개의 남자는 기세가 등등해진다. '나도 하면 할 수 있어.'라는 기분이 든다. 그런 쪽으로 젠지로의 정신 상태를 유도해서 정치에 적극적으로 뛰어들게 할 수 있다면, 마르케스 백작에게 있어서 젠지로는 다루기 쉽고 왕권에 직결된 파이프가 된다.

다소 난폭하게 비유하자면, 젠지로를 '여자의 치마폭에서 끄집어내는 것'이 목적이 아닐까, 라는 것이 파비오 비서관의 추측이었다.

그 추측이 맞다 할 때 성가신 점은, 배후에서 조종하는 마르케스 백작의 뱃속은 새카매도 전면에 나선 옥타비아 부인 자신은 한 점의 악의도 품지 않고 있다는 부분이었다.

아우라가 지금까지 들어온 옥타비아의 인물됨이 틀리지 않다면, 부인은 아무런 악의도 없이 순수하게 가정교사라는 직무에 전력을 다

할 것이다.

표면상으로는 젠지로의 가정교사로서 최적의 인물이라 할 수 있었다.

"어떻게 하시겠습니까, 폐하? 적당히 이유를 둘러대고 거절하는 것도 가능합니다만."

이쪽의 진의를 살피는 듯한 비서관의 무례한 시선에 약간 불쾌감을 느끼면서도 아우라는 머리를 가로저으며 대답했다.

"아니, 그렇게까지 해서 백작에게 꼬투리를 잡히는 것도 상책은 아니지. 어차피 언젠가는 서방님도 최소한도로 공식 석상에 나서게 될 거야. 이것도 안 된다, 저것도 안 된다는 식으로는 답이 없어. 배후에 버티고 있는 마르케스 백작은 차치하고라도 옥타비아의 인격 자체에 문제가 없다면 오히려 서방님에게 있어서도 유익할 거야. 받아들여."

"네. 알겠습니다. 그럼 그렇게 처리하겠습니다."

아우라의 말에 파비오 비서관은 정중한 동작으로 목례를 하고 깍듯이 대답했다.

————◆————

그날, 후궁은 경미한 긴장감에 휩싸여 있었다.

지금까지는 젠지로와 여왕 아우라 외에는 후궁에서 일하는 시녀들만이 존재했던 그 폐쇄된 공간에, 오늘 처음으로 외부인이 발을 들이게 된 것이다.

젠지로는 후궁의 한 곳에서 소파에 깊숙이 몸을 묻고 몇 번째인지 모르는 심호흡을 했다.

(가정교사라. 이 나이에 뒤늦게 새로 공부를 하게 될 줄은 생각도 못 했네. 아니, 사회인이 되고 나서도 공부를 하긴 했지만.)

사회인 시절에 나름대로 외근 경험도 쌓은 젠지로는 특별히 처음 만나는 사람을 어려워하거나 하지는 않았지만, 자신이 '윗사람'의 입장에서 대응하는 건 처음이었다.

외부 사람에게 젠지로가 가져온 가전제품을 보이는 것도 그다지 바람직하지 않을 거라는 판단에, 현재 젠지로가 와 있는 곳은 후궁의 지극히 일반적인 방 중 하나다.

얼음 선풍기의 은혜를 입지 못한 방의 높은 온도에 젠지로는 쉴 새 없이 땀을 흘리며 아까부터 흑설탕과 소금을 적당히 탄 물로 수분을 보충하고 있었다.

(존댓말은 쓰면 안 되고, 상대방이 이름을 댈 때까지는 이름을 말하지 말고. 그리고 극단적인 무례로 여겨질 말투나 태도도 금물, 이라. 어렵네. 진짜.)

젠지로가 머릿속에서 지금까지 아우라에게 배운 기초적인 응대법을 떠올리는 사이에 시간이 되었다.

"실례합니다. 옥타비아 님을 모셔왔습니다. 방에 들여도 되겠습니까?"

"크흠, 들여보내도록."

문 저쪽에서 들려오는 시녀의 말에 한 번 헛기침을 한 젠지로는 평소에 거의 사용하지 않는 명령조로 그렇게 말했다.

순간적으로 샐러리맨 시절의 버릇으로 입구까지 마중을 나갈 뻔했지만, 몸을 일으키다가 잘못을 깨닫고 그냥 소파에서 일어난 자세로 기다렸다.

다음 순간, 철컥하는 소리가 나며 입구의 문이 열리고, 숙녀 한 사람이 입실했다.

"처음으로 뵈옵니다, 젠지로 님. 카파 왕국 마르케스 백작령 영주인 마누엘 마르케스 백작의 처, 옥타비아라고 하옵니다. 이렇게 젠지로 님의 교사라는 큰 역할을 내려주시어 황공하기 그지없사옵니다. 천학비재한 몸입니다만 온 힘을 다하겠사옵니다."

숙녀는 듣기 좋은 부드러운 음성으로 그렇게 말하고는 깊이 머리를 숙였다.

(우와, 천학비재라니. 이 나라에도 '겸손'의 미덕이 있구나.)

'겸손'은 지구에서도 나라에 따라서는 통하지 않는 지역이 있다고 어디선가 읽은 적이 있는 젠지로는 그런 감상을 품으며 최대한 위엄 있는 목소리를 가장해 명령했다.

"얼굴을 들라."

"네."

숙녀, 즉 옥타비아는 고개를 숙일 때와 마찬가지로 흐르는 듯한 동작으로 머리를 들었다.

(과연. 이것이 이 나라에서 '귀부인의 거울'이라고 불리는 사람인가. 확실히 그렇게 불릴 만도 하네.)

가냘픔, 청초함, 정숙함. 옥타비아의 얼굴을 본 젠지로의 머릿속에 그런 단어가 자연스럽게 떠올랐다.

키는 그다지 크지 않았다. 젠지로가 봤을 때 '보통' 키의 높이에 시선이 있는 것으로 보아 아마도 160cm 정도일 것이다.

그러나 어깨가 좁고 흘러내리는 체형이라서 실제 키보다 가냘프고 작은 이미지였다.

반들반들 윤기로 빛나는 가지런한 흑발. 일본인 중에도 좀처럼 없는 칠흑 같은 눈동자. 그리고 그런 머리카락과 눈과는 대조적으로 남국인 치고는 색소가 옅은 크림색에 가까운 다갈색 피부.

콧날은 또렷하지만, 전체적인 얼굴 윤곽은 깊지 않아서 '햇볕에 그을린 일본인'이라 해도 통할 것 같은 인상이었다.

단, 현대 일본에서도 이 정도 미인을 만나려면 모델 연예 기획사라도 방문하지 않는 한 무리겠지만.

"젠지로다. 아우라 여왕 폐하의 남편이다. 앞으로 기간이 얼마나 될지는 모르겠지만 좋은 관계를 만들어 나갔으면 한다."

"네. 저 같은 자에게는 과분한 말씀입니다."

젠지로가 필사적으로 머릿속에서 생각해낸 대사를 읊자 옥타비아는 공손하게 머리를 조아렸다.

이런 섣불리 함부로 나설 수 없는 상대와의 대화는 예상보다 더 젠지로의 정신을 피로하게 만들었다.

"그럼 마르케스 부인의 지도 방침부터 들어볼까. 앉아라."

그런 정신적인 피로감 때문에 무의식중에 서두른 것일까. 젠지로는 어제까지 머릿속에 준비해 두고 있던 절차를 모두 날려버리고, 옥타

비아에게 착석을 재촉했다.

"? 앗, 네. 실례하겠습니다."

젠지로의 말에 순간 놀란 표정을 한 옥타비아였지만 곧 자신이 무엇을 위해 이곳에 불려 왔는지를 떠올리고 순순히 소파에 앉았다.

옥타비아가 앉는 것을 지켜본 후 젠지로도 천천히 소파에 앉았다.

테이블을 사이에 두고 마주 보듯이 해서 소파에 앉은 젠지로는 옥타비아로부터 앞으로 어떤 방침과 방법으로 상식, 예의, 마법에 대해 배우게 될 것인지 쭉 설명을 들었다.

"그러니까 기본적으로 자네는 나에게 역사나 마법에 대해 가르친다. 그때 내 태도에 예의나 상식에 어긋나는 점이 있으면 그때마다 지적해 준다. 그런 얘기인가?"

머릿속에서 들은 내용을 정리해 확인하는 젠지로에게 옥타비아는 부드럽게 미소를 돌려주었다.

"네. 상식이나 예의라는 것은 말로 설명한다 해서 좀처럼 몸에 배는 것이 아니옵니다. 젠지로 님은 이미 큰 틀의 행동 양식을 이해하고 계신 것 같으니, 그렇게 하는 것이 상책일까 하옵니다."

"그리고 앞으로는 점심도 자네와 같이 먹는다… 고?"

"네. 회식 자리는 상식과 예의가 응축된 공간입니다. 이 두 가지를 익히기 위해서는 그것이 최선이라고 생각했사옵니다."

과연. 확실히 이치에 맞는 이야기다. 예의라는 것은 아무리 말로 설명해도 몸에 배지 않는 법이다.

해 보고 나서, 틀리고 지적당할 때마다 개선해서 갈고 닦는다. 시간은 걸리지만, 그것이 가장 좋은 방법일지도 모른다.

단, 앞으로 상식과 예의범절 선생이 지켜보는 가운데 매일 점심을 먹어야 한다고 생각하니 벌써 지긋지긋해진다.

적어도 요 며칠 아우라와 보낸 것 같은 가슴 뛰는 즐거운 한 때가 되지는 않을 것이다.

그렇다고 해서 그런 개인적인 기분을 들이대며 효율적인 교육의 기회를 걷어찰 정도로 젠지로는 오만한 인간이 아니었다.

"알았다. 자네가 그것이 최선이라고 한다면 나로서도 이견은 없다. 그렇게 진행하지."

젠지로의 말에 옥타비아는 부드럽게 웃고 머리를 숙였다.

"감사합니다. 그러면 곧바로 아뢰옵니다만, 조금 전에 젠지로 님은 제가 입실했을 때 소파에서 일어나서 저를 맞아 주셨지요?"

"앗!?"

당장 지적을 받은 젠지로는 저도 모르게 원래의 목소리를 냈다.

옥타비아는 비난하는 듯한 말투로 들리지 않도록 세심하게 주의를 기울이면서 말했다.

"저 같은 자에게 정중한 대응을 해주셔서 무척 황공하오옵니다만, 젠지로 님의 처지에서 그와 같은 행동을 하시면 '가볍게 보일' 위험이 있습니다. 원칙적으로 젠지로 님이 일어서서 맞이하지 않으면 안 되는 분은 국내에서는 아우라 폐하 단 한 분입니다. 국외의 왕족이라도 왕 본인이나 제1 왕위계승자 이외에는 그렇게까지 정중한 대응을 하실 필요는 없사옵니다. 그리고 젠지로 님은 자신이 서 계신 채 저에게 자리를 권해 주셨습니다만, 이것도 분에 넘치는 후의입니다. 상식이나 예의는 상대와 상황에 따라 변하기 때문에 못 박아 규정하는 것은 금물입니다만, 자리를 잡고 앉아 대응하시는 편이 왕족으로서는 바람직하옵니다."

"……알겠다. 앞으로 주의하지."

표정을 가다듬고 고개를 끄덕인 젠지로였지만 속으로는 손으로 얼굴을 가리고 그 자리에 엎드려 버리고 싶은 심정이었다.

(망했다……. 조심한다고 했는데도 또 샐러리맨 시절의 버릇이 나온 건가.)

샐러리맨이라면 상담에 초대한 고객이 자리를 앉을 때까지 자신은 앉지 않는 것이 상식이다. 한 번 몸에 붙어버린 습관을 교정하는 것은 생각 이상으로 어려웠다.

젠지로의 속마음을 꿰뚫어 본 것인지 옥타비아는 위로하듯이 방긋 웃고는 차분한 목소리로 다음 화제로 넘어갔다.

"그러면 오늘은 우선 마법의 기초에 대해 설명하겠사옵니다. 불명확한 점, 의문점이 있을 때는 언제든 말씀해 주십시오. 저의 지식의 한도 안에서 답변해 드리겠습니다."

"음, 잘 부탁한다."

"……젠지로 님, 그 부탁한다는 것은."

"그, 그렇구나. 그러니까…… 발언을 허락한다. 설명을 시작하게."

또 실수한 젠지로는 얼버무리듯 헛기침을 하고 말을 정정했다.

이번에는 합격인 듯, 옥타비아는 살짝 고개를 숙이고는 듣기 좋은 목소리로 정중하게 설명을 시작했다.

"그러면 먼저 마법의 기초부터 설명하겠습니다. 마법이란 크게 두 종류로 나뉩니다. 하나는 크고 작음은 있지만, 만인이 구사할 수 있는 '4대 마법'입니다. 또 하나는 특수한 혈통을 지닌 분만이 사용할 수 있는 '혈통마법'입니다."

"4대라는 것은 땅, 물, 불, 바람이고 혈통이라는 것은 '사공마법'이라는 것인가?"

도중에 끼어드는 젠지로의 태도에 옥타비아는 기분 나빠하는 기색도 없이 웃는 얼굴로 끄덕해 보였다.

"네. 그렇습니다. 단, '혈통마법'은 특정한 혈통을 잇는 분 외에는 사용할 수 없다는 점을 빼면 그 기초가 되는 부분은 4대 마법과 다르지 않습니다. 마법의 발동에 필요한 조건은 세 가지. '올바른 발음'과 '올바른 인식', 그리고 '올바른 마력의 양'입니다."

"발음과 인식과 마력의 양?"

지금 들은 내용만 보면 종종 게임이나 책에 나오는 마법과 비슷한 것 같았지만, 구체적으로는 알 수 없었다.

젠지로의 기색을 보아하니 제대로 이해하지 못하고 있다는 것을 눈치챈 미모의 가정교사는 구체적인 예를 들어 설명하기 시작했다.

"우선 마법에는 그 전용 언어가 있습니다. 세간에서 흔히 '마법어'라고 불리는 언어입니다만, 이 언어를 사용하지 않으면 마법은 발동하지 않습니다. 자, 보십시오."

그렇게 말하고 옥타비아는 오른손의 검지를 세웠다. 그리고,

'공중에 흩어진 보이지 않는 물은 이 손가락 끝에 모여 구를 이뤄라. 그 대가로 나는 물의 정령에게 마력 18을 바친다.'

젠지로의 귀에 그렇게 들린 다음 순간, 옥타비아의 손가락 끝에 둥글고 투명한 물방울이 떴다.

"엇!?"

그 현상에 놀랄 틈도 없이 젠지로는 머리를 감쌌다.

(방금 건 뭐지? 옥타비아 씨가 살짝 입을 열자마자 엄청나게 긴 문장이 들려왔어.)

맹세해도 좋았다. 지금 옥타비아는 그렇게 긴 문장을 읊을 수 있을 만큼 입을 오래 벌리지 않았다.

무슨 일이 일어났는지 영문을 모르는 젠지로에게 옥타비아는 손끝에 만든 물방울을 조금 전에 다 마신 찻잔에 넣고는 깊숙이 머리를 숙였다.

"죄송합니다, 젠지로 님. 지금 것은 제가 생각이 짧았습니다. 마법어는 아주 약간의 소리의 강약, 억양, 음절을 끊는 방식으로 의미가 변하는 대단히 어려운 언어입니다만, 그 대신 짧은 음 안에 상당히 많은 의미를 담을 수 있습니다. 그 때문에 처음 마법어를 듣는 사람은 짧은 음에 포함된 많은 정보량에 불쾌감을 느낄 수도 있다는 걸 잊고 있었습니다. 거듭 사과 말씀드리옵니다. 죄송합니다."

옥타비아는 그렇게 말하고 흰 목덜미가 모일 정도로 깊이 머리를 숙였다.

젠지로는 가볍게 머리를 흔들고 대답했다.

"방금 얘기가 정말이라면 어차피 마법을 배우기 위해서는 피할 수 없는 일이었지 않느냐. 처음에 설명이 없었던 것은 확실히 자네의 불찰이지만, 그건 사과했으니 됐다. 설명을 계속하게."

사죄를 받아들인 젠지로에게 옥타비아는 황송하다는 듯 대답했다.

"관대한 말씀, 황공하옵니다. 앞으로 이런 일이 없도록 세심한 주의를 기울이겠습니다."

"음."

젠지로는 거창하게 예를 표하는 귀부인이 당황스러웠지만, 간신히 표정에 드러내지 않고 의젓하게 답했다.

확실히 이건 옥타비아가 경솔하다면 경솔했지만 약간은 그녀가 불쌍한 측면도 있다.

원래 언령의 존재가 일반적인 이쪽 세계에서는 음의 양과 귀에 들리는 정보량이 다른 것에 위화감을 느끼는 사람이 거의 없다. 하물며 머리에 충격을 느낄 정도로 예민한 감각을 가진 사람은 지극히 드물었다. 그런 의미에서는 옥타비아도 젠지로도 운이 나빴다고 할 수 있다.

"그러면 설명을 계속하겠습니다. 지금 제가 '올바른 발음'을 '올바른 인식'으로 읊고, '올바른 마력의 양'을 기울인 결과, '물방울 모으기' 마법이 발동했습니다. 그러면 이제부터 지금 열거한 세 가지를 의도적으로 틀리게 해보겠습니다."

옥타비아는 그렇게 말하고는 또 오른손의 검지를 똑바로 세우고 주문을 읊었다.

'우루므궈'

젠지로의 귀에 전혀 의미를 알 수 없는 짧은 주문이 들렸다. 그러나 마법은 발동하지 않았다.

"지금 제가 일부러 아주 조금 발음을 틀리게 했습니다. 그것만으로도 의미가 성립되지 않았기 때문에 주문이 발동하지 않았습니다. 그러면 이번에는 올바른 발음으로 잘못된 인식의 주문을 읊겠습니다."

그렇게 말한 옥타비아는 조금 전과 같이 아주 살짝만 입을 열고 짧게 말했다.

'공중에 흩어진 보이지 않는 물은 이 손가락 끝에 모여 구를 이뤄라. 그 대가로 나는 물의 정령에게 마력 18을 바친다.'

그러자 이번에는 처음에 주문이 성공했을 때와 같이, 젠지로의 귀에는 의미가 담긴 문장이 들려왔지만, 옥타비아의 손가락 끝에는 물방울이 나타나지 않았다.

"지금 저는 올바른 주문을 말했지만, 마음속에서는 다른 주문이 발동하는 것을 상상했습니다. 그 결과는 보시는 바와 같습니다. 그러면 마지막으로, 이번에는 발음과 인식을 올바르게 행하고 마력의 양을 의도적으로 틀리게 해보겠습니다."

'공중에 흩어진 보이지 않는 물은 이 손가락 끝에 모여 구를 이뤄라. 그 대가로 나는 물의 정령에게 마력 18을 바친다.'

오늘 네 번째로 듣는 '물방울 모으기' 마법의 주문은 젠지로의 귀에는 제대로 그 의미를 전했다. 그러나 역시 효과는 나타나지 않았다.

옥타비아는 이쪽을 바라보는 젠지로에게 살짝 웃으며 설명했다.

"지금 저는 '18'의 마력을 바친다고 마법어로 말해 놓고 일부러 '12' 의 마력을 넣었습니다. 결과, 주문의 발동은 실패했습니다."

그 말에 이때까지는 어느 정도 납득하며 듣고 있던 젠지로가 놀란 목소리로 물었다.

"잠깐만. 그러면 너무 많아도 안 된다는 건가?"

"네. 더 많아도, 적어도 마법은 발동하지 않습니다. 마법소비량이 큰 마법이라면 다소의 차이는 오차로서 허용되지만, 사소한 마법일수록 마력의 최적량은 엄밀합니다. 따라서 큰 마력을 지닌 마법사는 많은 경우 제가 지금 읊은 것과 같은 작은 마법에 약합니다. 단, 수석궁정마법사인 에스피리디온 님처럼 예외는 존재합니다만."

설명을 들으면 이해가 가는 얘기긴 하다.

200ml의 페트병을 기울여 컵의 가장자리까지 물을 채우는 것과 10L의 폴리 탱크를 기울여 컵의 가장자리까지 물을 채우는 것 중에 어느 것이 더 간단할지는 말할 필요도 없다.

두뇌의 냉정한 부분을 이용해 옥타비아의 말을 이해하면서도 젠지로는 반쯤 아연실색해서 설명을 흘려듣고 있었다.

젠지로는 자신이 언젠가 마법을 사용하게 될 거라는 정보에 내심 꽤 두근두근 설레었다.

그러나 자신과 같은 큰 마력을 가진 인간은 사소한 마법에는 소질이 없다고 한다면, 기본적으로 후궁에서 나갈 일이 없는 그는 딱히 마법을 쓸 일이 거의 없다는 얘기가 아닌가?

"그러면 공연히 큰 마력을 갖고 있으면 일반적인 마법의 습득은 그만큼 어렵다는 것인가?"

"네. 실제로 아우라 폐하는 시공마법 이외에는 불 계통의 광역섬멸 마법밖에는 구사하지 못하신다고 들었습니다. 그런 큰 대마법은 들어가는 마력이 많을 뿐만 아니라 주문도 대단히 길기에 정확하게 발음하게 되기까지 몇 개월이나 시간이 걸리는 경우도 드물지 않다고 합니다."

들으면 들을수록 젠지로가 마법을 사용할 수 있게 되는 날은 멀게 느껴졌다.

"그러면 솔직하게 묻겠는데, 오늘부터 배우기 시작해서 내가 마법을 발동할 수 있게 되기까지는 얼마나 걸리지?"

어느새 상식이나 예의가 수업의 주제라는 것도 잊고, 젠지로는 옥타비아에게 그렇게 물었다.

옥타비아는 젠지로가 무엇을 원하고 있는지 예민하게 살피면서 교사 역할을 받아들인 몸으로 거짓말을 할 수도 없이, 가냘픈 몸을 오그라뜨리며 고개를 움츠리고 솔직하게 대답했다.

"그건, 그……, 정확하게 마력을 넣기 위해서는 먼저 스스로의 마력을 자각하고 그것을 자유자재로 다룰 수 있게 되어야 합니다. 보통 마력을 자각할 수 있게 되기까지 2년, 그 후 그 마법의 조작을 습득하는 데 1년을 보고 있습니다."

"……3년."

신음하듯 토해낸 젠지로에게 옥타비아는 서둘러 보충 설명을 했다.

"아, 하지만 그 과정을 거치면 다음은 비교적 간단합니다. 올바른 발음을 익히고 올바른 효과를 선명하게 뇌리에 떠올리고, 정확하게 마력을 넣는 것뿐이니까요. 간단한 주문이라면 하루 만에 가능할 수도 있습니다."

그런 간단한 주문이 오히려 큰 마력을 지닌 젠지로에게는 어려울 거라고, 조금 전에 말했던 것을 떠올렸는지, 도중에 기세가 약해진 옥타비아는, 죄송하다는 듯이 눈을 올려 뜨고 젠지로를 보았다.

그 시선에 젠지로의 뇌리가 또렷해졌다.

생각해 보면 애초에 자신이 마법을 익힐 필요는 없다. 단지 큰 마력을 지닌 왕족의 소양으로서 '배워 두는 것이 좋다'는 것일 뿐이니까, 습득에 3년, 5년의 세월이 걸린다 해도 문제는 없다.

(어차피 마력을 익혀도 생활에 도움이 될 것 같지도 않고.)

이 시점에서 자신의 피 속에 흐르는 특수마법인 '시공마법'의 가능성이 얼마나 되는지 파악하지 못한 젠지로는 안이하게 그렇게 마법의 가능성을 잘라버렸다.

"알았다. 그러면 천천히 서두르지 말고 하지. 잘 지도해다오, 옥타비아."

"네. 맡겨 주십시오, 젠지로 님."

비교적 짧은 시간에 마음을 다잡고 회복한 여왕의 반려자에게 미모의 가정교사는 성의를 담은 말과 부드러운 미소로 대답했다.

옥타비아를 가정교사로 맞아 첫 수업을 무사히 끝낸 그날 밤.

몇 시간 동안이나 이어진 긴장에서 해방된 젠지로는 아내인 아우라와 둘이서 후궁의 처소에서 느긋한 시간을 보내고 있었다.

목욕을 마친 젠지로는 언제나처럼 캔맥주를, 한편 아우라는 브랜디를 따른 잔을 얼굴 앞에 가져가 그 풍부한 향을 즐기고 있었다.

며칠에 걸쳐 화이트 와인 한 병을 비운 아우라가 다음으로 선택한 것이 상자에 포장된 브랜디였다. 이쪽 세계에서는 증류주 종류는 일반적이지 않은 듯, 처음엔 브랜디의 강한 알콜 기운에 사레가 들린 아우라였지만 마시는 법을 터득한 후에는 와인보다 맛있게 마시고 있다.

젠지로가 어렴풋한 지식을 더듬어 '브랜디는 상온의 스트레이트가 상식'이라고 가르쳐준 대로 아무것도 넣지 않은 스트레이트로 마셨다.

그러나 '상온이 정도'라는 것은 아무래도 이런 열기가 떠도는 카파 왕국의 기온에는 해당하지 않는 모양으로, 냉장고에서 차갑게 해서 마시는 쪽을 선호하는 것 같았다.

LED 스탠드 라이트의 불빛에 브랜디 잔을 비춰 진한 호박색 액체를 눈으로 즐기며 아우라는 그 내용물을 조금씩 목 안으로 흘려 넣었다.

"그거, 맛있어?"

젠지로의 물음에 아우라는 만족스럽게 고개를 끄덕이고 대답했다.

"응. 놀랄 만큼 향기가 강하고 맛이 진해. 이 맛에 익숙해지니 못 끊겠는걸."

"흐음~ 그럴 정돈가."

솔직히 자백하면 브랜디와 위스키의 차이조차 제대로 모르는 젠지로는 아우라의 감상을 이해할 수 없었다. 하지만 지금 아우라가 마시고 있는 브랜디는 헤네시 XO라고 하는 이름의, 한 병에 만 엔 이상 하는 물건이다. 알 만한 사람은 다 알 것이다.

알 만한 사람이 아닌 젠지로는 차가운 캔 발포주로 만족했다.

아우라는 다 비운 브랜디 잔을 일단 테이블 위에 되돌려 놓고 옆에 앉은 남편에게 말을 건넸다.

"그래서, 어땠지? 감상을 들려줘요."

돌연 그렇게 말을 꺼내는 아우라에게 젠지로는 살짝 의표를 찔렸는지 맥주 캔을 입에서 떼면서 순순히 대답했다.

"응. 그래. 한마디로 말하면 '각오했던 것보다 더 피곤했다.'라고나 할까. 예의가 모자란 점을 몇 번이나 지적받았어. 특히 점심때는 거의 뭘 먹었는지 기억도 안 나."

"고생을 시켰군요."

"괜찮아. 필요한 일이잖아? 게다가 마법 강의는 재미있었고. 사용할 수 있게 되기까지 3년 이상 걸린다는 말을 들었을 때는 아무래도 좀 풀이 죽었지만."

젠지로는 그렇게 말하고 아우라를 향해 캔을 들지 않은 손으로 손사래를 쳐 보였다.

실제로 마법을 목격하고 흥분했던 건 사실이다.

원래 살았던 세계와 이쪽 세계를 왔다 갔다 한 것도 엄연한 마법이었지만, 애석하게도 그땐 마법에 걸리는 쪽이었기 때문에 마법이 발동하는 순간을 보지는 못했다. 그에 비해 오늘 옥타비아가 보여준 것은 손가락에 물방울을 띄운다는 상당히 알기 쉬운 마법이었다.

눈으로 확인한 설득력은 이쪽이 몇 배나 월등했다.

"뭐어, 마법에 지름길은 없으니까. 익히고 싶다면 꾸준히 노력하는 수밖에 없지. 바꿔 말하면 시간만 들이면 누구라도 습득할 수 있는 기술이라는 얘기도 돼요. 끝까지 해내겠다는 각오만 있다면 결코 헛된 수고가 되지는 않을 거예요."

아우라는 그렇게 말하고 격려하듯이 옆에 앉은 남편의 팔을 그 깊은 가슴 골짜기로 끌어당겼다.

"아우라……"

그리고 부드러운 감촉에 눈꼬리가 흐물거리는 남편의 의표를 찔러 조금 짓궂은 웃음을 지으며 귓가에 속삭였다.

"그래서, 옥타비아 님은 어땠지? 역시 당신 눈에도 매력적으로 보였나?"

아내의 입에서 새어나온 다른 여자의 이름. 남자의 습성인 건지, 젠지로는 찔릴 만한 짓을 아무것도 하지 않았음에도 반사적으로 움찔 몸을 떨었다.

"으응? 어땠어?"

도망치지 못하게끔 팔을 꼭 끌어안은 채 더욱 채근해 오는 아우라에게 젠지로는 시선으로 천장을 더듬으며 대답했다.

"아~, 응. 확실히 예쁜 사람이고 대면할 때의 느낌도 무척 좋았어. 아, 이런 스타일이 이 나라에서는 인기인 모양이구나, 하고 금세 납득했지."

"……호오."

짧게 되돌아온 아우라의 목소리는 젠지로가 그렇게 생각해서인지 평소보다 조금 낮은 것 같았다.

"그건 당신 눈에도 괜찮은 여자로 비쳤다는 뜻?"

아우라도 스스로 자신이 없는 건 아니었지만, 옥타비아와는 정반대의 타입이라는 자각은 있었다. 무심결에 탐색하는 말투가 되었다.

그런 아내의 기분 변화를 눈치채지 못할 정도로 젠지로는 둔한 인간이 아니었다.

"아니, 확실히 스트라이크 존이긴 했지만, 외곽 낮은 볼이라는 느낌? 섣불리 손을 대서 스트라이크 존을 허물면 이후 '한가운데로 들어오는 강속구'를 받아치는 데 지장이 생길 것 같은 이미지였어."

그러나 급하게 머릿속에서 급조해 낸 변명은 이쪽 세계의 사람이 전혀 이해할 수 없었다.

스트라이크 존이라거나, 외곽 낮은 볼이라거나, 가운데로 들어오는 강속구라거나 하는 '야구' 용어를 모르는 사람에게는 의미를 알 수 없는 단어의 온 퍼레이드였다.

그래도 말투와 전체적인 뉘앙스에서 젠지로가 말하고자 한 의미를 이해했으리라.

아우라는 빙긋 입가에 웃음을 짓고는 좀 더 직접적인 말을 끌어내기 위해 따져 물었다.

"그게 무슨 말이지요? 더 알기 쉽게 말해 보오."

확실하게 말하라고 해서 말할 수 있는 게 아니라는 것이 젠지로의 솔직한 감상이었다.

젠지로는 여기서 '내가 사랑하는 것은 너뿐'이라거나 '네 쪽이 훨씬 예쁘다.'라는 말을 할 수 있을 만큼 낯이 두껍지 못했다.

"응? 자, 확실하게, 응?"

즐거운 듯이 자신의 팔을 끌어안고 흔드는 아내에게는 시선을 주지 않고 젠지로는 천장에 시선을 둔 채 쑥스러운 마음과 아내의 요구 사이의 적당한 지점을 찾아 최선의 대답을 했다.

"그게, 그…… 그러니까. 처음 소환됐던 그날, 나를 소환한 것이 아우라가 아니라 옥타비아였다면, 난 지금쯤 이쪽 세계에 있지 않았을 거라는 얘기?"

말하면서 젠지로는 자신의 뺨이 빨개지는 것을 자각했다.

이 대답에 아우라는 만족해 주었을까? 만족해 준다면 좋겠다. 이 이상 '직접적'인 말을 요구해 오면…… 부끄러워서 죽을지도 모른다.

젠지로는 고개는 위로 향한 채 시선만 옆을 향해 힐끗 아내의 반응을 살폈다.

젠지로의 시야 끄트머리에서 아우라의 붉은 머리카락이 살랑살랑 흔들렸다.

"후……후후훗, 그래, 그렇구나."

기쁜 듯이 웃는, 아우라의 목소리.

젠지로의 대답이 그럭저럭 아우라의 마음을 흔들기에 충분했던 모양이다.

"나도 소환돼 온 사람이 당신이어서 더없는 행운이라고 생각해요."

여왕은 그렇게 말하고는 젠지로의 뺨에 뜨겁게 젖은 입술을 세게 밀어붙이는 것이었다.

◆

심야. 언제나처럼 남편인 젠지로와 다정하게 한 침대에서 잠이 든 아우라는 한밤중이 조금 지나 잠에서 깨자 조용히 잠들어 있는 젠지로가 깨지 않게끔 세심한 주의를 기울여 침대에서 나왔다.

침실에도 LED스탠드 라이트가 설치되어 있지만, 젠지로가 자고 있는데 스위치를 켤 수는 없었다.

아우라는 캄캄한 어둠 속에서 손을 더듬어 자신의 옷을 찾았다. 이윽고 아우라의 손이 부드럽고 얇은 옷감을 찾아냈다.

아우라는 그 몹시도 촉감이 좋은 얇은 옷, 빨갛고 훤히 비치는 네글리제를 손에 들고 치밀어 오르는 웃음을 참았다.

잠자리에 들기 전에 이쪽의 질문에 기분 좋은 대답을 해 준 남편에 대한 감사의 마음을 담아, 이 선정적인 잠옷을 걸쳐 보였는데, 그때 젠지로의 반응이야말로 '디카'라는 물건에 담아 놓고 싶을 정도로 재미있는 것이었다.

"우에엣!?"

하고 차마 말을 잇지 못하고 비명과도 같은 소리를 내며 딱딱하게 굳은 남편을 보며, 아우라는 웃음을 참을 수가 없었다.

젠지로도 그 '야한 잠옷'의 존재를 아우라에게 들키지 않았을 거라고는 생각하지 않은 것 같았지만, (이동해 온 첫날 짐을 통째로 검사당했으니) 아우라 쪽에서 자발적으로 입은 것은 대단히 효과적인 기습이었던 모양이다.

그 결과, 부끄러운 의상을 걸치고 있는 것은 아우라 쪽인데도 얼굴이 새빨개져서 부끄러움과 싸우고 있는 것은 젠지로 쪽이라는, 몹시 기묘한 상황이 만들어졌다.

그래도 아내의 요염한 네글리제 모습에 젠지로는 충분히 자극을 받은 것 같았다.

오늘 밤 나눈 사랑은 평소보다 조금 더 격렬하고 조금 더 길었다.

"…………"

밤일에 대해 떠올린 아우라는 뺨이 느슨해지면서도 나풀거리는 네글리제를 손에서 놓고 저녁 시간에 입었던 원피스형 실내복을 찾았다.

잠시 후, 목적물을 손에 넣은 아우라는 알몸인 채 실내복을 손에 들고 천천히 출구를 향했다.

젠지로를 깨우지 않기 위해 천천히, 신중하게 발소리를 죽이고 한 발짝 한 발짝.

그렇게 아우라는 무사히 남편이 알아채지 못하게 침실에서 나오는 것에 성공했다.

침실에서 거실로 나온 아우라는 LED 스탠드 라이트를 하나만 켜고 그 불빛 아래에서 재빨리 실내복을 입었다.

파란 민소매 원피스를 갖춰 입은 아우라는 소파에 앉아 테이블 위에 비치된 벨을 울렸다.

그러자 잠시 후에 젊은 시녀 하나가 방으로 들어왔다. 손에 든 촛대의 불빛에 의지해 어두운 복도를 건너온 것이다. 어둠에 익숙한 눈에는 LED의 불빛이 눈부신 것인지 조금 눈을 가늘게 뜨고 있었다.

카파 왕국 사람으로서는 특이한 긴 금발이 인상적인 그 시녀는 원래 아우라의 시종이었고 지금은 젠지로를 가장 가까운 곳에서 모시는 인물이었다.

"실례하겠습니다, 폐하."

공손히 머리를 숙이는 시녀에게 아우라는 한 번 눈길을 주고는 소파 위에서 다리를 꼬고 말했다.

"보고해봐."

주군의 분부를 받은 충실한 시녀는 오늘 자신이 본 것에 대해 가능한 한 사심이 섞이지 않게끔 조심하면서 이야기를 시작했다.

"네. 제가 본 범위에서는 옥타비아 님에게 수상한 점은 보이지 않았습니다. 성실하게 젠지로 님의 가정교사 역할을 수행하는 모습이었습니다."

낮에 물이나 수건을 방에 가져가거나 하면서 젠지로와 옥타비아의 수업 장소에 몇 번씩이나 발을 들여 놓았던 그 시녀는 또박또박한 말투로 그렇게 보고했다.

"음, 그래. 역시 옥타비아 님은 그냥 정탐요원일 뿐인가?"

보고를 받은 아우라는 혼잣말을 하듯 그렇게 중얼거렸다.

원래 옥타비아는 계산할 줄 모르는 바른 여자다. 마르케스 백작도 부인의 눈을 통해 문제의 '여왕의 남편'의 사람됨을 탐색하는 것이 주목적이었을지도 모른다.

방심은 금물이지만 벌써 신경질적이 될 필요는 없을 것 같다.

"알았어. 앞으로는 옥타비아 님이 수상한 언동을 했을 때만 보고해 줘."

"네. 알겠습니다."

머리를 조아리는 시녀에게 아우라는 '음'하고 끄덕이고 이야기를 계속했다.

"그러면 요즘 서방님은 어떻게 지내고 계시지? 누군가 서방님이 손을 댄 아이가 있는가?"

그건 지금까지도 몇 번이나 아우라가 시녀들에게 던졌던 질문이었다.

역대 왕 중에서 후궁의 시녀에게 손을 대지 않았던 사람은 오히려 소수파였다. 하물며 젠지로는 후궁에 드나든 역대 왕들과는 달리 아예 후궁에서 사는 것이다.

젊고 아름다운 시녀들에게 한눈을 팔지 않는 것이 이상할 정도다.

그러나 이번에도 시녀는 조금 곤혹스럽다는 듯이 고개를 가로저으며, 지금까지와 같은 대답을 들려줬다.

"아닙니다. 현재까지는 젠지로 님이 손을 대기는커녕, 여자로 의식하는 눈길을 준 사람조차 없습니다. 애당초 젠지로 님은 방에 저희가 들어가는 것을 싫어하시는 경향이 있습니다. 그래서 저희는 무언가 분부를 받을 때 이외에는 이 방에 발을 들이지 않도록 하고 있습니다. 이 방을 청소할 때는 젠지로 님이 다른 방으로 옮겨 가십니다."

시녀가 방을 청소할 때조차 방을 옮긴다. 주인과 시녀의 관계로 봤을 때는 있을 수 없는 얘기지만, 이 부분은 아무래도 젠지로가 아직 일본에서의 생활습관을 벗어나지 못하고 있다는 얘기다.

말하자면 어머니가 청소기를 돌릴 때 쫓겨나는 아버지 같은 느낌이랄까.

시녀의 보고에 아우라는 끄덕이고 지시를 내렸다.

"그런가. 몇 번이나 말하지만, 서방님은 뭐가 필요하다고 스스로 주장하는 분이 아니야. 그런 욕구를 입에 담는 것을 '악덕'으로 여기고 있는 건 아닌지 의심스러울 정도야. 모시는 처지에서는 어려운 일이겠지만 어떻게든 뜻을 읽고 요구를 충족해 드리도록 노력해 줘."

"네. 잘 알겠습니다."

"좋아. 이제 됐어. 수고했어."

"네. 실례하겠습니다."

탁, 하는 소리를 내며 시녀가 나간 거실에서 아우라는 한숨을 돌리고 있었다.

"……목이 마르네. 물이라도 마실까."

문득 목이 마른 것을 느낀 아우라는 침실에 돌아가기 전에 물을 한 잔 마시고 싶어졌다.

아우라는 거실 구석에 설치된 5도어 냉장고 쪽으로 가서는 그 안에서 은주전자를 꺼냈다.

"후우."

주전자에서 잔에 따른 물을 단숨에 비운 아우라는 한 개의 LED 라이트만 켜 놓은 어두침침한 방 안에서 혼잣말을 흘렸다.

"그런가…… 젠지로는 옥타비아 님에게도 시녀들에게도 눈길을 주지 않는 건가."

아우라는 무의식중에 두 팔로 자신의 몸을 끌어안았다.

오늘 밤에도 몇 번이나 젠지로와 사랑을 나눈 몸이었다. 아직 몸 여기저기에 남편의 손가락과 입술이 닿았던 감촉이 남아 있다. 젠지로라는 남자가 얼마나 정열적으로 여자를 원하는지 아우라는 몸으로 알고 있었다.

그런데 그런 남자가 자신 이외의 여자에게는 눈길도 주지 않는다는 사실.

"후…… 후후훗."

저도 모르게 아우라는 웃음이 벅차올랐다. 이 감정을 뭐라고 표현하면 좋단 말인가?

남자에게 사랑받는다는 것이 이토록 기분 좋은 일일 줄은 생각지도 못했다.

왕으로서 정무에서 얻는 충족감과도 장수로서 전장에서 획득한 승리의 짜릿함과도 다른, 이 몸속 깊은 곳에서 솟아오르는 열기.

점잖지 못한 말로 표현하자면 이것은 일종의 '우월감'이다. 한 남자가 자신에게만 여자로서의 매력을 느끼고 있다는, 희열. 자신이 최고의 여자로 인정받는 쾌감.

"어쩌지. 왠지 독점욕이 생기려고 해."

이 감정에 빠져 버리면 앞으로 젠지로가 측실을 맞는 일이 생길 때, 반사적으로 반대해 버릴 것 같다.

아우라는 자신의 생각대로 움직이지 않는 감정에 당황스러움을 감출 수 없었다. 더욱 의외인 것은 그 폭주하는 감정이 아우라에게도 기분 좋다는 점이었다.

"아무래도 좋아. 앞으로 생길지도 모르는 일을 지금부터 걱정할 필요는 없지."

아우라는 머리를 흔들고 LED 스탠드 라이트를 끄고 손을 더듬어 침실 문을 열었다.

침실에 돌아간 아우라는 실내복을 벗고 천천히 곤히 잠들어 있는 젠지로의 옆으로 그 풍성하고 아름다운 갈색 나신을 미끄러뜨렸다.

"후후훗"

아우라는 이쪽으로 등을 보이고 자는 젠지로의 등에 벗은 양쪽 젖가슴을 밀착시키듯이 해서 끌어안았다.

"……으음."

남자의 등치고는 특별히 넓은 편이 아닌 젠지로의 등에서 아우라는 불가사의할 정도로 안정감을 느꼈다. 이렇게 하고 있으니 '돌아왔다'는 평온한 기분이 들었다.

그렇게 젠지로의 등에 매달린 아우라가 완전히 안심한 표정으로 숙면에 빠지기까지는 그리 오랜 시간이 걸리지 않았다.

젠지로가 옥타비아의 수업을 받게 되고 나서 며칠 후.

한발 앞서 공무를 보러 나가는 아내를 배웅한 젠지로는 옥타비아의 수업까지 남은 틈을 이용해 컴퓨터 앞에 앉아 유용한 시간을 보내고 있었다.

컴퓨터에서 재생하고 있는 동영상은 아우라의 협력을 받아 제작한 젠지로용 교양 예의범절 강좌다.

디카의 동영상 촬영 기능으로 녹화한 음성에는 '언령'이 작용하지 않는다는 문제점이 있었지만, 조금 생각해 보니 그 해결 방법은 무척 간단한 것이었다.

아우라가 설명한 내용을 그 장면에서 똑같이 그대로 젠지로가 일본어로 반복하면 되는 것이었다.

"콴토 세 인비트 알 바이레 아 운 콘파레노 키 바이라 프리메로 우노 엘 페다소 유 울티모 우노 엘 페다소……"

"에에, 그러니까 댄스파티에 초대받았을 때는 맨 처음과 마지막 곡을 추는 상대에게……"

컴퓨터에서 재생되는 화면에서는 익숙하지 않은 현지어로 말하는 아우라의 목소리와 시간차를 두고 일본어로 말하는 자신의 목소리가 들려왔다.

기계로 재생되는 자신의 목소리를 듣는 것은 그다지 좋은 느낌이 아니었지만, 이용가치가 높은 것만은 틀림없다. 다소의 불쾌감을 참을 만한 가치가 있다.

그렇게 젠지로가 컴퓨터로 예의범절을 복습하고 있는데 입구에서 문을 노크하는 소리가 났다.

"실례합니다. 젠지로 님. 옥타비아 님이 오셨습니다."

"앗. 알았어. 곧 갈게."

시녀의 목소리에 젠지로는 컴퓨터 전원을 끄고 일어섰다.

컴퓨터, 손목시계, 휴대전화 등 거의 정확한 시계를 여러 개 가진 젠지로였지만, 그렇게 분 단위의 시간을 의식하는 것은 자신뿐이기 때문에, 아무리 꼼꼼하게 시간에 신경을 써도 거의 의미가 없었다.

"좋아, 그럼 가 볼까."

젠지로가 문을 열고 복도로 나왔다. 문 맞은편에는 익숙한 금발의 시녀가 정중하게 고개를 숙이고 있었다.

처음엔 꽤 당황했던 젠지로도 지금은 어느 정도 사용인들의 깍듯한 태도에 익숙해져 있었다.

"수고가 많아. 그럼 청소 부탁해."

"네. 알겠습니다."

젠지로의 뜻을 받들어 가능한 한 젠지로가 있는 방에 들어가지 않는 시녀들을 젠지로는 '호텔 종업원' 정도로 여기며 적절한 거리를 지켰다.

젠지로의 말과 태도는 후궁의 주인으로서는 다소 스스럼없는 데가 있었지만, 안 그래도 심신의 부담이 큰 '자택'이라고 할 수 있는 후궁에서 관리자로서의 태도를 유지하는 것은 너무 부담이 컸다.

다행히 후궁의 사용인들은 아우라가 엄선한 신뢰할 수 있고 입이 무거운 사람들이었다. 어느 정도 허물없는 태도를 보인다고 해도 문제될 것은 없었다.

(어제의 복습은 어느 정도 해 두었으니까 어떻게든 오전 중에 상식과 예의 수업을 끝내고 싶네. 그러면 점심 휴식을 취한 다음부터 저녁까지 마법 수업을 들을 수 있으니까. 아아, 점심 휴식은 3시간이 넘으니까 아우라와 합류할 수 있으면 거기서 마법 예습 복습도 해 둘까. 그편이 오후의 마법 수업에도 도움이 될 거야.)

그렇게 오늘의 예정을 빡빡하고 효율적으로 계산하면서 젠지로는 후궁의 복도를 걸어갔다.

자투리 시간에 복습하고 수업 내용을 앞당긴다. 점심 휴식 시간에 오후의 마법 수업 예습도 마쳐 더욱 효율을 꾀한다.

역시 24년 동안 배양된 '근면'과 '성실'을 미덕으로 여기는 가치관은 쉽게 바뀔 수 없는 가보다.

젠지로는 기둥서방을 지원했던 동기를 잊어버렸다는 듯이 주어진 책무를 '가능한 한 효율적으로' 수행하기 위해 치밀하게 계획을 세우고 있었다.

젠지로가 옥타비아의 수업을 받는 동안 시녀들은 젠지로가 평소에 사용하는 거실과 침실의 청소에 착수했다.

왕궁에 속한 시녀로서 부끄럽지 않을 만큼의 높은 기술을 가진 그녀들이었지만 이 방을 청소하는 방법은 다른 곳과 조금 달랐다.

"알지요? 젠지로 님의 사물은 마른걸레로 살짝만 닦기. 물걸레질 금지예요."

"네!"

청소 담당 시녀의 전체 책임자인 듯한 품위 있는 중년 여성의 목소리에 젊은 시녀들은 발랄하게 대답했다.

시녀들 전원에게 가전제품의 조작법을 가르치는 것은 무리다. 그렇게 생각한 젠지로는 사전에 시녀들에게 '청소는 마른걸레로 닦는 것으로 충분함. 물걸레질은 하지 말 것'을 전달해 두었다. 실제로는 물걸레질이 위험한 부위는 가전제품이라 할지라도 일부분뿐이었지만, 그걸 일일이 시녀들에게 가르칠 정도라면 차라리 스스로 하는 편이 빠르다고, 젠지로는 생각했던 것이다.

자신도 손을 움직이면서 전체의 움직임을 감시하고 있던 중년의 시녀는 언뜻 열심히 청소하는 것처럼 보이는 젊은 시녀 3인조를 지그시 노려보고는 커다란 목소리로 말했다.

"거기! 테이블 위에만 몇 명이 달라붙어 있는 거지!? 거긴 한 명으로 충분하니 얼른 끝내요!"

중년 시녀의 질책에 컴퓨터가 설치된 테이블 위를 정성스럽게 닦고 있던 3명은 움찔하고 목을 움츠렸다.

거기는 조금 전까지 젠지로가 앉아 있던 곳이었다. 즉 가동 중인 선풍기와 아직 녹지 않은 얼음 덩어리가 놓여 있는 장소다.

냉동실 안에서는 이미 금속 대야에 다른 얼음 덩어리가 어는 중이었다. 젠지로가 돌아오는 점심 휴식시간까지는 완전히 얼어있을 것이다.

그 때문에 젠지로는 쓰다 남은 얼음을 시녀들이 마음대로 사용해도 좋다는 허가를 내렸다.

덧붙여 말하면 냉장고 안에서 식히고 있는 수건도 분별을 지키는 범위 안에서라면 사용을 허가하고 있다.

시녀들이 열심히 흘리는 땀은 젠지로의 위생 환경 유지에 도움을 주는 것이기 때문이다.

"아무리 젠지로 님이 남은 얼음을 마음대로 해도 좋다고 분부했다 해도, 그건 일을 제대로 끝낸 다음 얘기에요. 일을 내팽개치고 주인의 도구를 사용해 더위를 식히는 건 언어도단입니다."

중년의 시녀는 그렇게 말하고 무정하게도 방의 창문을 열어젖혔다.

그 순간 창에서 훅하는 열풍이 방 안으로 밀려 들어왔다.

"꺅!?"

"싫어, 조금만 더."

"아아, 얼음~ 내 얼음이 녹아버려……"

그 순간 청소하는 척하며 냉풍을 만끽하고 있던 시녀 3명은 호들갑스럽게 탄식하며 슬퍼했다.

오전 중은 비교적 참을 만 하다고는 해도 그래도 이미 30도를 넘고 있었다.

비명을 지르는 시녀 3명을 향해 중년의 시녀는 나이만큼 두꺼워진 그 허리에 양손을 올리고 퉁퉁거리며 화를 냈다.

"언제까지고 시시덕거리고 있을 참인가요? 햇빛을 들이지 않으면 더러워진 곳이 보이지 않잖아요. 스탠드 불빛을 끄세요. 끄는 방법은 알고 있죠?"

불문곡직하는 중년 시녀의 말에 젊은 시녀들은 포기했다는 듯이 본연의 임무에 임했다.

"네에."

"그럼 나는 저쪽 마루를 닦을 테니까."

"아우~ 얼음~ 나의 사랑하는 얼음……"

겨우 일하기 시작한 문제아 3인조를 지켜보면서 중년 시녀는 훅하고 한숨을 쉬었다.

"정말이지, 이 아이들은. 조금만 눈을 돌려도 기강이 해이해진다니까."

후궁에 배속된 당시에는 그녀들도 긴장감으로 잔뜩 경직돼서 이세계에서 왔다는 주인의 마음에 들지 않는 일이 없도록 세심한 주의를 기울였다.

그러나 막상 뚜껑을 열어보니 여왕의 남편이라는 인물은 맥이 빠질 정도로 손이 가지 않는 주인이었다.

무리한 요구를 하지도 않았다. 사소한 실수는 웃어넘겼다. 애초에 웬만한 일로는 시녀를 부르지도 않았다. 젊은 시녀들은 한 달도 지나지 않아 기강이 풀어졌다.

이 3명은 그중에서도 특히 '풀어진' 부류였지만 젊은 시녀들은 모두 비슷한 상태였다.

"정말이지 한심해. 이것이 영광스러운 후궁 직속 시녀들이라니."

중년의 시녀는 가죽 소파를 솜씨 좋게 걸레로 닦으며 중얼중얼 불평을 늘어놓았다.

거실 청소가 끝나면 다음은 침실이다.

"우와아……"

"어제도……"

"아하하하. 폐하와 젠지로 님 금실이 좋으셔."

침실에 들어간 시녀들은 매일 겪는 일이지만, 침대에서 자욱하게 올라오는 냄새에 실룩 실룩 웃음을 떠올렸다.

침대의 시트. 옆에 놓인 바구니에 넣어 둔, 어젯밤에 사용한 잠옷과 속옷. 거기에서 풍기는 냄새가 어젯밤에도 여왕 폐하와 그 서방님이 이 방에서 실컷 금실 좋은 시간을 보냈다는 것을 말해주고 있었다.

"좋은 일이에요. 이런 추세라면 이르면 내년에라도 아기씨를 볼 수 있을지도 모르겠네요."

한편 중년의 시녀는 혼자서 그렇게 말하고 만족스럽게 끄덕이고 있었다.

확실히 왕국 국민의 한 사람으로서는 여왕과 서방님의 사이가 좋은 것은 기뻐할 일이지만, 자신의 미모에 어느 정도 자부심을 품는 젊은 시녀들에게는 조금 복잡한 감정도 있었다.

현재 시녀들이 입고 있는 카파 왕국의 시녀복은 그 발상지인 북대륙의 옷차림에 비교하면 상당히 가벼웠다.

연청색 스커트는 무릎길이까지 짧고, 팔은 완전히 민소매다. 가슴과 허리선이 선명하게 드러나는, 그렇다고 쓸데없이 선정적인 만듦새는 아니었지만, 젊은 시녀가 입으면 꽤 매력적으로 보이는 옷이었다.

그런데도 그녀들의 주인은 오늘날까지 그녀들에게 손가락 하나 대려 하지 않는다.

어지간히 여자한테 관심이 없는 성격이라면 그래도 납득이 가겠지만, 여왕 폐하와의 밤일에는 더없이 적극적이라는 '물증'이 매일 아침 침실에 나뒹굴고 있다.

특별히 그렇게까지 여왕의 서방님의 '승은'을 바라는 건 아니지만 이렇게까지 관심을 보여주지 않으면 조금은 여자로서 자존심이 상한다.

"자, 별로 시간이 없어요. 재빨리 끝내도록. 시트를 교환하고, 더러워진 잠옷은 세탁에 보내고, 세탁이 끝난 것을 옷장에 갖다놔요."

"네."

"알겠습니다."

"후~ 침실은 조금 시원하네……"

거실에 비교하면 침실은 좁은 편이고 물건이 적다. 세탁물이나 시트 교환을 포함해도 침실 청소에 걸리는 시간은 거실의 반 이하다.

시녀들은 익숙한 솜씨로 자신들의 직무를 수행했다.

◆

그날 오후.

오늘도 옥타비아 부인과의 점심식사 회합이라는 이름이 붙은 '일반 상식, 예의 수업'을 마친 젠지로는 오전 중에 깨끗이 청소된 후궁의 거실에서 아우라와 편안한 시간을 보내고 있었다.

아직 낮이기도 하고 해서 두 사람의 잔에 들어 있는 건 주류가 아니라 얼음을 띄운 물과 과실즙이었다.

젠지로는 수업으로, 아우라는 정무로 지친 머리를 쉬기 위해, 두 사람은 꼭 붙어서 소파에 앉아 텔레비전을 보고 있었다.

텔레비전에서 흘러나오는 음성은 당연하게도 일본어이고, 언령이 작용할 리도 없기에 아우라에게는 이해불능일 터였지만, 현재 두 사람이 보고 있는 화면은 음성과는 거의 상관이 없었다.

당분간 입을 다물고 화면을 바라보다가, "아, 찾았다!"하고 먼저 소리를 지른 건 아우라 쪽이었다.

"정말? 또? 말하면 안 돼. 절대 말하지 마!"

뒤처진 젠지로는 분한 표정으로 놀란 목소리를 내고는, 집어삼킬 듯이 화면에 비치는 풍경 사진에 몰입했다.

그 사진 어딘가의 일부분이 서서히 변하고 있을 것이었다. 그것을 제한 시간 안에 맞추는 것이 이 게임의 규칙이다. 그러나 이미 젠지로보다 오늘 처음 해 본 아우라 쪽이 훨씬 승률이 높았다.

역시 관찰력과 주의력의 차이일까?

"으음, 말 안 해, 말 안 해. ……화면 오른쪽 끝에 보이는 분홍색 꽃은 지금이 한창 제철일 걸?"

"우와아앗! 아우라, 못됐어!"

게임을 즐기는 두 사람의 얼굴에는 밖에서는 드러내지 않는 릴랙스 한 표정이 떠올라 있었다.

　그 후. 텔레비전과 게임의 전원을 끄고 조용해진 거실에서 아우라는 얼음물을 넣은 잔을 기울이며 옆에 앉은 젠지로에게 말을 걸었다.

　"그래, 수업의 진행 상황은 어때? 어젯밤 얘기로는 슬슬 일반상식과 예의에서는 합격점을 받을 것 같다고 그랬는데."

　아우라의 질문에 젠지로는 만족스럽게 끄덕이며 대답했다.

　"응. 일단 오전 수업에서 그 부분은 합격을 받았어. 뭐, 최소한 밖에 나가도 창피를 당하지 않을 정도의 수준에 불과한 것 같지만."

　"오호, 그거 잘 됐군. 오후 수업은 마법뿐인가요?"

　아우라는 웃는 얼굴로 그렇게 말하며 속으로 생각했다.

　여전히 이 서방님은 근면하다. 본인에게는 그 자각이 없는 것 같지만 주어진 임무에 대해 자신의 역량이 받쳐주는 범위 안에서 좋은 결과를 내는 것을 당연하게 생각하고 있는 것 같다.

　아우라의 부하 중에도 이런 타입이 몇 명인가 있다. 실은 이런 종류의 사람을 제대로 부리기는 뜻밖에 어렵다. 노력을 아끼지 않기 때문에 뭘 시켜도 잘 해내지만, 아쉬운 소리를 잘 못하기 때문에 윗사람이 적당히 일을 끊어주지 않으면 망가질 때까지 혼자서 일을 끌어안고 있는 경향이 있다.

　그런 아내의 속마음을 알 리 없는 젠지로는 웃는 얼굴로 대답했다.

　"응. 그래요. 그러니까 지금은 조금 마법에 대해 가르쳐 주지 않겠어? 마법의 가장 취약한 부분은 효과의 지속성이 극단적으로 낮다는 것이었지? 그리고 그 약점을 처음부터 극복하고 있는 것이 쌍왕국의 '부여마법'과 우리 카파 왕가의 '시공마법'이라고 들었는데, 그 말은 즉, 시공마법은 그 명칭 그대로 공간뿐 아니라 시간에도 작용한다는 건가?"

곧바로 오후 수업의 예습을 시작하는 서방님에게 아우라는 쓴웃음을 감추지 않고 말을 되돌려 주었다.

"어이 어이, 수업 얘기는 수업이 시작된 다음에 해 줘요. 당신 옆에 있는 건 교사인 옥타비아가 아니라 아내인 나라고."

상식과 예의에 관해서 최소한의 합격점을 받았다는 건 이제 슬슬 젠지로가 공무나 중요한 사교의 장에 모습을 드러낼 수 있음을 의미했다. 안 그래도 앞으로 바빠질 텐데, 벌써 그렇게 잔뜩 힘이 들어가 있으면 오래 버티지 못한다.

(아무래도 걱정했던 게 들어맞은 것 같군.)

이래서야, 서방님에게 일을 맡길 때는 그가 '스스로 알아서 무리하지 않게' 감시를 할 필요가 있겠다.

속으로 아우라는 그렇게 다짐했다.

"아, 응. 맞다. 응. 그랬지."

오른팔에 기대오는 부드러운 아내의 몸에 눈썹 끝이 느슨해진 젠지로의 머릿속에서 낮 동안 확인해 두려고 생각했던 마법에 관한 의문점이 스르륵 빠져나갔다.

나란히 앉은 아우라는 애교를 부리듯 젠지로의 오른쪽 어깨에 얼굴을 올리고 젠지로는 등뒤로 팔을 돌려 아우라의 어깨를 감싸고 꽉 끌어당겼다.

얇은 천 너머로 맞댄 서로의 체온이 기분 좋다. 여왕 부부는 어느 틈엔가 둘 다 말을 잃고 눈을 감은 채 기분 좋은 포옹의 시간에 몸을 맡겼다.

"쿨……"

이윽고 젠지로의 입에서 조용한 숨소리가 들려왔다.

"흠, 잠들었네……"

남편이 잠든 것을 확인한 여왕은 살짝 웃고 조용한 숨소리를 내며 자는 남편의 허리에 팔을 두르고 자신도 눈을 감았다.

"…………"

그렇게 여왕 부부는 서로 몸을 기댄 채 사랑을 나누느라 부족한 밤의 수면시간을 보충하듯이 나란히 달콤한 낮잠에 빠져들었다.

여왕의 남편, 젠지로의 사교계 데뷔를 며칠 앞둔 오늘. 젠지로는 그렇게 아직은 평온한 시간을 보내고 있었다.

'이상적인 기둥서방 생활2'에서 계속.

[부록] 주인과 시녀의 간접교류 _{게 임 대 전}

카파 왕국 왕궁의 후궁에는 '문제아 3인방'이라는 다소 불명예스러운 별명으로 불리는 세 명의 시녀가 있다.

비록 문제아라고 불리긴 하지만 그녀들도 후궁 시녀. 엄격한 적성 검사를 통과한 인재라는 사실에 변함은 없었다.

왕가에 대한 충성심, 시녀로서의 기술, 그리고 용모. 어느 쪽에도 큰 문제는 없었다.

다만 그녀들은 다른 시녀들과 비교하면 아주 살짝 자신의 욕구에 솔직하고, 아주 조금 분위기를 잘 타고, 또 아주 조금 멍한 데가 있어서 상사의 지시를 제대로 듣지 못하는 때가 있을 뿐이었다.

시녀장인 아만다 등은 그녀들의 행동에 대해 미간을 모으고 주시하고 있었지만, 내쫓지 않으면 안 될 정도의 실책은 저지르지 않았고, 정작 주인인 젠지로가 전혀 신경 쓰지 않았기 때문에 현재로서는 묵인하고 있었다.

어떤 의미에서 지금 후궁에서 가장 스트레스가 없는 생활을 만끽하고 있는 것은 그녀들 3인방일지도 모른다.

그러나 그런 그녀들도 결코 멍청이는 아니다. 다른 시녀들보다 아주 조금 둔하고 조금 신경줄이 두꺼울 뿐이었다.

그러나 지금, 그녀들은 그 둔하고 두꺼운 신경을 가지고서도 얼굴이 새파랗게 질리지 않을 수 없는 상황에 직면해 있었다.

"우와아앗!? 어떡해, 어떡해, 일 냈다!"

검은 머리의 몸집이 작은 시녀가 갑자기 비명을 질렀다.

지금은 혹서기 특유의 긴 점심 휴식시간. 그 시간을 자신의 방에서 느긋하게 보내기 위해 돌아온 참에 울려 퍼진 비명이었다.

기본적으로 후궁의 시녀 방은 3인실이고, 이 3명이 한 조인 단위는 일에도 함께 묶이는 경우가 많았다.

알기 쉽게 대충 뭉뚱그려 말하자면, 3명이라는 단위가 룸메이트인 동시에 가장 친한 직장 동료라는 것이다.

"얘, 무슨 일이야, 페. 갑자기 큰 소리 내지 마."

"무슨 일이야, 페짱?"

두 룸메이트의 시선이 쏟아지는 가운데, 몸집이 작은 시녀, 페는 그 짙은 갈색 얼굴에서 줄줄 식은땀을 흘리며 앞치마의 주머니에서 천천히 '그것'을 꺼냈다.

"……어떡해, 이거. ……실수로 가져와 버렸어……"

그렇게 말하며 페가 꺼내 든 물건은 '납작한 사각형의 검은 물체'였다.

"………"

"………"

한동안 침묵이 시녀들의 좁은 방 안을 지배했다.

처음 침묵을 깬 사람은 두 사람의 룸메이트 중 키가 큰 쪽의 아가씨였다.

"자, 자, 잠깐, 그거, 젠지로 님 거잖아? 절대 물로 닦으면 안 된다고, 떨어뜨리거나 하면 안 된다고 주의를 받았던 그 물건. 어, 어, 어떡하니, 페짱.?"

그녀들이 정신이 쏙 빠진 것도 무리는 아니다.

페가 손에 든 것은 이른바 '휴대용 게임기'라고 불리는 물건이었다. 말할 필요도 없이 젠지로의 개인 물건이다. 그걸 자기 방에 가져왔다는 사실의 엄청난 심각성을 모를 만큼 경망스러운 그녀들은 아니었다.

"어떡하지…… 돌로레스……"

페는 그 커다랗고 검은 눈동자 가득 눈물을 담고 키가 큰 친구에게 애원했다.

평소에는 '문제아 3인방' 중에서 가장 까불이인 페도 지금은 울지 않을 수 없는 상황이었다.

그러나 변명의 여지가 있다면 페에게도 할 말은 있다.

평소대로라면 점심시간 넘겨서까지 옥타비아 부인에게 예의와 상식의 수업을 받고 있을 젠지로가 오늘은 웬일인지 평소보다 2시간이나 일찍 수업을 끝내고 거실에 돌아온 것이었다.

아무래도 지독한 더위에 '이대로 수업을 진행해도 큰 효과가 없겠네요.'라며 옥타비아 부인이 배려한 모양이었지만, 자세한 진상은 모른다.

아무튼, 거실 청소를 담당하고 있던 페 일행에게 그것은 일의 시간제한이 갑자기 2시간 당겨졌음을 의미했다.

페 일행이 그만 비명을 지른 것도 무리는 아니었다.

그래도 전력을 다해 어떻게든 젠지로가 돌아오기 전에 거실과 침실의 청소를 끝내고 안도의 한숨을 내 쉬며 자신들의 방에 돌아오고 나서야, 페는 그것의 존재를 깨달은 것이었다.

돌이켜 보니 테이블 위를 닦았을 때 테이블 위에 놓여 있던 그 검은 사각형 물체를 '일시적'으로 앞치마 주머니에 담았던 기억이 있다.

그러나 아무리 페가 아무리 매달려 봤자 키가 큰 시녀, 돌로레스에게도 방법이 떠오르지 않기는 매한가지였다.

"어떡하냐니, 나한테 물어본다고 해도…… 그, 더 일이 커지기 전에 돌려놓으러 가는 수밖에 없어, 이건."

돌로레스는 카파 왕국 사람치고는 비교적 드문 옆으로 긴 눈에 곤혹과 동요의 빛을 띄우면서 더듬더듬한 말투로 그렇게 대답했다.

돌로레스의 말은 한치도 틀림이 없었다.

청소하다가 실수로 주인의 물건을 방에 가져와 버렸다.

이건 보통의 주인이라면 '절도'로서 당연히 엄하게 벌할 행위였다. 돌로레스가 말한 대로 되돌려놓는 일이 늦으면 늦을수록 문제는 커진다.

그러나 그런 돌로레스의 정론에 대해 페는 눈물을 머금은 채 도리도리 고개를 옆으로 흔들었다.

"안 돼. 지금 젠지로 님, 아우라 폐하고 같이 방에서 식사하시는 걸. 방해할 수는 없어……"

최근에는 쭉 점심시간을 옥타비아의 예의범절 수업에 할애했기 때문에 젠지로가 아우라와 점심을 함께 먹는 건 오랜만의 일이었다.

평소에는 지시다운 지시도 거의 내리지 않는 젠지로가 일부러 '긴급한 용건이 아니면 가능한 한 방해하지 않도록'이라며 사전에 주의하라고 한 특별한 시간이었다.

그런 시간에 사죄하러 가면 오히려 주인의 기분을 망칠 위험이 있다. 애초에 '실수로 가져와 버린 주인의 물건을 돌려놓으러 왔다'는 용건이 긴급한 용건인지 아닌지조차 판단이 되지 않았지만.

"아, 그런가. 맞아, 그랬지. 그럼 어쩔 수 없… 나."

"아~ 어떡해~! 점심 휴식시간 동안 젠지로 님이 이것이 없어진 걸 알게 되면……"

이쪽 세계의 기준에서 보면 이상할 정도로 엄격함이 없는 젠지로였다. 해명의 여지도 주지 않고 단죄, 라는 일은 아마도 없을 것이지만, 하필이면 이 시간이라니, 나쁜 쪽으로 상상이 흘러갔다.

페의 뇌리에는 자신이 절도죄로 처벌(오른손의 힘줄을 잘리는)을 받고 후궁에서 추방당하는 모습이 선명하게 그려졌다.

"히이익……"

자신이 상상한 장면에 충격을 받은 페를 위로하려는 듯 말을 건넨 건 또 한 사람의 룸메이트였다.

"저기, 페짱. 그렇다면 이네스 님에게 상의하면 어떨까?"

"응? 이네스 님에게?"

"아아, 그래. 그게 좋을지도."

페는 조금 느릿한 그 목소리의 주인을 올려다보았고, 돌로레스는 내려다보았다.

페가 올려보고 돌로레스가 내려본다는 표현에서 알 수 있듯이 그 소녀, 레테의 키는 딱 페와 돌로레스의 중간 정도였다.

작은 몸집의 페, 장신의 돌로레스에 비해 신장의 개성은 없는 레테지만 그녀의 개성은 그 가슴에서 드러났다.

거유다. 컵 크기로 말하자면 여왕 아우라보다 한 사이즈 위일지도 모른다.

그런 거유에 눈꼬리가 처진 소녀의 제안에 페는 말문이 막혔다.

"윽, 그, 그건……"

"그래, 레테 말대로 하는 편이 가장 무난하겠어."

한편 돌로레스도 떨떠름한 표정을 하면서도 거유에 처진 눈 소녀, 레테의 말에 동의를 표했다.

애써 제안해 주었건만 페의 표정은 밝지 못했다.

"으응, 그치만, 그치만, 그러면 이네스 님이……"

"뭐, 설교는 떼 놓은 당상이겠지."

"페짱. 힘내."

왜소한 몸을 떠는 페에게 돌로레스는 장신을 구부려서 냉정하게 현실을 직시해 주었고, 레테는 그 커다란 가슴 앞에서 주먹을 꽉 쥐며 격려의 말을 보내 주었다.

"돌로레스, 레테……"

매달리는 듯한 동료의 애원하는 시선으로부터 돌로레스와 레테는 나란히 시선을 돌렸다.

조금 박정하기는 하지만 사실 거기까지가 최선이었다.

청소 담당 책임자인 이네스는 직무에 충실한 엄격한 상사였지만 부하를 소중히 다루는 정이 깊은 여자였다.

이른 단계에서 자백하고 사죄하면 만에 하나 젠지로가 페의 행위를 '절도'로 의심한다고 해도 반드시 변호해 주리라.

단, 그 전에 최대한 각오를 다잡을 필요가 있지만.

"아우우우……"

그래야 하는 이유는 페도 이해하고 있을 것이었다.

"……알았어. 잠시 이네스 님에게 다녀올게……"

비장한 결의를 굳힌 페는 그 커다랗고 검은 눈동자에 곧 터져 나올 듯한 눈물을 담고 휘청휘청한 걸음걸이로 출구를 향했다.

"…………"

"…………"

그 작은 등을 배웅하는 돌로레스와 레테는 말없이 서로의 얼굴을 바라보았다.

생판 남이 저지른 실수라면 '남 일'이지만 룸메이트이자 직장 동료인 친구는 '남'이 아니다.

"알았어. 자, 나도 변호해 줄 테니까, 좀 더 기운을 내."

"에헤헤, 페짱. 내가 실수했을 때는 페짱이 감싸줘야 해."

돌로레스와 레테는 비장한 각오로 혼자서 나아가는 페의 등 뒤를 종종걸음으로 따라갔다.

———◆———

결론부터 말하면 이네스의 대답은 무엇하나 예상과 다른 것이 없을 정도로 상상했던 대로였다.

약 1시간에 걸친 설교 후에 젠지로에게 선처를 중재해 줄 것을 약속해 준 이네스에게서 해방된 문제아 3인방은 완전히 피곤함에 절은 표정 위로 안도의 빛을 띄우며 방으로 돌아갔다.

"흐익! ……무서웠어!"

약 1시간 동안 단단히 이네스에게 설교를 당한 페는 긴 안도의 한숨을 내쉬고 자신의 침대에 다이빙했다.

"어쨌든 무사히 끝나서 다행이야. 다음은 휴식 시간이 끝나자마자 그걸 젠지로 님에게 돌려 드리러 가서 사죄하는 일뿐이야. 먼저 이네스 님이 이야기해 놓는다고 말했으니까, 문제없을 거야. 결과적으로 잘 됐어."

간소한 목제 의자에 반대 방향으로 앉은 돌로레스는 의자의 등반이를 그 긴 양다리 사이에 끼우고는 얌전치 못하게 삐걱삐걱 흔들었다.

장신에 팔다리가 긴 돌로레스만이 할 수 있는 특기였다. 페가 같은 방식으로 앉으면 틀림없이 발이 바닥에 닿지 않을 것이다.

어쨌든 발이 닿는 돌로레스가 했다고 해서 점잖지 못한 행동이 아닌 건 아니었다.

페는 보릿겨를 채운 베개에 얼굴을 묻은 채 울컥한 목소리로 대답했다.

"응. 무서웠지만 다행이야……! 이걸로 안심하고 잘 수 있겠어."

"정말이지, 얘는……"

그대로 침대 위에서 낮잠 태세에 돌입한 페에게 돌로레스는 조금 질렸다는 듯이 말했다.

"아아, 그렇지만 우리도 자 두는 게 좋겠어. 오늘은 좀 피곤했으니까."

그렇지만 문득 생각을 바꾼 듯이 그렇게 말하고는 돌로레스도 시선을 자신의 침대로 향했다.

이 시간, 긴 휴식 시간이 마련되어 있는 것은 괜히 그런 게 아니다. 한낮에는 이렇게 실내에서 가만히 있어도 온몸에서 땀이 솟아날 정도로 더운 것이다.

페처럼 낮잠을 자는 것이 체력의 소모를 막는 가장 좋은 대처 방법이었다.

"레테, 넌 어떻게 할 거야? 너도 잘 거야?"

라고 돌로레스가 또 한 사람의 룸메이트에게 고개를 돌린 그때였다.

갑자기 방 안 가득히 들어본 적이 없는 음악이 울려 퍼졌다.

"잠깐, 레테!? 너, 너, 뭐 하는 거야!?"

얼굴빛을 바꾸고 목소리를 높이는 돌로레스.

"흐에? 뭐, 무슨 소리?"

익숙하지 않은 이상한 소리에 잠에서 깨 침대 위에서 목만 들어 올린 페.

"응? 어머?"

두 사람의 시선이 향한 곳에서는 활짝 열린 폴더형 휴대 게임기를 손에 들고 불가사의하다는 표정으로 고개를 갸웃하는 레테의 모습이 있었다.

"자, 자, 잠깐 레테, 너, 뭘 하는 거야?"

"레, 테! 애써 잔뜩 혼나고 겨우 해결됐는데 문제 일으키지 말아줘……"

시녀 셋이 지내는 좁은 방에 페와 돌로레스의 비명이 울려 퍼졌다.

"아, 아하하하……"

한편 정작 레테 본인은 아직 자신이 저지른 일을 제대로 이해하지 못한 것인지, 그다지 긴장감이 느껴지지 않는 웃음소리를 냈다.

레테의 손안에서는 검은 휴대용 게임기가 상하 두 곳에 달린 디스플레이에 컬러풀한 영상을 비추며 쟈가쟈쟈~ 하는 이세계와 어울리지 않는 음악을 울리고 있었다.

"열었더니 작동하기 시작한 것 같아…… 에헷."

"어, 어, 어, 어쩔 거야!"

"히익, 혼날 거야. 이번에야말로 진짜 혼날 거야!"

허둥지둥 돌로레스와 페가 머리를 부여안았지만 사실 레테가 그렇게 대단한 짓을 한 것은 아니었다.

그저 그 둘로 접힌 휴대용 게임기를 열어본 것뿐이다.

이 타입의 게임기는 가령 게임 도중이라도 폴더를 접으면 자동으로 휴면 상태로 들어가게끔 되어 있다.

아마도 물건 주인인 젠지로가 귀찮아서 전원을 끄지 않고 그냥 접어두기만 한 것이리라.

그런 사정을 알 리 없는 페와 돌로레스는 레테가 멋대로 그 도구를 기동시켜 버렸다고밖에 생각할 수 없었다.

룸메이트 두 사람의 어쩔 줄 모르는 모습에는 아랑곳없이 원흉인 레테는 열린 휴대용 게임기 사이에 끼워져 있는 종이를 발견하고 고개를 갸웃했다.

"어라? 이건, 뭐지? 용피지?"

그건 1/4로 접은 복사 용지였다.

"잠깐, 레테. 더는 아래위로 흔들지 않는 게……"

"난 몰라. 난 이제 모르니까. 주범은 나에서 레테로 바뀌었어! 난 휘말린 것뿐이야! 그냥 공범일 뿐이라고!"

뒤에서 소란스러운 돌로레스와 페의 목소리를 전혀 신경 쓰지 않는 것인지, 레테는 4번 접은 종이를 펼쳐 보았다.

멍청한 얼굴을 하고 있어도 레테는 후궁의 시녀다. 글을 읽고 쓰는 정도는 가능한 것이다.

"이건, 아우라 폐하의 글씨가 아닌데. 혹시 젠지로 님의 필적? 어디……, 취급설명서…… 가지고 노는 법?"

"노는 법? 무슨 말이야?"

일시적인 호기심이 공포심을 억누른 것인지, 레테의 등 뒤에서 사선으로 페와 돌로레스도 고개를 들이밀고 레테의 손에 들린 종이를 들여다보았다.

"잘 모르겠지만, 이것의 사용법? 아니, 노는 법, 이 적혀있는 것 같아."

"……헤에."

"젠지로 님이 쓴 것일까? 벌써 이 나라의 글을 읽고 쓸 줄 아는 구나."

원래 페와 돌로레스도 상사로부터 '문제아 3인방'이라고 찍힐 만큼 '풀어진' 부류다.

정신을 차리고 보니 세 명의 시녀는 말없이 휴대용 게임기의 '노는 법'을 읽고 있었다.

———◆———

한 시간 후.

"페짱, 오른쪽, 오른쪽에 빨간 것이 있으니까 지워!"

"안 돼, 페. 그러면 연쇄가 일어나지 않아. 그 빨간 건 높이 쌓아서 옆에 둬!"

"아아, 시끄러워! 지금은 내가 하고 있으니까 옆에서 잔소리 좀 하지 마!"

세 사람의 시녀들은 이미 휴대용 게임기에 푹 빠져 있었다.

간소한 목제 침대 위에서 세 명의 시녀가 나란히 앉아, 가운데 앉은 페가 들고 있는 게임기를 좌우에서 돌로레스와 레테가 들여다보며 꺄, 꺄 하고 환호성을 지르고 있었다.

현재 셋이 하고 있는 게임은 세간에서 '블록 게임'으로 불리는 종류의 게임이었다.

세로로 긴 화면의 위에서 아래를 향해 떨어지는 블록이나 보석, 혹은 점액질의 생물 등을 조작해서 일정한 법칙에 따라 나열하면 지워지는 동작을 반복하는, 비교적 단순한 퍼즐 게임이다.

휴대용 게임기에 들어 있는 게임이 마침 '블록 게임'이었던 것도 시녀들이 푹 빠지게 된 요인 중 하나였음은 틀림없다.

표시되는 문자를 읽을 수 없으면 게임을 할 수 없는 RPG나 시뮬레이션 게임이었다면 예쁜 화면과 불가사의한 음악을 감상하는 것에서 그녀들의 게임 체험은 끝났을 것이었다.

그러나 어찌 됐든 이건 커다란 우연이었다.

만약 페가 실수로 휴대용 게임기를 가져오지 않았다면.

만약 레테가 호기심을 억누르지 못하고 게임기를 여는 일이 없었다면.

만약 아우라의 부탁을 받은 젠지로가 전날 이쪽 세계의 문자로 쓴 '취급설명서'를 끼워놓지 않았더라면.

이 '만약' 중 단 하나라도 성립하지 않았다면 지금의 상황은 일어나지 않았을 것이다.

"좋았어! 해골 무너뜨렸어!"

"까아, 잘했어, 페짱."

"뭐야, 페, 너 겨우 해골 무너뜨린 거야? 난 그 해골 벌써 두 번이나 해치웠는데. 후훗."

"아, 돌로레스, 뭐가 의기양양한 거야!? 좋아, 잘 봐. 내가 곧 제칠 테니까!"

몇 번인가의 우연 끝에 설명서가 붙은 휴대용 게임기를 손에 넣은 세 명의 시녀는 '문제아 3인방'의 이름에도 걸맞게 게임이라는 미지의 오락에 완전히 빠져버린 것이었다.

그 다음 날 점심 휴식시간.

자신들의 방에서 느긋한 시간을 보내는 문제아 3인방의 손에는 어제와 마찬가지로 검은 휴대용 게임기가 들려 있었다.

어제와 다른 점은 그 휴대용 게임기의 표면에 '반출 자유'라고 적힌 메모 스티커가 붙어 있다는 점이었다.

그뿐 아니라 취급설명서를 적은 복사 용지에 계산용 숫자의 읽는
법과 문제아 3인방 각자의 이름 알파벳 표기도 적혀 있었다.

게다가 어젯밤에 젠지로 자신이 작성한 듯한 게임의 순위표 일람
에 'zenjiro'라는 이름이 들어가 있었다. 그것은 명백히 젠지로가 문제
아 3인방에게 보낸 '도전장'이었다.

'후후홋, 재밌네. 젠지로 님의 도전, 내가 받아주겠어!"

빙글빙글 팔을 돌리며 투지를 드러낸 미소를 떠올리는 페.

"젠지로 님의 도전이라…… 너, 말투가 좀 불경하다? 뭐, 재미있을
것 같다는 데는 동의하지만."

질렸다는 듯이 페에게 핀잔을 주면서도 그 얼굴에 페와 같은 종류
의 웃음을 떠올리는 돌로레스.

"우후홋, 재밌겠다, 나도 할래."

그리고 긴장감 없는 웃음을 지우지 않은 채 커다란 가슴을 펴고
짝짝 손바닥을 마주치는 레테.

이렇게 해서 이곳 이세계에 세 명의 신인 게이머가 탄생한 것이
었다.

◆

그로부터 며칠 후.

문제아 3인방의 점심 휴식시간 게임 대회는 쉬지 않고 계속되고 있었다.

오전 중에는 일에 매진하고 점심 휴식시간 직전에 '반출 자유' 메모 스티커가 붙은 휴대용 게임기를 가져와 방에 집합.

휴식시간 동안은 최대한 게임에 열중하고, 휴식시간이 끝난 후 거실에 게임기를 반납.

그런 사이클이 완전히 자리 잡은 어느 날 점심 휴식시간.

"좋았어! 해냈다, 해냈어! 마침내 해냈어!"

평소에는 세 명 중에서 비교적 냉정한 언동을 하는 편인 돌로레스가 굳게 쥔 양 주먹을 몇 번이나 흔들며 승리의 환호성을 올렸다.

"분해! 돌로레스한테 뒤처지다니!"

"와~ 축하해! 돌로레스짱 대단해~!"

페는 침대 위에서 파닥파닥 팔다리를 휘저으며 원통해하고, 레테는 짝짝짝 박수를 보내며 돌로레스를 축하했다.

그런 대조적인 두 사람의 룸메이트에게 돌로레스는 자랑스럽게 지금 막 스코어를 기록한 휴대용 게임기를 치켜들어 보이며 빈약한 가슴을 폈다.

장신의 돌로레스가 그렇게 높이 들면 정작 페나 레테는 게임 화면을 볼 수 없었지만 그런 단순한 사실을 잊어버릴 정도로 흥분한 것이었다.

"후훗, 이거 봐. 해냈어. 마침내, 내가 해냈다고!"

하이스코어의 맨 윗자리에 찬연히 빛나는 돌로레스의 이름.

어제까지 아무리 해도 제칠 수 없었던 'zenjiro'의 이름이 그 아래로 내려가 있었다.

불과 며칠 만에 원래 주인의 스코어를 바꿔 쓴 것은 상당히 빠른 성장이긴 했지만, 돌로레스의 감각에는 그보다 훨씬 엄청난 성취로 느껴졌다.

"이제 내놔, 돌로레스! 다음은 내 차례니까!"

아직 자랑스럽게 휴대용 게임기를 치켜들고 있는 돌로레스의 허리에 매달려 작은 뺨을 뾰루퉁하게 부풀린 페가 난폭하게 흔들었다.

"알았어, 알았으니까 좀 놔 줘, 페. 제칠 수 있으면 어디 제쳐 봐. 후훗, 난 그 누구의 도전이라도 받아들일 테니까."

"우와아, 이 거인 여자. 아주 콧대가 하늘을 찌르는구나……. 젠장, 확실하게 눌러주겠어."

침대 가장자리에 앉아 보란 듯이 다리를 꼬는 돌로레스를 반쯤 뜬 눈으로 노려본 페는 새하얗고 건강한 치아와 투지를 드러내며 게임에 임했다.

"아이고, 분해 죽겠네!"

"우와아, 아까웠어, 페짱."

"뭐, 당연한 결과 아니겠어. 실력의 차가 있는 만큼."

결국, 이날, 젠지로의 스코어를 뛰어넘는 데 성공한 사람은 돌로레스뿐이었다.

———————◆———————

그 다음 날.

페는 아침부터 불타고 있었다.

"흥! 뭐야, 뭐야! 두고 봐, 복수해 줄 테니까!"

작은 어깨를 최대한 곧추세우고 곱슬 거리는 짧은 검은 머리가 솟구치는 건 아닌지 착각할 정도로 전신에 기합을 가득 넣고, 부지런한 생쥐처럼 발발거리며 움직였다.

"페. 의욕은 높이 사겠지만, 그렇게 일을 대충 하면 본전도 못 건질 거예요. 일을 날림으로 한다면 휴식시간을 반납하고 청소 훈련을 다시 시킬 거니까."

청소담당 책임자인 이네스는 부하의 이상스럽게 기합이 들어간 모습에 한숨을 지으며 그렇게 경고했다.

"네, 알겠습니다!"

그러나 그런 협박 문구도 이 작은 기합 소녀에게는 효력이 없었다.

"정말이지, 저 아이는……"

이네스는 먼지떨이를 든 손을 멈추고 과장스러울 정도로 크게 한숨을 쉬었다.

물론, 이네스도 '문제아 3인방'이 요즘 매일같이 거실에서 젠지로의 놀이 도구를 가져와 거기에 푹 빠져 놀고 있다는 것을 알고 있었다.

　젠지로의 필적으로 '반출 자유'라고 적혀있는 이상, 이네스 쪽에서 이러쿵저러쿵 잔소리할 생각은 없지만, 그 '놀이'가 그녀들의 직무 태도에 이상을 가져오는 일이 생기면 용서하지 않을 작정이었다.

　그러나 현재로서는 그 '놀이'에 대한 정열이 좋은 방향으로 영향을 끼치고 있는 것 같다.

　재빠르게 일을 끝낼 수 있으면 그만큼 조금이라도 낮 휴식시간이 길어진다. 그것은 정확한 시간관념이 없는 이쪽 세계에서 누릴 수 있는 사소한 장점이었다.

　보통 5분이나 10분 휴식시간이 늘어나는 것은 시계가 없는 이쪽 세계에서는 거의 의미가 없는 차이지만, 게임에 빠진 그녀들에게는 달랐다.

　블록 게임 종류는 5분이나 10분만 더 있어도 1회전을 더할 수 있는 순서가 돌아온다.

　"좋아, 소파에 걸레질, 끝! 다음은 테이블!"

　페의 의욕 충만한 모습은 마치 '숙제를 다 마치면 저녁까지 게임을 해도 좋다'는 엄마의 허락이 떨어진 초등학생의 그것과 같았다.

　그렇게까지 게임에 몰두해 주니, 젠지로도 빌려준 보람이 있다 할 것이다.

　먼지로 더러워진 걸레를 양동이의 물에 깨끗이 빤 페는 테이블을 닦기 전에 늘 거기에 있는 사랑스럽고도 사랑스러운 '휴대용 게임기'

를 찾았다.

페가 실수로 이 방에서 가지고 나갔던 그날 이후, 젠지로는 알게 쉽도록 반드시 이 테이블 위에 휴대용 게임기를 올려놓아 주었다.

페의 기대를 저버리지 않고, 오늘도 검은 휴대용 게임기는 중후한 테이블 위에 얌전히 놓여 있었다.

그러나 오늘은 살짝 양상이 달랐다.

완전히 익숙해진 검은 휴대용 게임기의 옆에 전혀 본 적이 없는 작은 봉투가 놓여 있었다.

"으응? 뭐지, 이건?"

옷감도 용 가죽도 아닌 재질에 반들반들한 광택이 나는 작은 봉투.

흰색 바탕에 색색의 물방울 모양이 그려져 있는 그 작은 봉투는 틀림없이 젠지로의 것이었다.

이와 같은 미지의 소재로 만들어진 물건은 대체로 젠지로가 가져온 것이기 때문이다.

페의 작은 손바닥 안에 쏙 들어가는 이 작은 봉투는 손에 들자 잘그락잘그락 소리를 냈다.

손에 든 감촉으로 판단하건대 아무래도 말린 콩과 같이 작고 딱딱한 것이 잔뜩 들어 있는 것 같았다.

물론 그것뿐이라면 어쩌다가 거기에 놓아둔 젠지로의 개인 물건으로 알고 얌전히 원래 장소에 돌려놓았을 것이다.

문제는 그 봉투에 옆의 게임기와 마찬가지로 노란색 스티커 메모지가 붙어 있다는 것이었다.

'상품. 최고득점 기록자에게.'

쪽지에는 정성스럽지만, 아직 어딘가 주저함이 느껴지는 필적으로 그렇게 적혀 있었다.

———◆———

"그래서, 이것도 함께 가져왔다, 는 거로군."
"그래. 자, 최고득점 기록자 씨, 잘 전달했다."
"흐음, 수고했다. 칭찬으로 위무하마."
"우와…… 또 잘난 척. 이 거인 여자가……."
그날 점심 휴식시간.
휴대용 게임기와 함께 수수께끼의 '상품'을 거실에서 가져온 페는 불쾌감이 전면에 드러난 시무룩한 얼굴을 하고서도 순순히 그 상품을 정당한 소유자인 돌로레스에게 건넸다.
"헤에, 뭘까? 얘, 돌로레스 쨩, 어서 열어 봐."
"알았어. 달라붙지 마, 레테. 자, 거기 비켜. 지금 열 거니까."
침대 가장자리에 앉은 돌로레스는 레테와 페의 시선이 집중한 가운데 신중한 손놀림으로 그 미지의 봉투를 열려고 했다.

그러나 완전한 밀봉상태인 그 작은 봉투를 이쪽 세계의 사람은 도무지 어떻게 열어야 좋을지 알 수 없었다.

"에에, 어라? 어디서부터 열어야 하지, 이 봉투?"

"뭐? 못 열어? 좀 줘 봐."

"으응…… 아냐, 괜찮아. 이 끝에서부터 찢는 건가 봐."

신중한 손놀림으로 작은 봉투의 끝을 찢고 연 돌로레스는 살포시 그 봉투의 내용물을 손수건 위에 펼쳐 놓았다.

빨강, 파랑, 노랑, 초록. 알록달록 화려한 색상의 '마블 초콜릿'이 흰 손수건 위에 펼쳐졌다.

"응? 이건 대체 뭘까?"

"먹을 것, 같지? 뭔가 달콤한 냄새가 나니까."

"딱딱하고 달콤한 먹을 것…… 캔디인가?"

세 명의 시녀는 머리를 모으고 고개를 갸웃했다.

흑설탕의 일대 생산지인 카파 왕국에서 사탕은 비교적 일반적인 기호품이었다.

그런 그녀들의 지식에 비추어 볼 때, 마블 초콜릿은 작은 사탕으로 보였다.

돌로레스는 하얀 손수건 위에 올린 마블 초콜릿을 노려보며 잠시 생각했다.

주인님이 '상품'으로 내려주신 물건이다. 입에 넣어서 해가 될 리 없다. 그러나 이런 듣도 보도 못한 물건을 아무런 경계도 하지 않고 입에 넣는 데는 역시 거부감이 일었다.

"어디, 확실히 이건 내 것이긴 하지만 혼자 차지하는 건 어른스럽지 못하니까. 자."

그런 대의명분으로 돌로레스는 페와 레테에게 각각 세 알씩 마블 초콜릿을 나눠줬다.

"후훗, 돌로레스치고는 씀씀이가 좋은데."

"와아, 고마워, 돌로레스 짱!"

단순한 페와 순수한 레테는 아무런 의심 없이 돌로레스의 '호의'를 받아들였다.

'그럼 모처럼이니까 맨 처음의 한 알은 다 같이 먹자. 하나, 둘, 셋 하면 입에 넣는 거야. 괜찮지? 그럼, 간다. 하나, 둘, 셋!'

"호잇!"

"음."

(좋았어. 괜찮은 모양이네.)

페와 레테가 마블 초콜릿을 입에 넣는 모습을 곁눈으로 확인하고 그녀들의 표정에 치명적인 뒤틀림이 없는 것을 확인한 돌로레스는 재빨리 자신도 마블 초콜릿을 입에 넣었다.

"…………"

"……음, 달아."

"음. 역시 캔디 같아, 이거."

'사탕'이라는 선입견이 있어서 그런지 세 명은 입에 넣은 마블 초콜릿을 깨물지 않고 입안에서 굴렸다. 그러나 그것이 사탕이었다 해도 이 세상에는 사탕을 마지막까지 빨아 먹는 사람과 금방 깨물어 먹는 사람이 있다.

돌로레스와 레테는 전자였지만 페는 전형적인 후자였다.

"으음…… 응! 으응!?"

"왜 그래, 페!?"

"페짱?"

돌연, 안 그래도 커다란 눈동자를 쏟아질 정도로 크게 뜬 페에게 돌로레스와 레테는 입안에 마블 초콜릿을 굴리면서 물었다.

"……이거, 캔디가 아니야! 쉽게 깨지고, 안은 전혀 다른 과자야! 달고…… 으음, 맛있어!"

제일 먼저 다 먹은 페가 작은 손을 퍼덕이며 그 미지의 맛을 말로 표현했다.

"호오, 캔디가 아니야? 어디…… 응?"

"……정말이네. 이거, 맛있다!"

페를 따라서 돌로레스와 레테도 입안의 마블 초콜릿을 살짝 깨물었다.

바깥에 코팅된 것은 사탕과자의 일종이기 때문에 그녀들에게도 익숙한 맛이었지만, 안에 들어 있는 초콜릿은 카파 왕국에는 존재하지 않는 미지의 맛이었다.

"이건…… 살짝 쌉쌀한 맛이 있네. 그것이 오히려 악센트가 되고 있어."

그렇게 감탄하며 말하는 돌로레스의 평가에 대해 페와 레테는 고개를 갸웃했다.

"응? 달기만 한데?"

"응. 달아. 돌로레스의 혀, 이상한 거 아니야?"

"아, 진짜. 너희에게 맛을 섬세하게 표현한 내가 바보지."

왁자지껄하게 의견을 나누고 있었지만, 그 미지의 과자의 맛에 매료된 것은 세 명이 모두 같았다.

특히 순식간에 세 알을 다 먹어버린 페는 그 검고 큰 눈동자를 빛내면서 무척이나 서툴렀지만, 아양 떠는 목소리를 키가 큰 룸메이트에게로 향했다.

"얘, 돌로레스~ 저기 말인데~"

"이제 안 줘."

곧바로 그 작은 룸메이트의 의도를 알아챈 돌로레스는 재빨리 마블 초콜릿이 놓인 손수건을 묶어 등 뒤로 감췄다.

"돌로레스~ 그렇게 못되게 굴지 말고~ 응?"

"안 돼."

"부, 탁, 이, 야~"

"안 된다면 안 돼."

"……에잇, 귀찮아! 이렇게 된 이상 힘으로 뺏는다!"

"가소롭다! 너 따위한테 굴하리라 생각하나!"

아무리 졸라도 소용없자 속이 탄 페가 고양이 같은 가벼운 몸을 날려 덮쳤지만, 돌로레스는 침대에 앉은 채로 그 긴 다리로 카운터 앞발

차기를 먹었다.

"케엑!?"

턱에 정통으로 발길질을 당한 페는 그대로 데굴데굴 바닥을 굴렀다.

반사 신경이나 몸놀림은 상당히 좋은 편인 페였지만 역시 단순한 신장 차이를 극복할 수는 없는 노릇이었다.

미니스커트 시녀복 차림으로 일전을 치른 페와 돌로레스는 윗사람들에게는 보일 수 없을 만큼 옷매무새가 흐트러져 있었다.

그러나 그런 건 지금 페와 돌로레스에게 중요하지 않았다.

바닥 위에서 자세를 바로잡은 페가 네 발로 엎드린 채 고양이처럼 위협하는 목소리를 내자 돌로레스도 침대에 앉은 채로 양다리를 바닥에서 조금 띄우고 언제라도 걷어찰 수 있도록 전투태세를 갖췄다.

"컄!"

"덤벼!?"

바닥에서 위협하는 페와 침대 위에서 수비 태세를 취하는 돌로레스.

그러나 다행히도 사태는 그 이상 폭력적인 방향으로 진행되지 않았다.

"페짱, 돌로레스 짱. 여기서 너무 소란을 피우면 이네스 님한테 들린다?"

라는 레테의 말에 두 사람의 투지는 냉수를 뒤집어쓴 것처럼 식었다.

여전히 긴장감이라곤 조금도 없는 말투였지만 그 말의 내용은 날카롭게 정곡을 찌르고 있었다.

지금은 점심 휴식시간. 각자의 방에서 휴식을 취하고 있는 것은 이들뿐만이 아니었다. 청소담당 책임자인 이네스도 자신의 방에서 낮잠을 자고 있을 것이다.

평소에는 잔소리꾼이지만 의외로 부하에게 다정한 이네스지만 그 관용에도 한계가 있다.

아무리 자신들의 방이라고 해도 복도까지 소리가 울려 퍼지는 대난투극을 벌인다면 눈을 뾰족하게 뜬 상사에게 단단히 설교를 듣게 될 것이었다.

그것만은 피하고 싶은 페는 마지못해 물러났다.

"아, 뭐, 됐어. 돌로레스가 그렇게까지 말한다면, 레테의 얼굴을 봐서 일단 양보하지."

"양보고 뭐고, 이건 내 게! 내 거라고! 뭘 네가 일부러 져줬다는 듯이 말하는 거야, 너는!"

침대 위에서 지극히 정당한 분노를 드러내는 돌로레스였지만 초콜릿에 대한 욕심에 눈이 먼 페에게는 가 닿지 않았다.

"후훗, 괜찮아, 괜찮아. 구두쇠 돌로레스에게 구걸하지 않아도 곧 최고득점을 경신해서 나도 젠지로 님게 받을 거니까."

젠지로는 한 번도 '최고득점을 할 때마다 상을 내린다'고 한 적이 없지만, 자기가 원하는 대로 생각해버린 페는 이미 목표를 '돌로레스의 수중에 있는 마블 초콜릿'에서 '젠지로가 보유하고 있는 마블 초콜릿'으로 옮겼다.

곧바로 휴대용 게임기를 손에 든 페는 자기 침대에 앉아, 일할 때는 절대 보이지 않는 진지한 얼굴을 하고 게임기의 전원을 켰다.

"후후, 잘 봐 둬. 오늘부터 나는 좀 다를 테니까!"

"아, 정말이다, 페짱. 어제까지는 떨어지자마자 지웠는데."

"잠깐, 페? 너, 뭐야, 노골적으로 연쇄를 노리고 있는 거야? 너, '그런 잔기술에는 기대지 않는다'고 말하지 않았나?"

"흥, 그런 바보 같은 말을 누가 했다고? 승리를 위해서 전력을 기울인다. 이것이 나의 정의다!"

"너! 틀림없이, 네가 한 말이야! 상품이 걸리니까 손바닥 뒤집듯 뒤집는 거냐, 이 녀석!"

"페짱. 돌로레스 짱. 목소리가 너무 커. 이네스 님한테 혼난다."

왁자지껄, 혹은 화기애애. 시끄럽긴 해도 흐뭇한 소동의 와중에, 페의 첫 원 플레이가 끝났다.

"좋았어, 자기 최고 기록 경신! 예감이 좋은데, 이거."

나름대로 만족스러운 결과였던 것일까. 페는 만면에 웃음을 지었다.

그러나 그 웃음도 하이스코어 일람표가 표시된 순간, 얼어붙었다.

"……뭐야, 이거?"

어제 돌로레스가 작은 차이이긴 해도 젠지로의 기록을 깨고 1등으로 올라섰는데.

분명히 그랬는데. 지금 1등 자리에 있는 이름은 여전히 'jenjiro'.

물론 잘 못 본 것은 아니다. 그 증거로 두 번째에는 어제 회심의 하이스코어를 기록한 돌로레스의 이름이 있었고, 게다가 그 아래에는 또 한 번 'jenjiro'라는 이름이 있었다.

즉, 어젯밤에 젠지로가 플레이해서 돌로레스의 하이스코어를 뒤집었다는 것인가. 게다가.

"헉, 돌로레스짱의 두 배 이상이야, 이 점수……"

"그렇다는 건 뭐지? 다음은 이 새로운 젠지로 님의 하이스코어를 넘지 못하면 '상품'을 받을 수 없다는 얘기?"

"아무래도 그런 것 같…… 네."

사태를 이해한 시녀들 사이에 그대로 침묵의 시간이 흘렀다. 그러나 그 침묵도 오래가지는 않았다.

"너무해, 젠지로 님. 너무해! 어른스럽지 않아!"

페의 비명 섞인 목소리.

"뭐, 생각해 보면 이 물건의 주인이니까, 젠지로 님. 그전의 득점은 상당히 적당히 봐 준 거였다는 건가."

돌로레스의 조금 달관한 듯한 한숨.

"휴우, 정신이 아득해지는 점수네……"

그리고 레테의 말꼬리가 늘어지는 긴장감 없는 감상.

그녀들의 방 안은 언제 그랬냐는 듯 다시금 혹서기의 열기조차 날려버릴 기세로 떠들썩해지는 것이었다.

NOVEL

엘프 × 비키니 × 머신건!

글 카미노 오키나 / 그림 bob
46판 / 296p / 7,000원

비키니를 입은 미녀들이 총을 난사합니다!

졸업까지 앞으로 1년 남은 어느 겨울날,
나는 친천들을 터무니 없는 강요로 전학을 가게 되었다.
마지막으로 작별인사를 하려는 생각으로
방과후에만 만날 수 있는 선배를 찾아 갔는데…….
학교에 알 수 없는 결계가 생성되었다.
부지 밖으로 도망치라는 선배의 외침을 뒤로하고
뛰어가는 도중에 새하얀 빛이 덮쳐온다.

보육기사와 몬스터소녀들

글 카미아키 마사후미 / 그림 모리쿠라 엔
46판 / 228p / 7,000원

마족 어린이집을 호위하러 갔으나,
맡은 일은 마족 어린이들의 육아…라고!?

오랜 전쟁 끝에 평화조약을 맺은 인류와 마족
양측은 평화를 유지하기 위한 증표로
인간과 마족의 공동 어린이 집을 운영하기로 한다!

갑옷 대신 앞치마를 두르고
몬스터소녀를 가르치는 일을 과연 해낼 수 있을까!?

부활했더니 레벨1이었으므로,
살아남기 위해 영웅소녀를 꼬시기로 했습니다.

글 히비키 유 / 그림 유란
46판 / 264p / 7,000원

그대 같은 소녀와는… 짐은 싸우지 않는다네.
후후, 죽어서도 말이지!

짐은 쓰러지며 최후의 일격을 날리려는 찰나,
순백의 긴 머리를 가진 젊은 소녀 모습인 영웅왕이 눈에 들어왔다.
그렇기에, 짐은 최후의 일격 대신 가장 멋진 미소를 건네 주었다.
짐은 죽으면서도 소녀에게 상처를 입히는 일은 할 수 없었기에!
그리고 다시 666년 동안 잠에 빠져든다,
다음 번에는 분명, 짐을 위한 하렘이 펼쳐질 것이라 믿으며…

가출천사 육성계약 ❹

글 박제후 / 그림 ice
46판 / 308p / 7,000원

대북방 전쟁이 시작된다!
유제아는 강북에서 몬스터와 일전을 치를 것을
제의하지만 갈 길은 험난하기만 하다.

전쟁 반대론자들,
무슨 꿍꿍이인지 알 수 없는 천사들,
그런 와중에도 몬스터들의 계약은 시시각각
유제아와 메타트론을 조여오는데…

마법소녀 육성계획 limited 前/後

글 엔도 아사리 / 그림 마루이노
46판 / 각 260p / 7,000원

'너희는 마법의 재능을 가지고 있어.'
방과 후 실험 준비실에 나타난 요정은
실내에 있던 여중생들을 마법소녀로 변신시켜 버렸다.

'마법소녀가 되어서 악한 마법사로부터 나를 구해 줘!'
만화나 애니메이션같은 전개에 술렁이는 소녀들.
이제 막 탄생한 일곱 명의 마법소녀는
요정에게 협력하기로 약속하는데…….

화제의 매지컬 서스펜스 배틀, 드디어 3막 스타트!

이상적인 기둥서방 생활 ❶

초판 4쇄 발행 2017년 7월 31일

저자 와타나베 츠네히코

발행인 원종우
발행처 (주)이미지프레임

주소 (13814) 경기도 과천시 뒷골1로 6, 3층
영업부 02-3667-2653 **편집부** 02-3667-2654 **팩스** 02-3667-2655
메일 edit01@imageframe.kr **웹** vnovel.co.kr

ISBN 978-89-6052-270-1 02830 **(세트)** 978-89-6052-269-5